JE SUIS TOUJOURS PARTIE

W0390809

Meriem Lahcene

# JE SUIS TOUJOURS PARTIE

Ramsay
91, bis rue du Cherche-Midi – 75006 Paris

© Éditions Ramsay, Paris, 2007.

## 1

## L'école de la rue et l'école des sœurs

Le jour est à peine levé quand je referme derrière moi la porte du chalet Saint-Germain, la maison de mon père à Alger. Je n'ai rien calculé, rien préparé ni rien prévu. Simplement, je pars après une nuit sans sommeil, encore sous le choc d'avoir entendu mon père me dire qu'il n'est pas mon père. Je ne le crois pas, ou peut-être si : tout est confus. Ma seule certitude, c'est que je ne reviendrai pas, que tout retour est impossible.

Je me retrouve dans la fraîcheur matinale de la rue, chaussée de ballerines noires, vêtue d'un petit pull en diolène et d'une jupe plissée que j'aime pour sa ressemblance avec le kilt de Sheila que j'ai vue chanter à la télévision. J'ai eu le réflexe de prendre une culotte de rechange, mais je n'ai rien emporté d'autre. Je suis là, avec mes cheveux coupés au carré, ma silhouette maigrichonne et ma culotte à la main. Je ne le sais pas encore, mais j'entame une errance de plusieurs mois dans les rues d'Alger. J'ai onze ans.

Je vais d'abord vers le jardin de l'horloge florale, un parc que je connais au cœur d'Alger, tout à côté de la grande poste construite comme une mosquée, avec sa coupole et ses deux minarets. Ironie du temps, le jardin est devenu, un demi-siècle plus tard, un des principaux repaires de fortune des jeunes SDF algériens !

Je me suis assise sur un des bancs de marbre usés et je regarde les gens qui vont et viennent dans les allées du parc. Des femmes voilées du haïk blanc et des hommes âgés cherchent du repos sur les bancs. Ils prennent le soleil et hument les parfums des bosquets fleuris et de l'air marin qui monte de la baie. J'observe avec curiosité le manège du marchand de cacahuètes qui a fait un monticule de ses grains sur une charrette. Il porte une chéchia rouge vif penchée de côté sur le haut de la tête et un brin de jasmin derrière l'oreille. Il n'arrête pas, pour attirer l'attention des passants, de gober ses cacahuètes en les projetant dans sa bouche avec adresse. Quand un client s'arrête, il ramasse avec une petite pelle quelques graines, les fait glisser dans un cornet de papier journal et il n'oublie jamais, en bon commerçant, d'en ajouter quelques-unes au dernier moment.

Certains passants me posent des questions. Je ne réponds pas et je m'éloigne. J'attends un peu, je me cache derrière un bosquet et je reviens m'asseoir.

J'ai très peur. Je pense qu'on me recherchera et je ne veux pas qu'on me trouve. Bientôt, je commence à ressentir la faim.

Il faut aussi que je trouve un abri pour dormir. Je remonte vers le Palais du Gouvernement. Tout près, il y a un square avec un grand bassin et une garderie d'enfants où je pourrai trouver refuge. Le bassin sera parfait pour laver ma seule pièce de linge. Je cache la culotte de rechange dans un arbre et je repère un endroit où le grillage de la garderie est cassé.

Le soir venu, je lave ma culotte, je la mets à sécher et je trouve une porte ouverte. Je m'allonge dans mon refuge. Soudain, j'entends quelqu'un qui entre. Je suis couchée sur le ventre, dans l'obscurité, morte de peur. L'ombre s'approche et je sens bientôt une grosse main qui passe sous ma jupe et remonte vers mes fesses.

Je crie, je hurle et je m'enfuis, vive comme une chatte, poursuivie par l'ombre menaçante. Cette nuit-là, finalement, je dors sous l'escalier d'un immeuble. Au matin, le gardien m'en chasse à coups de pied.

J'ai de plus en plus faim. Les odeurs qui montent des charrettes des marchands de sardines, de merguez et de poivrons frits sont aussi délicieuses que douloureuses. Je vole une pomme à l'étal d'un marchand qui se met lui aussi à me poursuivre. Mais, encore une fois, je réussis à lui échapper avec agilité.

Au fil des jours et des semaines, j'apprends à survivre dans les rues d'Alger, à dénicher des refuges plus sûrs, à échapper aux regards inquisiteurs des adultes et à trouver de quoi me nourrir, en volant ou en ramassant les fruits et les légumes tombés des charrettes. Je hante les marchés, au milieu du parfum de basilic qu'on achète pour repousser les moustiques sur les terrasses, ou celui de la coriandre fraîche qu'on mettra avec les pois chiches humides vendus dans du papier buvard pour préparer la chorba, la soupe de légumes au mouton algéroise.

Sous les arcades de la casbah, je suis les vendeurs ambulants qui crient pour que les femmes fassent descendre de leur fenêtre un panier au bout d'une corde. Comme les autres enfants, j'ai repéré que le marchand a un moment d'inattention quand il remplit le panier, et qu'on peut alors s'emparer prestement d'un de ses fruits ou de ses légumes. Je me souviens d'avoir croqué dans un poivron qui m'a paru aussi savoureux qu'un gâteau au chocolat.

Parfois, des gens m'achètent un sandwich, sans se préoccuper plus que ça de ma situation. D'autres fois, mon regard insistant et suppliant posé sur un cornet de frites suffit à persuader mon voisin de partager avec moi.

Mais j'ai toujours la crainte de croiser quelqu'un qui me reconnaîtrait, des voisins qui préviendraient mon père. J'ai décidé de partir pour toujours. Je découvrirai bien plus tard que mon père n'a entrepris aucune recherche : il se serait rabaissé en voulant me récupérer, alors que j'ai décidé de le quitter.

Quand le soir tombe, les dangers sont les plus grands. De cette époque, j'ai gardé une vraie peur de la nuit. Aujourd'hui encore, je m'arrange toujours pour être rentrée chez moi avant que le soir tombe.

Une fois, je vais pour m'endormir sur un banc, au milieu des ombres des clochards qui cherchent aussi un peu de sommeil dans la nuit, quand je vois arriver, éclairé par la lune, un grand gaillard dont la tête est barrée d'une énorme moustache. Il s'assied à côté de moi et il se met à me tripoter. Je crie « Maman, maman ! », en réveillant les voisins qui commencent à se lever en maugréant comme des zombis sortant de leurs pierres tombales et je décampe à nouveau à toute vitesse.

D'autres fois aussi, je m'invente des peurs enfantines pour des menaces plus imaginaires que réelles. Comme ce soir où je me suis aventurée dans les champs qui bordent la ville. Je marche vers une grande maison où j'espère trouver un petit bout de remise, quand des chiens se mettent à aboyer. Je prends mes jambes à mon cou. Au bout du chemin, loin de la maison aux molosses menaçants, je tombe sur une niche vide. Je me glisse dans ce petit abri accueillant et je me blottis en chien de fusil sur un bout de tissu odorant et tiède.

Au matin, le corniaud propriétaire des lieux, qui m'a rejointe discrètement dans mon sommeil, me flaire et me lèche amicalement. Moi, toujours sur le qui-vive, j'ouvre les yeux sous ses coups de langue, et la vue de sa gueule grande ouverte me terrorise. En rampant, je sors tant bien que mal de la niche et je me mets à courir, comme je sais si bien le faire. C'est après m'être éloignée de quelques dizaines de mètres que je me retourne. Sur le pas de sa porte, le brave chien me regarde en penchant la tête, étonné, presque froissé : il aurait été ravi de partager sa niche avec la petite fille aux cheveux ébouriffés, si elle n'avait pas eu si peur de lui.

Mais d'autres rencontres sont bien moins innocentes et ne ressemblent pas du tout à des épisodes de contes pour enfants. Mon pire souvenir est cette fois où je cherchais un abri nocturne aux abords de la gare. Deux jeunes gens surgissent de l'ombre et m'abordent. Je m'enfuis et je me cogne sur un homme que je trouve rassurant. Erreur : c'est lui qui me bloque, rejoint tout de suite par les deux autres. Les trois hommes m'entraînent vers les voies ferrées. Je crie, je me débats. L'un d'eux a un couteau :

– Allez, laisse-toi faire… Fais pas d'histoire.

Je sens que la détermination d'un des autres faiblit :

– On laisse tomber. Tu vois bien que c'est une gamine.

– Et alors, c'est toujours un trou, non ?

À coups de pied, à coups de dents et à coups de poing, glissante comme une anguille, je réussis encore à me sortir de ce piège. Je suis choquée, épuisée, et je me réfugie au commissariat voisin. Les policiers de garde somnolent à leurs bureaux. L'un d'eux lève la tête, plisse les yeux et me demande :

– Qu'est-ce que tu fais dehors à ton âge ?

Je hausse les épaules et je fais une moue innocente. Il fronce les sourcils :

– Tu habites où ?

– Je ne sais pas, je suis toujours dans la rue…

– Ah bon ? Toujours dans la rue…

Pour lui, je suis une vagabonde. Une vagabonde âgée d'une dizaine d'années, mais bon. Il n'y avait pas à cette époque la vision de l'enfance telle qu'on la connaît aujourd'hui. Sans me poser plus de questions, le policier jette à son collègue :

– Mets-la au frais jusqu'à demain.

Et il se replonge dans la lecture de son journal. Au matin, après une nuit passée en sécurité dans une cellule, ils me relâchent dans les rues d'Alger.

Plus de quatre mois se passent ainsi, de fuite en fuite, entre la peur et la faim. Jusqu'au jour où l'une de mes pérégrinations m'amène devant un café maure, tout près de la Préfecture. Une idée me vient, que je mûrissais depuis quelque temps.

J'entre dans le café, un endroit sombre et frais, tout en longueur, aux murs recouverts de boiseries. Le patron, au fond de la salle, un homme au visage doux, a l'air rassurant. Je me dirige vers lui, je me campe sur mes deux jambes et je lui dis avec assurance :

– Je voudrais travailler et gagner de l'argent. Vous voulez pas m'engager ?

Le patron s'avance au bord du comptoir pour me voir en entier. J'étais haute comme trois pommes. Il sourit :

– Toi, tu veux travailler ?

– Oui, parce que j'ai faim.

– Écoute, je peux te donner à manger, mais pas à travailler. Qu'est-ce que tu saurais faire, d'ailleurs ?

– Je peux faire la vaisselle !

– C'est bien. Mais tu sais, je n'ai pas le droit de te payer pour faire la vaisselle. Tu es trop jeune.

– Et alors ? Personne ne me verra. Je resterai à la cuisine.

Le patron lève les yeux au ciel. Il me pousse par les épaules jusqu'à une table :

– Va t'asseoir. Je vais déjà te donner à manger. On verra après.

Il me sert une assiette de ragoût de mouton et il s'assoit en face de moi. Il me laisse d'abord dévorer quelques bouchées, puis il s'enfonce bien dans sa chaise :

– Allez, raconte-moi un peu ton histoire.

J'invente des aventures rocambolesques. Il faut brouiller les pistes pour être sûre qu'on ne puisse pas remonter jusqu'à mon père :

– Euh… J'étais avec une famille française… En France. Puis ils m'ont emmenée en Algérie et là, ils m'ont abandonnée.

– Comment ils s'appelaient, ces Français ?

– Ben… Je ne sais pas. D'ailleurs, je ne sais ni lire ni écrire.

– Bon ! Si tu veux, je peux t'emmener dans ma famille. J'ai déjà beaucoup d'enfants et ma femme s'occupera de toi.

Je me braque. Il n'est pas question de redevenir la bonne d'une famille qui n'est même pas la mienne.

– Quoi ? Je vais encore être maltraitée ? Non, pas de famille.

– Bon, bon. Mais tu es trop jeune pour travailler. Je n'ai pas le droit de t'employer. Écoute, va dans la cuisine, on trouvera bien quelque chose.

Comme le petit établissement est en face de la Préfecture, les policiers sont des habitués du café maure. J'en vois entrer un quelques minutes après, qui vient boire un café, servi dans un petit verre en Pyrex, avant de reprendre son service. Le patron me désigne au policier qui vient me demander, plutôt gentiment, de le suivre à la Préfecture.

On me laisse d'abord dans une salle d'attente. Une femme, une Européenne au visage fin et aux cheveux blond oxygéné, est assise près de moi. Elle paraît aussi perdue que je le suis. Tout à coup, elle se penche vers moi tout en détachant de son cou une petite croix chrétienne qu'elle porte au bout d'une chaîne et elle me la tend :

– Garde-la, ça te portera bonheur.

Est-ce un signe du destin ? Je n'ai pas le temps de m'interroger : on me conduit dans le bureau d'une assistante sociale qui m'interroge à son tour. Je lui sers la même histoire d'enfant abandonné qui ne sait rien de ses parents. Elle ouvre un dossier, on me photographie et finalement on me ramène au café. Le patron, toujours aussi bienveillant, m'explique alors la situation :

– Voilà ! Maintenant, tu vas devoir choisir entre deux choses : ou bien tu viens vivre chez moi, ou bien tu vas dans un pensionnat qui s'occupe des orphelins.

Je n'hésite pas :

– Je vais au pensionnat !

– D'accord. Mais, en attendant de régler tout ça, tu viens vivre chez moi.

– Je ne resterai pas ?

– Non, n'aie pas peur, c'est l'affaire de deux ou trois jours.

Le soir, il me présente à sa famille, une grand-mère, sa femme, douce et gentille, et ses trois enfants. Ce sont des Berbères qui se montrent très attentionnés et délicats avec moi. Les deux femmes me lavent. Je suis peignée, parfumée et on me donne des vêtements. Après ces quatre mois d'école de la rue, je dois être aussi sale que mon petit pull en diolène et mon kilt de Sheila !

Avant de partir, je retourne au square pour récupérer ma culotte de rechange. Mais on a coupé les branches de mon arbre séchoir et la culotte a disparu ! Encore un signe, celui d'un nouveau changement dans ma vie.

C'est l'assistante sociale qui m'emmène au pensionnat du Bon Pasteur, un grand monastère établi depuis le XIXe siècle à El Biar, sur les hauteurs d'Alger.

Son nom officiel aurait eu de quoi m'effrayer, si je l'avais connu : « Couvent des jeunes filles du Bon Pasteur assistées et repenties. » Les sœurs y accueillaient aussi bien des orphelines que des délinquantes ou de jeunes prostituées. Les pensionnaires y étaient recluses pour plusieurs années et devaient y trouver une ambiance propice à leur repentance.

On y arrive par une longue avenue bordée de murs bas, couverte d'un gravier jaune qui crisse sous les chaussures. Au bout de l'allée, un grand portail de pierre et une lourde grille en fer forgé marquent clairement qu'on entre dans un monde différent. L'assistante sociale qui m'accompagne tire la chaîne d'une cloche et bientôt, un œilleton s'ouvre, comme dans une porte de prison. Un œil vif jette un regard circulaire sur l'extérieur, et la porte est entrebâillée par une sœur en voile noir bordé de blanc, robe beige et socquettes blanches.

En passant le seuil du couvent du Bon Pasteur, je comprends que j'entre dans une nouvelle vie, dans un autre monde dont j'ignore tout. Mais pour une fois, c'est moi qui ai choisi ce nouveau départ. Ça ressemble à une fugue à l'envers, une fugue pour perdre ma liberté, mais je préfère l'enfermement au mépris et aux coups dont on m'a abreuvée dans ma famille.

D'ailleurs, la sœur à qui l'assistante sociale m'a laissée au parloir se montre plutôt aimable et souriante :

– Quel est ton nom ?

– Meriem.

– Ton âge ?

– Onze ans.

– Est-ce que tu recevras des visites ?

– Non, je n'ai personne.

– Bien, tu vas me suivre, et je vais te montrer le pensionnat.

Et je franchis la ligne que je n'allais pas repasser avant quatre ans. Au-delà, en contraste frappant avec l'aridité de la colline, à l'extérieur du couvent, il y a un jardin merveilleux, décoré de roses qui embaument et de statues religieuses, dont une représente la Vierge dans une grotte. J'ai le temps d'apercevoir un verger opulent et, plus loin, le petit dôme de la chapelle des sœurs.

La visite commence par la lingerie, dirigée par mère Saint Serge, une grande femme sèche et autoritaire qui me mesure à la toise avant de me donner un numéro et d'ouvrir un placard avec des casiers que je trouve extraordinairement bien rangés. Je dois jeter mon kilt de Sheila et mon petit pull en diolène pour revêtir les habits de la semaine, pull et jupe noirs, qu'il faudra recouvrir d'une blouse grise. Les affaires ne sont pas neuves, mais elles sont impeccablement lavées et repassées. Je pense : « C'est la première fois que je porte des vêtements aussi propres ! »

Mère Saint Serge me donne aussi mes habits du dimanche, à peine moins austères que ceux de la semaine, un chemisier blanc et une jupe bleu marine, mais qui ne sont pas assortis d'une blouse. Elle m'explique que, chaque semaine, je dois rapporter mes affaires dans mon casier et les échanger avec du linge propre.

Le temps de prendre encore des draps et une chemise de nuit très large, et nous montons de larges escaliers en marbre blanc, dont les marches sont incurvées par l'usure. Aux murs, d'imposantes statues de saints et un chemin de croix accompagnent pieusement la montée vers les dortoirs. La sœur qui me guide me désigne un emplacement :

– Maintenant, il faut faire votre lit.

– Mon lit ? Mais moi, je dors par terre !

Je ne me suis encore jamais allongée sur un vrai lit, et je suis sûre de ne pas pouvoir dormir loin du sol. La sœur sourit :

– Par terre ? C'est ce qu'on verra…

Et elle m'emmène visiter la grande salle où les filles « assistées et repenties » travaillent huit heures par jour à la broderie fine. Le Bon Pasteur ne dispense pas d'enseignement général mais forme ses pensionnaires aux travaux d'aiguilles. La vente des ouvrages est aussi la principale source de revenus du pensionnat.

Le parcours découverte de mon nouveau monde se termine dans le bureau de mère Providence, la supérieure du couvent. À son tour, elle me demande de lui raconter mon histoire. Bien décidée à ne pas prendre de risques, je reste sur le thème de l'enfant venu avec une famille française et abandonnée dans les rues d'Alger. La mère supérieure doit douter très fort de mes mensonges, mais elle n'a aucun moyen de les vérifier et elle fait mine de les croire.

Dès lors, il faudra que je m'habitue à une vie comme je n'en ai jamais connu. Je suis passée en quelques heures de la rue au couvent catholique, en tirant un trait définitif sur ma vie d'avant.

Rien ne m'est familier au Bon Pasteur. Dans le réfectoire, il y a quatre salles à manger, la bleue, la verte, la jaune et la violette. C'est à celle-ci que je suis affectée. Pas un mot n'est admis pendant le repas : nous devons manger dans un silence absolu, à peine rompu par la sœur qui passe dans les rangs et qui marmonne des prières. À la fin du repas, toujours en silence, nous devons débarrasser les tables et faire la vaisselle.

À chaque repas, par souci d'économie, on mange des tomates et des courgettes du potager. Un jour, je refuse le régime unique et je prends la tête d'une petite révolte contre les courgettes. Je suis envoyée au cagibi jusqu'à ce que je fasse ma soumission. Après trois jours de cette grève de la faim, les sœurs s'inquiètent de ma santé et me libèrent. J'ai gagné… le droit de manger encore et encore des tomates et des courgettes.

Le soir venu, on passe à la toilette. On s'aligne devant une douzaine de petites fontaines, on entrouvre nos chemises de nuit – il ne faut jamais être nue –, on fait une toilette sommaire, on se brosse les dents et on va au lit. Sans la culotte ! Quand nous sommes couchées, une sœur passe la revue des pensionnaires et relève les draps d'un geste vif pour vérifier.

Les premiers temps, je suis perdue, catastrophée. Le silence au réfectoire, le lit auquel je n'arrive pas à m'habituer, la discipline qui me paraît absurde : je suis souvent en larmes et je supplie les sœurs de me laisser partir. La réponse est toujours la même :

– C'est trop tard, Meriem. Vous avez fait un choix. On ne vous a pas forcée. Maintenant, vous êtes là et vous resterez là.

Et puis, je finis par m'habituer à dormir dans le lit et à vivre comme une nonne. Je suis l'enseignement moral que dispensent les sœurs. Chaque jour, avant le travail manuel, nous avons une heure de cours de politesse, où nous apprenons à vivre en société, à dire s'il vous plaît, à remercier, à tenir la porte pour la personne qui vous suit, à respecter la hiérarchie. Un cours auquel je repense bien souvent aujourd'hui, quand on parle de l'incivilité qui se généralise et se banalise !

Les sœurs ont aussi des méthodes bien à elles pour nous apprendre le renoncement et le sens de la privation. Le samedi, on s'aligne sur un rang et l'une d'elles passe devant chaque pensionnaire avec un panier qui contient des bonbons minuscules. C'est pour nous un moment magique, le seul de la semaine où l'on peut profiter du plaisir de la gourmandise.

Mais au moment où vous tendez la main vers le panier, la sœur arrête votre geste en vous demandant d'une voix suave :

– Un petit sacrifice, mon enfant ?

– Euh… Oui, ma sœur.

La plupart d'entre nous, voulant donner une bonne image, ne touchent pas à la friandise.

D'ailleurs les sœurs, un tantinet sadiques, ont prévu notre abnégation : le panier, dès le début de la petite cérémonie, contient moins de bonbons qu'il n'y a de filles…

Mais surtout, avec mes compagnes, j'apprends la broderie sous la houlette de Mlle Marthe. C'est une vieille fille, petite, maigre et sèche avec les jambes arquées et des doigts longs et fins. Méchante et acariâtre, elle est sans pitié sur le travail. Pas terminé ? On ne mange pas. Mal fait ? On défait et refait tout l'ouvrage. Elle veille à ce qu'on économise jusqu'au dernier centimètre de fil.

Un jour, Mlle Marthe me surprend en faute : je bavarde avec ma voisine.

– Taisez-vous !

Mais je suis une dure :

– Non !

– Et d'abord, baissez les yeux.

– Non !

J'ai droit à une douzaine de paires de claques administrées par la chef brodeuse, soigneusement appliquées avec ses longues mains et ses doigts interminables. Dans l'atelier, les filles les comptent en rythme à haute voix et se demandent quand je vais plier. Mais je ne cède pas et, finalement, c'est Mlle Marthe qui se décourage. Hé oui, je suis une dure.

Les broderies du Bon Pasteur sont réputées : on fabrique du linge de maison luxueusement décoré pour les coopérants français restés en Algérie. Je finis par me passionner pour cet art de la broderie qui demande du doigté et beaucoup de minutie et je deviens une des meilleures brodeuses de l'atelier.

Les moments de détente sont rares. À part la séance hebdomadaire de télévision à laquelle nous avons droit, il faut chercher la distraction dans des activités moins sévèrement encadrées. Comme lorsque nous allons au lavoir par groupe de huit, pour lessiver aux cristaux de soude tous les draps, ceux des religieuses comme ceux des pensionnaires. Il faut deux filles pour soulever les grandes pièces de toile métisse gorgées d'eau et aller les étendre dans le verger. L'exercice est dur, et on sait qu'il sera suivi du repassage dans une buanderie rendue torride par les feux de bois et de charbon où chauffent les fers. Mais en attendant, au lavoir, on joue avec l'eau, on s'asperge, on se bagarre gaiement et on se rattrape sur le bavardage !

Le moindre événement, pour peu qu'il rompe le quotidien, prend des dimensions extraordinaires. Un jour, Ahmed Ben Bella, nouvellement élu président de la République algérienne, vient visiter le pensionnat. Au grand dam des sœurs, il demande qu'on enlève tous les signes religieux visibles et, en passant devant moi, il me tapote le crâne en demandant : « Ça va ? » Je hausse les épaules. Mouais, ça allait.

Je passe les quatre années de mon adolescence dans ce lieu hors du monde, entre filles, sans jamais voir un homme. Ou presque : un jour, deux messieurs, des plombiers qui viennent faire une réparation, traversent la cour. Après un grand silence de stupéfaction, c'est la révolution au pensionnat, une explosion de cris et un concert de piaillements : « Regarde, regarde, des pantalons… des hommes ! »

Durant tout ce temps, malgré l'absence masculine et la promiscuité des dortoirs, je ne suis jamais confrontée à l'homosexualité, de près ni de loin. J'ai bien une amie très proche et tendre, mais avec qui nous ne sommes jamais allées jusqu'aux attouchements. Ironie du sort, c'est quand j'aurai quitté le couvent que je connaîtrai cette forme de relation.

Une sœur novice, Amparo, originaire d'Alicante, m'a prise en affection. Elle est douce et gentille. Moi aussi, je me suis attachée à elle, sans aucune arrière-pensée. Quelques semaines après mon départ du pensionnat, elle vient me proposer une promenade à la campagne, où une partie des religieuses est en retraite pour une semaine. J'accepte de bon cœur et nous voilà côte à côte, marchant dans les champs.

Tout à coup, la sœur se rapproche de moi et commence à passer une main sur mes seins. Je me recroqueville, mal à l'aise, mais la sœur s'enhardit et approche ses lèvres des miennes pour m'embrasser. Je me retire vivement, sans dire un mot.

Nous continuons notre promenade dans un silence gêné. Je suis choquée, troublée et déçue. Je ne comprends pas comment son amitié a pu la pousser à un tel geste.

C'est quelque temps après qu'elle revient me voir :

– Tu sais, Meriem, je te dois des explications. Je ne suis pas faite pour les ordres. Ma vie n'est pas ici. Je vais partir.

Et, en effet, elle quittera le couvent du Bon Pasteur avant de prononcer ses vœux.

Si je ne suis pas tentée par les relations physiques avec les filles, je suis curieuse de l'intimité des corps. Longtemps, j'ai voulu savoir ce que dissimulaient les longues robes beiges des religieuses et les cornettes serrées autour du visage. Un jour, je décide d'en avoir le cœur net.

Il y a au fond du dortoir une petite chambre isolée où se tient la sœur surveillante. La pièce est vitrée, mais les carreaux sont passés au blanc d'Espagne. De nos lits, on ne voit que la lampe et des ombres mystérieuses et mouvantes quand la sœur bouge autour de son lit. Il faut que j'en sache plus que ça!

J'ai préparé mon expédition en grattant quelques centimètres de la peinture blanche en bas d'une des vitres. Le soir venu, je me lève comme pour aller aux toilettes et je me fais petite souris pour me glisser devant l'œilleton que j'ai pratiqué.

J'ai bien calculé: la religieuse commence à se déshabiller. Elle défait d'abord sa grande cornette qui tient par deux épingles. En découvrant ses cheveux coupés très court, je suis saisie: je ne connaissais d'elle que son visage et ses mains. Puis elle délie les deux nœuds qui tiennent sa robe, avant de faire tomber son jupon. Il ne lui reste qu'une culotte qui me paraît incroyablement blanche.

Mais le vrai choc vient après, quand je découvre que sa poitrine, plate et toute menue, est entièrement entourée d'un bandage qu'elle déroule lentement, comme si elle se libérait. Je devine que la féminité des religieuses catholiques est encore plus bridée que celle des femmes musulmanes. À plusieurs reprises, j'avais pensé prononcer un jour mes vœux et rejoindre les bonnes sœurs, mais je ne les regarderai plus avec les mêmes yeux à partir de ce soir-là. Je respecte trop la féminité pour accepter cette contrainte.

Le dimanche, on ne fait rien. Certaines d'entre nous reçoivent des visites. Bien sûr, on ne m'attend jamais au parloir. L'appel des noms accentue mon sentiment de grande solitude. Au fond de moi, même si j'ai tout fait pour que ce soit impossible, j'espère vaguement qu'un jour mon père retrouvera ma trace et qu'il viendra me chercher.

Pour tromper mon ennui et pour garder espoir, je remplis les pages d'un journal intime où j'essaie de réunir tout ce à quoi je tiens, sans vouloir le reconnaître : je parle beaucoup de mon père, du mystère de ma naissance, un peu de ma belle-mère et de mes frères. C'est une manière aussi de faire le point, de mettre de l'ordre dans ma vie, d'essayer de savoir qui je suis et surtout qui sont les autres.

Régulièrement, les sœurs entreprennent des fouilles systématiques de nos casiers. C'est comme ça qu'elles mettent la main sur mon journal. Je suis convoquée immédiatement chez la supérieure. En entrant, mon sang se glace : sur son bureau, le cahier d'écolier est grand ouvert devant elle. En une seconde, je comprends le danger. Il faut réagir et inventer une explication, là, tout de suite ! Mère Providence pointe du doigt l'objet du délit et elle a son air le plus sévère :

– Meriem, vous m'aviez dit en arrivant ici que vous n'aviez pas de père, pas de famille… Et tout ça, alors, qu'est-ce que c'est ?

Mon cerveau travaille très vite. Je mélange fiction et réalité :

– Bien sûr que j'ai une famille. Mais je ne veux pas retourner chez eux. Ils me battent.

– Vous voulez qu'on aille les voir, qu'on leur parle ?

– Non, non, surtout pas, je ne veux pas y retourner.

Devant ma détermination, mère Providence n'insiste pas. Je m'en tire avec un sermon sur le mensonge et l'assurance que je garderai mon statut d'orpheline et de sans famille. Mais j'ai eu très peur. Si mère Providence faisait une enquête, ou passait une annonce, elle n'aurait pas grand mal à retrouver mon père. Je ne suis plus tout à fait la mystérieuse inconnue pour laquelle je passais jusqu'à présent.

Dans un petit bois où nous allons nous promener à l'intérieur de l'enceinte du couvent, j'ai repéré un morceau de grillage abîmé. Il n'en faut pas plus pour me donner une envie de fugue. Ce que je fais dès que j'en ai l'occasion. Et je me retrouve à nouveau dehors. Mais, cette fois, je parcours à peine un ou deux kilomètres sur la colline d'El Biar. Les policiers du coin sont habitués à repérer les brebis égarées du Bon Pasteur et ils me ramènent très vite au pensionnat !

À partir de là, je me calme, ou presque, car la police me reconduit encore une ou deux fois au couvent. Je brode, de mieux en mieux, et je deviens une pensionnaire exemplaire, qui attend comme les autres le jour où elle pourra sortir du Bon Pasteur par la grande porte, celle du portail massif en fer forgé.

Les sœurs me confient l'entretien de la chapelle et m'apprennent le catéchisme. Je n'ai aucune éducation religieuse, puisque mon père, comme ma grand-mère, est athée. Je lis le missel qu'on m'a donné, je garde précieusement des petites reliques et des images saintes. Je suis entourée de statues de la Vierge, j'en ai une très colorée, la robe bleue, le voile blanc, les joues rehaussées de rouge. En secret, je prie Marie pour revoir un jour mon père. La religion et son imagerie me plaisent. Quand les sœurs me proposent de me baptiser, j'accepte avec joie d'entrer dans l'Église catholique. Mais c'est à ce moment-là qu'une famille française me fait sortir du Bon Pasteur.

Il n'y a que deux façons de quitter le pensionnat : soit vous avez vingt et un ans, la majorité légale à l'époque, soit on a réussi à vous trouver un mari. Régulièrement, je vois partir des filles qui sont devenues majeures, et d'autres qui vont se marier. C'est comme ça que mon amie Josiane vient de me quitter pour épouser un Espagnol.

Pour moi, c'est différent. J'ai quatorze ans, loin d'être majeure et trop jeune pour être mariée. Les Verdier, un couple de Français très catholiques qui a acheté un ensemble de mes broderies – douze sets de tables et des serviettes en soie décorés d'épis de blé, de coquelicots et de bleuets, s'il vous plaît ! –, ont demandé à connaître la brodeuse qui avait si bien réalisé ce travail.

Après que nous avons fait connaissance, Geneviève et Jean-Maurice Verdier se prennent d'affection pour moi et ils demandent à la mère supérieure de me prendre chez eux. Ils ont déjà un garçon un peu plus jeune que moi, Jean-Éric. Ils ne peuvent pas m'adopter légalement, mais ils vont me considérer comme leur fille. J'accepte tout de suite d'entrer dans cette famille qui me respecte et semble prête à m'aimer.

Au début, il y a un malentendu. Je ne mange pas avec eux, mais je suis reléguée à la cuisine ! Je me sens mal à l'aise : suis-je une nouvelle fois engagée comme bonne à tout faire, ou vais-je être vraiment traitée comme la fille de la maison ? Je pose franchement la question et les Verdier comprennent tout de suite mon trouble, ma peine et mon immense besoin d'affection. Ils me prennent à table avec eux et, pour moi, une vraie vie de famille commence.

Ils partent en vacances en me laissant seule chez eux, avec une confiance absolue. Avant leur départ, ils me montrent leur coffre-fort – caché derrière un tableau, bien sûr – en me donnant le chiffre et en me disant : « On ne sait jamais… S'il nous arrive quelque chose… »

Bientôt, ils m'emmènent avec eux, en Espagne, au Maroc et surtout en France, quand ils vont retrouver pour quelques semaines leur famille en Auvergne. Je découvre un paysage que je ne connais pas, les grands pâturages, les lacs très bleus, les montagnes volcaniques, les petits murets de pierre basaltique. Je goûte pour la première fois au plaisir des longues balades à vélo, le nez au vent et le sourire aux lèvres.

Les Verdier habitent la villa Ourida à El Biar, tout près du Bon Pasteur. J'ai ma chambre de jeune fille, aux murs tapissés de posters de Johnny Hallyday, Frank Alamo et Sylvie Vartan. Ils me donnent un petit peu d'argent de poche, comme font les parents de tous les ados des années soixante. Je prépare à Geneviève des corbeilles de fruits et des bouquets de fleurs. Elle sait me remercier d'un sourire ou d'un petit cadeau. Je suis enfin heureuse et insouciante, comme on doit l'être à cet âge.

Pas pour longtemps : les mauvaises fées qui ont gâché mes années d'enfance vont revenir dans ma vie pour refermer cette parenthèse de bonheur et d'équilibre.

Dans mes dix premières années, jusqu'à ma longue fugue dans les rues d'Alger, j'ai été ballottée de mains en mains par des femmes, une grand-mère, une tante, une belle-mère et sa propre mère, toutes aussi intéressées à m'exploiter qu'à me faire payer ma condition de bâtarde.

Retour en arrière…

## 2

## Un père, des mères

Quand Halima, ma mère, arrive à Alger, à l'âge de dix-sept ans, elle a fugué. Est-ce d'elle que me vient mon penchant pour les fuites en avant, mon goût des évasions qui m'a fait tout quitter à chaque fois que je me suis sentie enfermée ?

Elle est originaire de la tribu berbère des Ouled Naïl et sa famille est installée à Orléansville. Élevée par un oncle, la petite fille a couru la campagne, pieds nus au milieu des ronces et des cailloux, pour garder les moutons. Elle est bergère, elle erre toute la journée dans la nature, et personne ne songerait à l'envoyer à l'école. Quand elle part vers Alger, c'est pour elle une errance de plus, peut-être une manière irréfléchie de prendre son destin en main.

Toute jeune et perdue dans la capitale, Halima trouve du travail chez une famille de Français. Un militaire, son épouse et le fils célibataire. Et, comme souvent, une liaison va unir la jeune domestique indigène et l'officier colonial. Était-elle consentante? A-t-elle été violée comme elle me l'a affirmé plus tard? Toujours est-il qu'elle ne tarde pas à se trouver enceinte. Scandale dans la famille de l'officier. On chasse la petite intrigante qui se retrouve dehors, sans plus de bagage, de parent ni d'ami qu'en arrivant quelques mois plus tôt.

C'est en déambulant, désespérée, dans les rues d'Alger qu'Halima croise le chemin de celle qui devait devenir ma grand-mère. Celle-ci remarque cette toute jeune femme en pleurs, assise contre un mur qui lui donne un peu d'ombre. Elle se penche, lui demande ce qu'elle a.

– Je ne sais pas où aller…

– Tu n'as pas de famille?

Ma mère lui raconte tant bien que mal sa pauvre histoire, en omettant seulement de signaler qu'elle porte un enfant.

– C'est bon, tu vas venir chez moi.

Ma grand-mère, une femme autoritaire et dure, pouvait aussi se montrer généreuse et humaine. Elle a déjà recueilli des jeunes filles en difficulté. Elle habite, dans le chemin Pouyanne, une belle maison sur les hauts d'Alger, partagée en quatre appartements.

Toujours vêtue du pantalon bouffant, le sérouel venu des Turcs, petite, mais très imposante, avec un regard vif et noir qui ne supporte pas la contradiction, elle mène sa vie d'une main de fer. Son premier mari, un charbonnier d'origine marocaine, c'est elle qui l'a demandé en mariage. Il possédait des palmeraies à Marrakech et s'était enrichi en achetant des cafés par des moyens pas toujours très honnêtes. Avant de mourir pendant son pèlerinage à La Mecque, il a fait à sa femme un enfant, celui qui veut devenir mon beau-père. Elle s'est remariée avec un homme fin et lettré, qui a élevé mon père avec une grande ouverture d'esprit.

Ma grand-mère est illettrée, mais elle parle un français parfait. Elle règne en souveraine dans son voisinage, faisant les mariages et réglant les divorces. Elle est la seule Arabe à être considérée et crainte dans le quartier huppé où se trouve le chemin Pouyanne.

Et voici ma mère qui entre dans cette famille ! Il ne faut pas beaucoup de temps pour que le fils de la maison, qui a dix-neuf ans, tombe amoureux de la petite Halima. Ils ont rapidement des relations très intimes, et il annonce bientôt à sa mère qu'il veut épouser la jeune fille.

Tout semble s'arranger pour la petite bergère fugueuse, sauf que son ventre s'arrondit très vite et qu'elle doit accoucher bien avant les neuf mois qui auraient dû suivre le mariage ! Pire encore, quand je viens au monde, il faut bien admettre que je suis blonde et d'un teint très clair, alors que mon « père » Mohamed est très basané et que ses cheveux sont noirs. On le compare volontiers à Henri Salvador, mais moi, on me surnommera bientôt « la petite poupée russe ».

En attendant, c'est la guerre dans la famille. Non seulement Halima a menti sur son état, mais en plus, elle, l'indigène, a eu des relations avec un roumi, un Français. Inimaginable, inacceptable et indécent. Furieuse d'avoir été doublement dupée, ma grand-mère nous chasse de la maison du chemin Pouyanne. Mais mon père, amoureux et bien décidé à me considérer comme sa fille, parce qu'il m'a vue grandir dans le ventre de ma mère, quitte à son tour la maison pour s'occuper de sa femme et de moi.

C'est le début d'une longue et pitoyable errance. La famille d'Halima monte à Alger pour la retrouver et la ramener à Orléansville. En apprenant ce qui est arrivé, elle fait cause commune avec celle de Mohamed. Et les deux familles tombent d'accord : il n'y a qu'une seule manière de laver l'honneur de tout le monde, c'est de tuer la mère et la fille.

Pendant un an, mon père doit nous emmener d'une maison à l'autre, d'une cache à l'autre, pour échapper à la menace. Le jeune couple et leur bébé se retrouvent dans des caves, dans des réduits, dans des chambres tristes et humides près de la casbah. Une fois, une alerte plus chaude que les autres oblige ma mère à me dissimuler dans une poubelle.

Entre-temps, ma mère tombe à nouveau enceinte et elle accouche d'une autre fille, ma sœur Rabea. Mon père ne voudra jamais la reconnaître, alors qu'il s'est battu pour faire officiellement de moi sa fille. Étrange situation. Rabea n'aura jamais d'éducation et connaîtra toute sa vie l'existence de ceux qui n'existent pas aux yeux de la société. Aujourd'hui, moi qui suis seulement la fille d'élection de Mohamed, j'ai encore l'impression d'avoir volé, sans le vouloir, l'existence de quelqu'un d'autre, celle de sa fille de sang.

Pour ma mère, à peine sortie de l'adolescence, cette vie de proscrite, de fugitive ballottée à droite et à gauche, devient vite insupportable. Le dernier refuge trouvé par mon père est l'appartement de son beau-père, qui nous accueille en secret. Un jour, il rentre chez lui et entend pleurer ma petite sœur. Il se précipite et il me trouve toute désemparée, en train de bercer Rabea. Plus trace de notre mère. Nous avons été abandonnées.

Mon père apprendra plus tard qu'elle est retournée à Orléansville. Il ira la chercher, la persuadera de revenir, mais elle s'enfuira à nouveau, définitivement.

Contrairement à moi, ma sœur n'a jamais pardonné à ma mère de nous avoir ainsi abandonnées. Quand nous l'avons retrouvée, quarante ans après, elle a exprimé une sorte de haine absolue envers elle. Elle était certaine qu'Halima était une femme frivole qui s'était enfuie avec un autre homme. Elle la jugeait sévèrement, la rejetait, alors que j'avais laissé au temps le soin de pardonner.

En attendant, après la disparition d'Halima, mon père doit s'occuper de ses deux filles. Il n'y a pour lui qu'une solution : il nous ramène chez sa mère, dans la maison du chemin Pouyanne, et il exige que nous soyons accueillies comme ses filles.

Il me reste de mes premières années plus de parfums et d'images que de vrais souvenirs. La maison de ma grand-mère, qui domine la baie d'Alger, est construite tout en hauteur. Des terrasses, on entend les sirènes des bateaux qui entrent au port et les sifflets des trains qui se croisent tout en bas. On passe un grand portail en fer forgé recouvert de roses jaunes et on prend une allée bordée de vignes. Sur les murs, de lourdes grappes de glycines mauves, au parfum entêtant, tombent presque jusqu'au sol. Le chemin monte jusqu'à un escalier recouvert de faïence. On trouve là une première maison, et d'autres marches mènent à un deuxième appartement.

Le petit jardin embaume des fleurs qui recouvrent ses murs, et les effluves semblent venir de partout, entre les parfums subtils des roses et les senteurs piquantes du jasmin dont on tresse des colliers. Il abrite un arbre centenaire, qu'on appelle un palmier, et qui est en fait un cocotier. Il dispense l'ombre et la fraîcheur jusqu'aux plus chaudes journées de l'été. On peut voir sa cime depuis la ville basse et il sert de repère pour trouver la maison.

À côté du jardin, la bâtisse s'appuie sur une petite colline recouverte de fleurs des champs et traversée en tous sens par une multitude de papillons. On y cueille des coquelicots et de petits artichauts sauvages qu'on mâche comme des chewing-gums.

À l'intérieur, on vit, on mange et on dort dans une seule grande pièce sombre aux murs recouverts d'une peinture beige décrépite. Pas de vraie table, pas de lit, mais seulement une grande armoire où ma grand-mère garde ses secrets et son or, et un meuble de cuisine en bois massif, orné de scènes de chasse sculptées, qui me fascine comme un livre d'images avec ses sangliers blessés et ses sonneurs de cor.

Avant de dormir, ma grand-mère allume la radio, un de ces vieux postes avec son « œil magique » d'un vert intense qui change mystérieusement de forme quand elle cherche la station où elle trouvera une pièce radiophonique.

Puis on se couche par terre, sur des couvertures rêches en mauvais drap qui sentent la chèvre et font des bosses un peu partout sous le dos.

Le matin, vers quatre heures et demie, la nuit est encore bien noire quand ma grand-mère se lève, rabat les couvertures sur nous d'un geste brusque et sans tendresse, et passe dans un petit réduit où il y a un réchaud à pétrole qui dégage une odeur douceâtre.

Je l'entends remplir d'eau sa cafetière et je commence à suivre, les yeux fermés, les premiers gestes du matin. Elle gratte une allumette, jette dans l'eau trois cuillerées de café et bientôt je perçois les premiers ploc-ploc du café qui monte. Elle répète trois fois l'opération, et je l'entends enfin siroter lentement son café turc, en aspirant le liquide qui siffle entre ses lèvres.

Elle descend alors dans le jardin pour arroser ou bêcher ses pommes de terre. Puis elle remonte préparer notre lait du matin, qu'elle dépose sur une petite table basse avec un peu de pain dur.

Le soir, nous avons de la viande que la grand-mère jette dans notre assiette d'un geste rude. Mais quand le chien Rip, un vieux corniaud couvert de parasites, s'approche, elle reprend mon morceau de viande que je gardais avec gourmandise pour la fin et le lui donne en me disant : « Tu n'en veux pas ? »

Très vite, notre grand-mère nous confie à une nounou, une autre femme qu'elle a recueillie comme Halima. On me fait comprendre aussi que je ne suis pas un vrai membre de la famille. C'est ainsi que, sans jamais en comprendre le sens exact, j'apprends le mot de bâtarde, dont on me traite couramment. En arabe, on dit joliment *fakha*. Plus tard, je découvrirai que le mot veut dire « oiseau », parce que l'oiseau ne sait pas qui sont ses parents…

Après son départ, ma mère passe me voir une ou deux fois en cachette. J'ai le souvenir d'être assise par terre, seule près du grand palmier, les jambes écartées, et de voir se pencher vers moi une sorte de fantôme, une femme dont le voile blanc serré sur son visage est mouillé de larmes et qui porte sur le front le tatouage bleu des Ouled Naïl. On m'a dit : « Si jamais tu revois ta mère, tu lui cracheras dessus ! » Elle me prend la main, je la retire vivement et je crache. Avec le temps, le souvenir de ma mère s'est estompé, mais je garde toujours l'image floue de ce fantôme en pleurs.

En 1956, quelques années plus tard, mon père se remarie. Membre du FLN, fervent communiste, il est un militant engagé. C'est un vieux camarade, avec lequel il a eu des discussions enflammées, qui lui a demandé, avant de mourir, d'épouser sa fille.

Nabia a dix-sept ans. C'est une jolie jeune femme qui me fascine tout de suite, moi la petite fille de cinq ans. Je ne peux pas détacher mon regard de son grain de beauté sur le coin des lèvres et de ses cheveux noirs ondulés comme les actrices de Cinecitta. Dans son fourreau de taffetas, elle a l'opulence triomphante de Sophia Loren. Quand elle s'assied près de moi, je recule discrètement pour être sûre de ne pas froisser les volants dc sa robc.

Elle est venue chez ma grand-mère en costume traditionnel, et le mariage s'est déroulé selon la coutume mais, dès le lendemain de la nuit de noces, elle porte un déshabillé hollywoodien, vaporeux et bordé de plumes.

Au début, Nabia me prend en affection. À cause de ses activités clandestines, mon père est souvent absent et il quitte secrètement Alger pour rencontrer d'autres militants, tunisiens ou marocains. Nabia s'ennuie. Elle ne sait pas lire, et je suis sa seule distraction.

Quelque temps après son mariage, mon père, ingénieur dans les transmissions aériennes, est muté pour quelques mois à Ghât, dans le Sud, juste à la frontière libyenne. C'est le premier voyage qu'on fait ensemble, avec Nabia. Je ne me suis encore jamais retrouvée loin d'Alger sans ma sœur. Mon père m'a emmenée parce qu'il se rend bien compte que je suis rejetée par ma grand-mère et par ma tante. Il veut me protéger d'une animosité qu'elles ne cherchent pas à dissimuler.

Le petit aérodrome de Ghât est posé au milieu du désert, et la maison de fonction que nous occupons, un rez-de-chaussée en terre rouge percé de quelques fenêtres étroites et surmonté d'une terrasse décorée des créneaux traditionnels, est isolée dans le sable. Pas d'arbre, ni aucune autre verdure que des boules de ronces qui roulent sous le vent. On aperçoit au loin les hangars de l'aérodrome et sa manche à air qui flotte en haut d'un mat.

La maison est spacieuse et vide. Quelques meubles, buffet, table, chaises recouverts de Formica jaune et orange et posés sur les pieds pointus en vogue dans les années soixante. Au mur, des lézards séchés sont accrochés pour chasser le mauvais œil.

C'est là, dans le Sud désertique et rocailleux, que je ressens pour la première fois un véritable émoi sexuel. La scène est restée gravée dans ma mémoire. C'est à l'heure de la sieste. Il fait une chaleur torride et les rideaux des fenêtres sont tirés, laissant passer seulement quelques rais de soleil. Quand j'entends des gémissements dans la chambre voisine, la curiosité me pousse à me lever sans bruit et à me glisser jusqu'à la porte entrebâillée. La vue des deux corps entrelacés qui ondulent langoureusement, éclairés de perles de sueur et par endroits de petites langues de lumière, me procure une sensation que je ne connais ni ne comprends, mais dont je ressens au fond de moi toute la sensualité. Sentant confusément que je suis en faute, je déguerpis presque aussitôt… avant de revenir aussi vite contempler le tableau volé, fascinée par cette scène belle et sensuelle.

La bienveillance de Nabia envers moi commence à s'estomper avec la naissance de son fils Zaki. Non seulement il comble son besoin de distraction, mais encore elle craint que mon père me préfère à lui, comme il a fait avec ma sœur Rabea. Même s'il n'est ni tendre ni démonstratif, il est toujours très attentif envers moi, et la jeune mère juge que ces soins doivent revenir à son vrai fils.

Là-dessus, nous partons pour la Tunisie, où mon père doit travailler pour Air-France. Le pays vient de conquérir son indépendance, le président Bourguiba est décidé à libéraliser la condition féminine, et il souffle un air de liberté dans les rues de Tunis.

Je connais là une période d'insouciance et de bonheur. Je m'amuse comme tous les enfants du monde, j'ai une voiture à pédales et – grande nouveauté pour moi – je peux manger à table avec mes parents.

Mon père m'emmène lui-même à l'école, mais j'en ressors aussitôt pour courir les rues. Mes pérégrinations me mènent toujours au parc municipal. En fait, mon principal sujet d'étude n'est pas enseigné à l'école : c'est de comprendre la différence entre les filles et les garçons. Un débat d'importance qui me trouble et me tarabuste.

Un jour, je m'assieds dans le bac à sable à côté d'un garçon aussi jeune que moi. Il me montre son engin et je lui fais découvrir ma différence. Bref, on joue au docteur. Et, comme par hasard, c'est à ce moment que mon père passe. Il découvre en même temps que je ne suis pas en classe et que je m'intéresse à des matières extrascolaires. J'ai droit, bien sûr, à une tannée mémorable. À l'époque, même si mon père est très ouvert d'esprit, il ne s'interroge pas sur l'innocence de l'âge tendre !

J'ai le souvenir d'une voisine juive qui me laisse entrer dans sa cuisine, à la fin de mes longues et harassantes journées d'école buissonnière. Elle me fait asseoir, me donne à manger et elle me demande gentiment pourquoi je ne suis pas à l'école. J'aime cette femme qui s'intéresse à la petite fille que je suis. Car mon père, lui, se préoccupe de moins en moins de moi, sinon pour me battre, de plus en plus souvent.

Quant à Nabia, elle commence à m'exploiter, me fait laver les couches de son bébé et nettoyer le sol de la cuisine. Si elle n'est pas contente de mon travail, elle me pince et me tire les cheveux. Elle explique à mon père que je suis bien plus utile à la maison qu'à l'école. Quand je lui dis « maman », elle me répond violemment : « Je ne suis pas ta mère ! » Moi, je ne sais plus trop qui est ma mère. J'ai presque oublié le fantôme du chemin Pouyanne et je cherche désespérément quelqu'un à appeler « maman ».

Après cette parenthèse tunisienne, nous revenons en Algérie. Ma belle-mère se retrouve enceinte de son deuxième enfant. C'est à partir de là que mon père et elle commencent à s'éloigner l'un de l'autre. La jeune femme est lasse de ces déménagements successifs, au gré des mutations de son mari. Elle veut aller vivre chez sa mère et laisser mon père poursuivre seul son vagabondage perpétuel.

Quand il doit partir à Gabès, il me prend avec lui. Pendant quelque temps, nous vivons seuls tous les deux. Je veux absolument dormir avec lui. Il accepte, mais il met deux draps séparés dans le grand lit. C'est aujourd'hui encore un merveilleux souvenir que ces nuits où je partageais son intimité dans le plus grand respect.

Lui qui n'est pas croyant, il m'inscrit à l'école coranique, peut-être seulement parce qu'il y est allé lui-même dans son enfance. Je passe toute la journée à psalmodier des sourates du Coran. Ce qui ne fait pas de moi une musulmane convaincue. Aujourd'hui encore, je me sens plus attirée par une église que par une mosquée…

La maison est grande, mais assez éloignée de l'aérodrome où il travaille. Il a une Vespa sur laquelle il m'emmène dans ses longs trajets. La région est constellée de puits. Mon père ne me raconte pas que des militants du FLN ont été jetés au fond de ces puits. Mais il arrête son scooter et me dit sans sourire :

– Tu sais, Meriem, si un jour ton papa ne rentre pas, il faudra dire aux voisins qu'il est peut-être dans un puits.

Ma marâtre nous rejoint finalement à Gabès. Mais son comportement est inquiétant. Elle a de drôles d'envies de femme enceinte et, en cachette, elle mange du savon et du plâtre. Mon père m'a demandé de la surveiller. Lorsque je fais mon rapport, elle me donne immanquablement une paire de gifles. Quand naît le bébé, son visage est tout boursouflé, comme brûlé, sans doute l'effet de l'étrange régime alimentaire de sa maman.

Elle repart accoucher à Alger, et nous la suivons bientôt. Pour moi, une période encore plus instable va commencer. J'ai sept ans.

Mon père, engagé dans son militantisme, n'a plus guère de temps pour s'intéresser à moi. Il disparaît plusieurs semaines sans qu'on sache où il se trouve, ni même s'il n'est pas en prison. Je me souviens qu'une fois, on fait la fête : il est revenu en secret du djebel, où il combat.

Mon père étant loin, trois femmes, ma tante, ma marâtre et sa mère, vont se déchirer pour me prendre chez elles. Pas par affection ni par générosité, mais bien par intérêt : elles ont toutes les trois besoin d'une bonne à tout faire !

La mère de Nabia, une femme grande et bien en chair, élégante et imposante, s'appelle Fadoula. Elle est veuve, elle a des amants, et elle les rejoint vêtue du haïk, le voile traditionnel qui couvre la tête et le corps comme un tchador. Et comme elle est coquette, son haïk n'est pas fait d'une vulgaire étoffe, mais de soie blanche !

Le haïk est censé préserver la pudeur des femmes, mais il y a deux façons de le porter, la manière modeste et la manière sexy. Fadoula porte le voile sexy, croisé sur le côté pour le laisser voler au vent, accompagné des effluves sensuels d'un lourd parfum oriental. Dotée d'un vrai charisme et aimant manoeuvrer les autres, elle est la première à me confisquer pour la servir.

Dans Alger, c'est la guerre. Fusillades, rafles, explosions et assassinats. Le quartier où je vis, chez Fadoula, est surnommé la deuxième casbah. Un quartier aussi chaud et vivant que l'autre, un repaire formé de petites ruelles tortueuses, d'escaliers et de recoins sombres, un fief du FLN.

On prévient les enfants de ne jamais accepter de bonbons des Bérets rouges, les parachutistes français, parce qu'ils sont empoisonnés! Quand je vois arriver une patrouille, je me cache vivement dans une encoignure. Au passage des militaires, les gamins crient: « Salan… Au poteau! » avant de s'éparpiller dans les petites rues étroites de la casbah.

Ils sont de vrais militants anticolonialistes, sans rien y comprendre. Poussés par les adultes, ils vont jeter des pierres sur les vitrines des magasins des roumis qui vendent de l'alcool. C'est eux qui servent à transporter discrètement des messages, parfois des bombes. Comme leurs parents ou leurs voisins envoient couramment les enfants faire des courses, le FLN en profite: aux postes militaires, les petits passent entre les fils barbelés sans être fouillés.

On entend par moments des rafales de fusils mitrailleurs. Je ne sais pas d'où viennent les coups de feu et je cours pliée en deux en sautant d'un porche de maison à l'autre.

Dans cette casbah où nous vivons, la guerre s'est installée au milieu de la vie quotidienne, au milieu des jeux des petits et des allées et venues des marchands ambulants. L'odeur capiteuse des épices est parfois couverte par celle de la poudre, et les aboiements des officiers et des soldats interrompent tout à coup les youyous.

Entre deux descentes de police, un spectacle de paix s'installe dans la rue, celui des mystiques soufis du Soudan, qui viennent danser dans des costumes brodés multicolores, au son d'une musique entêtante et au rythme des castagnettes. Dans les fumées de l'encens, les soufis lancent des souhaits de bonheur et de bonne santé. Les habitants du quartier leur jettent de l'argent et les invitent chez eux pour l'exaucement de leurs vœux. On égorge un coq dont le sang s'écoule jusque dans l'escalier, et chacun pose sa main dans le liquide rouge sombre avant de la plaquer contre le mur, un signe indélébile qui protège du mal comme les mains de fatma.

C'est au milieu de ce mélange de tragédie et de mysticisme que je deviens le pigeon voyageur de Fadoula et de son amant, un homme riche, qui possède plusieurs commerces, dont une boulangerie. Pour vivre, elle fait de la pâtisserie algéroise, des cornes de gazelle et des gâteaux au miel. Elle recouvre d'immenses plateaux de ses préparations et moi, petite et fluette, j'ai un kilomètre à faire sous le soleil, pieds nus, plateau sur la tête, pour les apporter à l'amant pâtissier qui les fait cuire dans son four. Une course exténuante qui se répète plusieurs fois dans la journée.

Un jour, épuisée, je laisse glisser le plateau. Catastrophe : il était recouvert de makrouts, ces losanges de semoule plats et fragiles qui ne se tiennent que par le beurre dont ils sont gavés. En contemplant le désastre, tous ces gâteaux écrasés dans la poussière de la rue, j'ai vu ma mort. Je laisse tout par terre et je pars en courant.

Ma fugue dure trois jours. Je dors sous les escaliers des immeubles, je mange ce que je chaparde, des petites tomates ou des morceaux de pastèque que je dérobe aux marchands en charrettes tirées par des ânes.

Fadoula a mis le voisinage en alerte et lancé les gamins du quartier à ma recherche. Ils finissent par me dénicher, cachée derrière un escalier.

Quand elle me retrouve, elle m'écrase la main avec son pied pour m'empêcher de fuir, puis elle me traîne par les cheveux jusqu'à chez elle, malgré les cris des voisins qui essaient de la calmer : « Arrête, Fadoula, c'est une enfant ! C'est péché de la traiter comme ça ! » Dans sa fureur, elle me pousse jusqu'aux toilettes où elle se met à couper toutes mes mèches, du moins celles qui n'étaient pas déjà restées entre ses mains. Je me retrouve tondue, honteuse et douloureuse.

À partir de ce jour, elle me relègue sur le balcon. Je continue à transporter ses plateaux de gâteaux, mais dès le soir, je suis jetée dehors, sans un mot ni un regard, à peine nourrie, sans même pouvoir faire mes besoins à l'intérieur. Elle reçoit son amant, tandis que je me morfonds, atrocement malheureuse, transie de froid en plein hiver.

Il y a sur le balcon un magnolia dont elle est très fière. Je prends l'habitude de me soulager dans son pot. Jour après jour, la plante se flétrit et dépérit. Malgré ses lamentations, Fadoula perdra son beau magnolia sans jamais comprendre la cause de son agonie.

Il y a une tradition en Algérie qui offre l'occasion d'une petite fête entre voisins : une fois par an, on nettoie à fond les matelas de la maison. On les découd soigneusement, on sort la laine qu'on lave et qu'on met en tas dans un coin. Un tapissier s'installe au coin de la rue et il refait les matelas de tout le voisinage. Fadoula a eu l'imprudence de laisser son ballot de laine sur le balcon. J'ai cru bon de faire pipi dedans, en pensant que toute cette laine absorberait facilement le liquide. Erreur : quand elle s'aperçoit du désastre que j'ai causé, je suis battue comme d'habitude, mais en ajoutant un petit raffinement : elle me frotte le sexe avec du piment. Je hurle de douleur, les voisins tapent au mur, mais en vain.

Il y a aussi sur le balcon la cage d'un canari qu'elle adore. C'est lui qui fera les frais de ma vengeance : chaque soir, j'ôte une plume de sa queue jusqu'à ce qu'il se retrouve avec le derrière tout nu. Quand Fadoula s'aperçoit de l'outrage fait à son oiseau chéri, il est trop tard. Bien entendu, je suis bonne pour une nouvelle raclée, qui me laisse couverte de bleus.

À cette époque, j'ai tout de Cosette : les cheveux raides et mal taillés, maigrichonne, mais toujours avec de grands yeux clairs. J'ai des poux et, comme personne ne s'en préoccupe, je les fais tomber en me coiffant et en visant les gens qui passent sous le balcon. Je suis malheureuse, mais je fais les mêmes bêtises que les enfants heureux !

Mon exil sur le balcon cesse quand nous devons aller vivre dans un baraquement. Le quartier de la deuxième casbah, trop remuant au goût des autorités militaires, a été nettoyé par les paras français, et ses habitants sont relogés dans des abris sommaires. Je continue à porter les plateaux de Fadoula et je dois en plus chercher l'eau à la fontaine publique, sans que Jean Valjean vienne jamais m'aider à porter les seaux.

Le « village » où nous avons été regroupés a tout d'un bidonville. Les murs bancals des baraquements sont en tôle ondulée et les eaux usées charrient les ordures au long d'une rigole creusée au milieu du passage. Nous vivons dans une pièce et les seuls meubles sont des coussins sur lesquels les visiteurs peuvent s'asseoir. Pour dormir, on aligne des couvertures sur le sol en terre battue.

Un des amants de Fadoula est venu vivre avec nous, et je dois m'étendre entre les deux. Une nuit, je sens des attouchements. L'homme prend ma main pour la poser sur son sexe. Comment me défendre, et surtout comment parler sans honte du sexe d'un homme ? Je me mets à pleurer et je lance :

– Je ne veux pas dormir là, y'a la souris.

Fadoula me répond d'une gifle. Je ne pouvais pas m'expliquer plus clairement et je finis par aller dormir un peu plus loin dans la pièce, hors de portée de la souris.

Un peu plus tard, c'est ma tante qui me prend avec elle, dans la maison de ma grand-mère. Je ne trouve pas chez elle plus de générosité. Je suis là comme employée de maison qu'on peut maltraiter et exploiter à merci, puisqu'une bâtarde ne peut espérer mieux.

Un jour où je suis allée chez des voisins et que j'ai répondu naïvement à leurs questions indiscrètes sur la famille, ma tante me bat pour m'apprendre la retenue. De cet épisode, il m'est resté une sorte de retenue qui fait que j'ai beaucoup de mal, aujourd'hui encore, à rendre visite aux gens. Et quand je suis obligée d'aller chez des étrangers, je garde instinctivement mes affaires près de moi, comme s'il fallait être prête à repartir très vite. J'ai aussi appris à me taire, à ne pas poser de questions ni à y répondre, et à être discrète avec les autres.

Tous les prétextes sont bons pour me punir et pour me battre. Ma tante le fait souvent et elle pratique aussi l'usage du piment frotté sur les muqueuses, entre les cuisses et sur la bouche. Elle ne manque pas d'imagination pour me dresser : elle peut m'enfermer dans une cabane du jardin, pieds et poings liés, en compagnie d'un serpent qui me terrorise et qui me nargue en ondulant lentement de la tête. Et si je me plains, elle me répond qu'il n'y a aucune raison d'avoir peur, puisque c'est un bon serpent, connu pour être le gardien de la maison.

Finalement, je retombe entre les mains de Nabia, quand mon père décide de se rendre en France. Il a été muté à nouveau et il travaille à la tour de contrôle de l'aéroport d'Orly. Avec sa femme et mes deux demi-frères, nous le rejoignons à Épinay-sur-Seine, où il habite un bel appartement dans un immeuble de standing entouré de champs.

Même si je suis ravie de retrouver mon père, ma condition n'évolue guère. Je ne vais toujours pas à l'école, parce que je suis la bonne de Nabia et de ses deux enfants. Je passe de Cosette à Cendrillon.

Je ne mange pas de viande : elle la réserve à mes demi-frères. Nabia est une redoutable manipulatrice. Sans jamais me le demander, elle me pousse à voler sur les marchés. Je dérobe des bricoles, des chaussettes ou de petits objets pratiques. Elle est toujours ravie quand je lui donne le fruit de mes larcins. Moi, je ne vois pas le mal, j'essaie désespérément d'acheter son affection avec ces cadeaux volés.

En vain : Nabia refuse toujours que je la considère comme ma mère. Je dois me charger de tous les travaux ménagers. Quand je fais la vaisselle, je ne lave jamais les grosses marmites. J'ai trouvé une niche sous l'évier où je les empile. Bien sûr, on en vient très vite à manquer de récipients et Nabia ne tarde pas à découvrir ma cachette. Elle me bat, comme d'habitude, mais cette fois avec le lourd couvercle d'une cocotte-minute qu'elle me jette sur le haut du crâne. Je saigne abondamment, et Nabia commence à s'affoler. C'est là-dessus que mon père arrive :

– Qu'est-ce qu'il se passe ? Elle saigne…

– C'est rien, elle est tombée.

C'est une des rares fois où mon père, pas du tout convaincu, prend mon parti contre sa femme. Et pour le coup, c'est elle qui a droit à une gifle. Nabia a été prise de court, elle n'a pas eu le temps de monter une histoire dans sa tête pour convaincre mon père de ma culpabilité…

La concierge du petit immeuble d'Épinay s'est vite aperçue que je n'allais pas à l'école. Dans ce quartier résidentiel de banlieue, une gamine de huit ans qu'on voit dans la rue à toute heure du jour se fait vite remarquer. Quand elle me pose la question, je me contente de hausser les épaules sans répondre. La gardienne finit par alerter une assistante sociale qui vient à la maison. Mon père prend peur :

– Maintenant, si on te demande pourquoi tu ne vas pas à l'école, tu répondras que c'est à cause de la guerre…

Finalement, grâce à l'intervention de cette femme à laquelle je rends hommage aujourd'hui encore, il faut me scolariser. Je suis placée dans une classe de transition. J'apprends à lire à toute vitesse, mais je pars de loin et je reste toujours la dernière. Les méthodes pédagogiques sont encore anciennes, et je fais pas mal de tours, dans la cour de récréation, coiffée d'un bonnet d'âne. Mais je suis fière et curieuse : vexée, je redouble d'efforts pour apprendre les bases qui me manquent et je rattrape vite mon retard.

La lecture est devenue pour moi une vraie passion. Je vole des livres de la Bibliothèque rose et de la Bibliothèque verte, du *Club des cinq* aux *Malheurs de Sophie.* À la maison, on ne me demande jamais comment je me procure ces bouquins. Nabia, qui ne sait ni lire ni écrire, est jalouse de mes progrès, mais elle ne peut pas s'en plaindre auprès de mon père.

J'adore la télé. Je regarde, passionnée, les dramatiques pour enfants de Claude Santelli, mais aussi *Thierry la Fronde* et *La Séquence du spectateur.* Un soir, l'unique chaîne en noir et blanc diffuse *Les Sorcières de Salem.* Le titre du film me fascine. Ma chambre donne sur la salle de séjour où trône le téléviseur. J'ai calculé de laisser ma porte entrouverte et de glisser un œil dans l'interstice. Hélas !

Mon père entend un bruit. Je regagne mon lit en courant, mais il n'a qu'à poser sa main sur mon oreiller pour vérifier qu'il est froid. Je reçois ma gifle avant de savoir si Montand allait sauver Signoret !

De ma chambre, je tends l'oreille aussi pour écouter les discussions enflammées qui réunissent le soir mon père et ses amis français. On y parle politique et philosophie, on condamne le colonialisme et on exalte le communisme et l'action du FLN. Ces soirées sont volontiers arrosées d'alcool et mon père, qui est athée, n'est pas le dernier à boire son cognac ou son whisky. Il est cultivé, brillant, très sûr de lui et, avec son teint basané, sa fine moustache noire et son sourire ravageur, il a un grand succès auprès des femmes. Et moi, du haut de mes huit ans, je suis éperdue d'admiration pour lui.

Même s'il est moins attentif et plus sévère avec moi, il continue à me considérer comme sa fille de cœur et, au fond, sa préférée. Un jour, un couple de ses amis français, voyant que je ne suis ni heureuse ni vraiment épanouie, propose de m'adopter. Mon père, pour ma plus grande joie, se met en colère et refuse catégoriquement de me laisser partir.

Ce sont justement ces gens-là qui m'offrent mon premier jouet de petite fille. C'est une poupée Bella, une poupée noire. Je viens de découvrir qu'on peut être noir : un de nos voisins, un Congolais, m'a fait très peur la première fois où je l'ai croisé. Je me suis écriée : « Il est sale, il est sale ! » Ma poupée noire devient ma seule confidente, jusqu'à ce qu'un de mes frères la jette par la fenêtre.

C'est pendant ce séjour en France que nous apprenons l'indépendance de l'Algérie. La proclamation en est faite le 5 juillet 1962 et, quelques jours après, mon père qui attendait tant ce moment réunit toute la famille pour rejoindre Alger.

À Marseille, l'embarquement se fait dans la liesse et l'enthousiasme. Les yeux brillant d'allégresse, les gens se bousculent joyeusement pour monter à bord, en échangeant haut et fort les premières impressions du retour au pays. Le bateau est bondé. Nous n'avons pas de cabine, mais seulement des chaises longues sur le pont. On mange des sardines à l'huile. Mais la mer est houleuse et je suis malade. Je ne mangerai jamais plus de sardines après cette traversée mouvementée !

L'arrivée sur Alger, ses quartiers en amphithéâtre et ses maisons en escaliers, blanches et ponctuées de balcons bleus, est toujours un spectacle superbe et émouvant. Sur le pont, les premiers Algériens qui reviennent au pays sont surexcités. Plus d'une heure avant d'apercevoir la baie, ils sont montés sur le pont supérieur avec les polochons, les valises et les sacs. Ils se montrent du doigt l'endroit où va apparaître leur ville. Grisée par le soleil et le vent qui apporte un mélange d'air pur et iodé et des relents de vomi, je me laisse fasciner par le sillage monumental que le bateau laisse derrière lui.

Ce qui nous attend au port est moins exaltant. À la sortie de la passerelle, des énergumènes particulièrement énervés nous font une double haie en hurlant : « Il y a des Français parmi vous. Il y a des traîtres. On va les tuer, on va les exécuter. Vive l'Algérie ! »

Au milieu des cris, mon père nous pousse vers la sortie du port. Tandis qu'on s'éloigne, on passe devant un autre navire. Les gens qui embarquent en emportant eux aussi des matelas enroulés et des valises hâtivement nouées d'une ficelle sont tristes et beaucoup d'entre eux pleurent. Les premiers pieds-noirs quittent l'Algérie…

C'est à côté de chez ma grand-mère, dans le chemin Pouyanne, qu'on trouve une maison de trois étages qui s'appelle le chalet Saint-Germain et qui vient d'être abandonnée par une famille française. Une nouvelle vie commence dans cette maison, sans que rien des tensions entre ma belle-mère et moi soit apaisé. Elle se trouve bientôt enceinte et accouche d'une petite fille.

Mon père change après le retour dans son pays libre et indépendant. Il devient un notable connu et en vue. Il s'occupe des scouts et il a été affecté à la wilaya 3, une circonscription kabyle. Ses exigences envers moi changent d'autant : je suis sa fille et il ne faut pas qu'il soit montré du doigt à cause de moi.

C'est l'époque où je me forme, je deviens doucement une petite femme, et je commence à m'intéresser vraiment aux garçons. En face du chalet Saint-Germain, il y a une institution pour les sourds-muets. L'un des jeunes pensionnaires a pris l'habitude d'échanger avec moi de petits signes et des sourires. Quand ce manège bien innocent est découvert, je reçois une bonne gifle assortie de l'interdiction d'aller sur le balcon. À partir de ce jour, mon père commence à se montrer plus sévère, à surveiller ma coiffure et la manière dont je m'habille.

Un peu plus tard, j'ai un petit copain qui est le frère d'un chanteur connu. C'est lui qui me donne mon premier baiser avec la langue. Je me souviens avoir pensé : « Quoi, c'est comme ça qu'on embrasse ? » J'ai été dégoûtée, je me suis promis de ne plus jamais recommencer. Une promesse que je n'ai finalement pas tenue…

La société algérienne, elle aussi, s'est mise à changer. Passé la joie et l'insouciance des fêtes de l'indépendance, des jeunes filles commencent à payer le fait d'être une femme dans une société d'hommes. Quand elles se retrouvent avec le ventre gros, elles n'ont souvent d'autre issue que le suicide. On entend dire régulièrement : « Tiens, la fille d'untel s'est jetée par la fenêtre. »

Les combattants du djebel étaient pour la plupart des jeunes gens illettrés qui n'avaient pas eu l'occasion de faire des études. Une fois la paix revenue, les paysans descendent des montagnes et s'installent à Alger sans connaître les habitudes de la vie urbaine. Ils doivent apprendre à utiliser un frigo et à allumer une gazinière. Il leur faut accepter de ne pas jeter les ordures par le balcon de leur immeuble et de ne pas élever de mouton dans leur baignoire.

Entre la sévérité nouvelle de mon père et les accusations injustes de ma belle-mère, je me suis habituée aux coups. Comme si mon corps les réclame, je m'arrange inconsciemment pour en attirer plus par des bêtises spectaculaires. Dès que mon père esquisse le geste d'ôter sa ceinture, je me déshabille, je regagne ma chambre en petite culotte et j'attends de sentir le choc de la boucle du ceinturon sur mes reins.

Quand j'ai trop peur d'être battue, je sors sur la terrasse, le soir. Je regarde le ciel très intensément et je prie la lune pendant longtemps. Comme je n'ai aucune éducation religieuse, ni musulmane ni à plus forte raison chrétienne, c'est à l'astre de la nuit que je m'adresse dans ma détresse de petite fille.

Une de mes plus mémorables bêtises d'enfant est due à mon goût précoce pour les belles tenues. Des Français du quartier ont confié à mon père un colis qu'il doit envoyer sur le continent. Je me retrouve seule et je ne peux résister : j'ouvre le colis et j'y découvre un ravissant petit tailleur rouge à pois blancs, avec un décolleté du meilleur effet. Le tout est loin d'être à ma taille, mais qu'importe : je l'essaie, je chausse les hauts talons de Nabia, je me peinturlure les lèvres et je sors, toute fiérote. J'ai rendez-vous avec mon petit ami, celui du premier baiser, dans un jardin public.

À mon retour, mon père est déjà rentré. En me découvrant maquillée et portant le tailleur rouge à pois blancs, sa colère est double : j'ai osé toucher à quelque chose qu'on lui avait confié, et je me suis affichée dans le quartier comme une fille perdue. Le ceinturon fait son office plus fort que jamais. Entre les coups, j'entends ma belle-mère qui l'encourage : « Tu vois ce que je te disais ! Et elle fait ça tout le temps ! »

Tandis que mon corps se transforme mystérieusement, je n'ai personne, bien entendu, pour me l'expliquer. Quand mes premières règles arrivent, j'ai très peur. Je me mets des chiffons entre les cuisses et je les cache, maculés de sang, dans une encoignure derrière les toilettes. Bien entendu, ils sont rapidement découverts et je paye mon ignorance de nouveaux coups.

Mon premier soutien-gorge, je le vole au hammam. Puisque personne ne voudra me l'acheter, je suis bien obligée de m'en procurer un ! Quand elles se rendent aux bains, les femmes emportent une petite valise qui contient des serviettes parfumées et des affaires de rechange toutes propres. C'est l'époque où les soutiens-gorge sont roses, en satin brillant, avec des bonnets en forme de cône très pointu. J'en dérobe un dans la valise d'une voisine, et je le cache dans ma culotte. Il est bien trop grand pour moi, mais je le garderai longtemps. J'en prends un soin méticuleux, je le repasse et je le porte avec fierté. C'est plus tard que je découvrirai la lingerie moderne, les soutiens-gorge Rosy, avec la petite rose entre les seins. Et c'est sans doute à cause de ces privations des premiers temps que je suis devenue folle de la lingerie fine et des parures assorties.

Et puis arrive l'injustice de trop. Le 19 avril 1963, c'est l'anniversaire de mon père. Je suis très excitée, trop heureuse de pouvoir lui manifester mon amour. Toute la journée, j'ai énervé ma belle-mère pendant les préparatifs de la fête. Quand il rentre du travail, le soir, je ne peux pas me contenir. Je me précipite sur lui :

– Papa, papa, on t'a acheté ton cadeau !

Vivement, je prends le cadeau et je le lui donne, sans penser à mal. Mais ma belle-mère devient furieuse :

– C'est insupportable. C'est à moi de donner le cadeau. C'est vraiment plus possible !

Je me réfugie dans ma chambre en comprenant que toute à ma joie de la fête, j'ai commis un impair irréparable. Qu'est-ce que Nabia a pu dire à mon père ? De quoi l'a-t-elle menacé ? Quelques minutes après, il arrive ivre de colère, il me bat avec la plus grande violence et il s'arrête en me jetant d'un air las :

– Écoute, je ne vais pas détruire ma vie en te tuant. Tu n'es même pas ma fille.

À cet instant, la foudre tombe sur moi. Je suis habituée à être traitée de *fakha*, de bâtarde. J'entends régulièrement des insinuations des proches de la famille. Je me suis persuadé que Nabia est ma mère, même si elle ne veut pas que je le dise. Mais c'est la première fois que mon père me dit aussi crûment qu'il n'est pas mon père.

Je passe la nuit en pleurs. J'entends les cris de la fête, à côté, et la joie de cette famille qui vient de me rejeter. J'ai mal sur tout le corps, la tête en feu, et je ne peux fermer l'œil.

Le lendemain, à cinq heures, tout le monde dort. J'ouvre sans bruit la porte de ma chambre et je descends l'escalier. Je quitte la maison pour toujours et mon père pour plusieurs années. J'ai onze ans, et je pars comme je le ferai plus tard à de nombreuses reprises, à chaque fois que je déciderai d'entamer une nouvelle vie.

Je pars pour quelques semaines d'école de la rue, quelques années d'école des sœurs et quelques mois d'une parenthèse de paix et de bonheur chez les Verdier, les Français qui m'ont adoptée au sortir du pensionnat.

## 3

## Le séduisant docteur Bacha

Ma tante Zohra, teint vert, lèvres fines, l'œil méchant, est sans doute la seule femme que j'ai vraiment détestée. Je lui ai dit une fois, tout simplement : « Je ne t'aime pas. » C'est elle qui sonne un jour chez les Verdier. Après plus de quatre années, elle a retrouvé ma piste et vient pour me récupérer et m'annoncer que mon père est très malade.

Les Verdier tombent des nues : ils ne savaient rien de ma famille, ils me croyaient orpheline et ils me découvrent d'un seul coup une tante, un père, une belle-mère et une grand-mère !

Quant à moi, je suis effondrée d'apprendre que mon père est si mal. J'en suis certaine, il a besoin de moi. Il faut que je sois auprès de lui.

Et quand Zohra et Nabia, ma marâtre, viennent m'enlever, je me laisse emmener, sans réfléchir, sans tenter de leur résister. Je pense que je vais retrouver mon père, mais ce n'est pas ce qu'elles ont en tête. Ma tante, je le comprends par la suite, veut absolument me marier à un Palestinien !

Loin de me ramener chez mon père, les deux femmes, en attendant que je cède, m'enferment dans une cabane, pieds et mains liés. Je reste deux longues journées dans ce réduit obscur, en voyant seulement passer des ombres entre les planches mal jointes, et en entendant aboyer des chiens menaçants.

Terrorisée, perdue, je rassemble toute mon énergie pour couper mes liens. Quand j'y parviens enfin et que je sors de la cabane, je me retrouve dans un lieu qui m'est inconnu. Je suis pieds nus, mais je traverse en courant une colline jonchée de pierres et recouverte de ronces et d'épines. Je n'ai qu'une idée en tête : retourner à la liberté et revoir le sourire rassurant de Geneviève Verdier. Ma course aboutit à une route en bordure d'un bois. Je fais de grands gestes aux voitures qui passent et quelqu'un, enfin, me fait monter et me ramène à El Biar.

Geneviève, qui pense que j'ai fait une fugue – et c'en est une, après tout, puisque je me suis laissé kidnapper –, a averti la police et prévenu le pensionnat de ma disparition. Elle regarde avec pitié mes vêtements déchirés et mes pieds ensanglantés, et elle me dit d'un air triste :

– Ma fille, pourquoi tu m'as fait ça ?

Et moi, piteuse, je ne trouve à répondre qu'une formule de petite fille :

– C'est pas ma faute.

Depuis que je suis gamine, j'ai appris la méfiance. J'ai toujours foncé en avant, même tenaillée par la peur, mais en gardant une dose de lucidité et de saine prudence. C'est le magazine *Détective*, avec ses articles criminels à sensation et ses illustrations très réalistes, qui m'a servi de manuel dans ce domaine. Les mois passés dans les rues d'Alger ont été comme des travaux pratiques. Les années suivantes m'ont donné de nombreuses occasions d'exercer cette méfiance salutaire.

Cette méfiance m'a sauvé plusieurs fois la vie. Une fois, j'ai failli être kidnappée. Dans l'époque troublée des débuts de l'indépendance, les enlèvements de jeunes filles sont fréquents. On retrouve leur corps, violé et mutilé, dans la forêt de Baïnem, proche d'Alger.

Pour rentrer à la villa Ourida, je dois marcher sur une longue route droite et presque vide d'habitations. Une voiture s'arrête à ma hauteur. À l'intérieur, trois types qui semblent vouloir un renseignement. Quand je m'approche, l'un d'eux m'accroche le bras et essaie de me tirer de force dans la voiture. Heureusement, on est tout près de l'ambassade d'Arabie Saoudite. Je crie, je me débats, assez pour que le garde de l'ambassade, alerté, sorte de sa guérite. C'est ce qui me sauve. Les types me lâchent et la voiture démarre en trombe.

Depuis ce temps, quand je monte dans la voiture de quelqu'un que je connais mal, je garde une main sur la poignée de la porte. C'est ma dose de méfiance, c'est l'instinct de survie.

Malgré l'échec de sa première tentative, ma tante revient pour tenter de me manipuler. Elle veut encore me marier, cette fois à un héros de la révolution, un manchot qui est néanmoins assez bel homme. Je ne me laisse pas faire, je ne veux pas me marier, et surtout pas d'un mariage arrangé.

Quand je vais enfin voir mon père, il offre un spectacle lamentable. Ses mains et ses pieds sont recouverts d'un eczéma purulent.

Je m'assieds à côté de lui en le regardant intensément pour retrouver les traits que j'aimais tant. Il est très fatigué, mais il reste très beau. Il me dit :

– Ma fille, tu es venue dans un moment où j'ai énormément besoin de toi. Est-ce que tu veux vivre avec moi ?

Revivre avec mon père ? J'en rêve. Mais pas avec sa femme. Pas pour retrouver la situation malsaine d'avant mon départ. Je lui pose la question qui me hante :

– Pourquoi est-ce que tu n'es jamais venu me chercher ?

– Parce que c'est toi qui as choisi de partir.

– Mais ce n'est pas à onze ans qu'on a la liberté du choix.

Je repars, à la fois triste et heureuse. Et puis les choses vont très vite. Mon père découvre que Nabia le trompe depuis longtemps avec son secrétaire. Il faut le maîtriser pour l'empêcher de la tuer. Nabia s'enfuit et disparaît définitivement de sa vie.

Mon père connaît une période difficile après le départ de sa femme. Il est très déprimé. Sa mère vient taper à sa porte :

– Mon fils, tu es beau, tu es intelligent. Sois fort, viens chez moi, je peux te remarier.

– Tu n'as pas assez gâché ma vie ? Va-t'en…

Il jette ma grand-mère dehors et il ne la verra plus après que de temps en temps, par respect filial. Pour changer de vie, il décide de quitter l'Algérie. Il vide son compte en banque, vend sa maison pour un franc symbolique et il s'embarque pour la France.

Avec moi.

Je suis très heureuse d'avoir retrouvé mon père. Et encore plus de l'avoir retrouvé exclusivement à moi. Ou presque, car il a abandonné ma sœur depuis longtemps à ma grand-mère, mais il a aussi emmené deux de ses fils. Mais lui, qui m'a demandé d'être à ses côtés, met du temps à se remettre de la trahison et du départ de Nabia.

Les premiers temps, à Paris, sont un peu fous. On s'installe d'abord dans un bel hôtel, cossu et coûteux. On mange beaucoup, on rit, mon père dépense l'argent de manière compulsive, comme s'il voulait ne rien garder de sa vie en Algérie.

Et quand sa réserve a fondu, il reprend un emploi d'ingénieur à l'aéroport d'Orly, et nous allons nous installer à Paris, rue de Picpus, chez Yvette, une militante communiste qu'il a connue lors d'un voyage en URSS.

Je comprends vite qu'elle et mon père ont été l'un pour l'autre plus que des camarades. Yvette, la quarantaine, jamais mariée, est une grande femme, mince, la taille haute, avec un visage rond sous des cheveux très raides.

C'est une personne autoritaire et maniaque. Dès notre arrivée, elle nous donne les consignes: «Toi, tu t'assieds là… La vaisselle, il faut la faire comme ça… Non, on ne touche pas à ça!» Dans le petit appartement, mes deux frères ont une chambre, et moi je dors dans le salon, sur un divan en skaï et sous l'imposante reproduction d'une tapisserie de Lurçat, un coq qui chante sous un soleil orange vif. Yvette, très à cheval sur l'éducation, m'inscrit à une école élémentaire.

On est plutôt bien, chez Yvette. Sauf qu'elle est très jalouse et que mon père, en grand séducteur de toujours, la trompe. Il reçoit des coups de fil qui ne laissent pas de doute sur la nature de la conversation et, quand il raccroche, Yvette pleure beaucoup. Les dîners, pendant lesquels mes frères et moi n'avons pas le droit de parler, sont souvent baignés de larmes.

La bibliothèque d'Yvette est celle qu'on peut attendre d'une militante communiste des années soixante. J'y rencontre Apollinaire, Aragon, Gorki et Tolstoï. Grâce à ses disques, j'écoute Ferrat, Brel, Bach et Beethoven. J'adore quand mon père vient près de moi pour m'apprendre à écouter la musique classique. Il m'aide à reconnaître les instruments de l'orchestre : « Là, tu entends ? C'est une clarinette. Et maintenant ? Ce sont les violons... »

J'ai seize ans, je commence à me balader dans le quartier, ce douzième arrondissement qui a encore à l'époque des airs de village. Je fréquente des gens croisés par hasard. Un jour, je fais la connaissance d'un homme qui, je le saurai par la suite, est le neveu du président Duvallier, le fameux Papa Doc d'Haïti. C'est au Printemps Nation, l'annexe du grand magasin qui vient d'ouvrir près de la rue de Picpus. Je suis en train de feuilleter un *Manuel du suicide* qui fait scandale.

– Mais vous êtes bien trop jeune pour lire un livre pareil !

– Pourquoi ? Tout est intéressant.

Il m'invite à me promener avec lui au bord de la Seine. Pourquoi pas ? On s'assied sur un banc et là, sous nos yeux, un préservatif passe en flottant au bord de la berge.

– Tu vois ça ?

– Mouais…

– Tu ne sais pas ce que c'est ? C'est une capote anglaise. Tu sais à quoi ça sert ?

– Ben non.

– Comment ça ? Tu n'as jamais fait l'amour ? Tu es vierge, à ton âge ?

Il est presque admiratif. Pour moi, il n'y a rien de plus naturel que d'être vierge à seize ans.

Je le revois plusieurs fois. Un jour, je dois acheter de la laque. J'ai la coupe de cheveux de Mireille Mathieu, le casque rond qu'il faut faire tenir coûte que coûte. Il entre dans le magasin avec moi et, royal, il m'offre la plus grande bouteille de laque Elnett, à l'étiquette dorée. Je suis émerveillée : il ne m'aurait pas donné plus de joie en m'offrant un flacon de Guerlain ! Un peu plus tard, il m'annonce qu'il veut m'épouser.

– Non, je peux pas. Papa n'est pas au courant.

– Je vais venir voir ton père !

Et c'est ce qu'il fait. Je viens de rentrer. Il m'a suivie. Il sonne à la porte et mon père lui ouvre :

– Bonjour, monsieur. Je suis un ami de votre fille. Euh, voilà, je viens pour la demander en mariage.

Mon père m'appelle :

– Tu connais ce monsieur ?

Je suis surprise et surtout très inquiète de la réaction de mon père en voyant cet inconnu lui demander ma main. Mais je m'efforce de rester naturelle :

– Euh, oui.

– Eh bien, voilà : il te demande en mariage.

– Mais non, pas question. Je ne veux pas me marier. Pas du tout.

Mon père referme la porte avec la plus grande tranquillité sur le neveu de Duvallier que je ne reverrai jamais…

Mes petites balades en ville ont souvent un goût d'interdit. On m'a dit de ne jamais aller à Pigalle ni dans la rue Saint-Denis. C'est la meilleure manière de me pousser à m'y rendre. Effectivement, un après-midi, j'arpente la rue Saint-Denis en dévorant des yeux les femmes qui attendent les clients, rangées en file dans les halls étroits des petits immeubles. Je suis fascinée par ce décorum, je les trouve très belles, mais je les juge grossières, parce qu'elles s'asseyent en bas des marches en écartant largement les jambes. On m'a toujours appris à serrer les genoux, sans jamais me dire pourquoi. Je suis choquée par cette découverte, mais aussi très impressionnée. C'est bien plus tard que je comprendrai ce que ces jeunes femmes font dans la vie!

J'achète un livre sur la sexualité. Je veux savoir, et surtout faire un tri entre toutes les informations contradictoires que j'ai dans ce domaine. On m'a dit: « Si tu flirtes, tu tombes enceinte... Si un homme te touche les seins, tu tombes enceinte... » Alors mes fréquentations n'ont pas le droit de s'approcher de ma poitrine et, quand j'embrasse un garçon, je tends un bout de joue en tordant la bouche, pour que mes lèvres ne touchent pas les siennes.

Quand mes seins ont commencé à se développer, on m'a dit: « C'est parce que les garçons t'ont trop tripotée. » Alors je porte des gros pulls larges et je marche voûtée, avec les épaules en avant. N'empêche, je commence à devenir coquette, et je suis fière d'entendre les sifflets admiratifs des ouvriers sur les échafaudages. Un jour, je ramène l'un d'eux chez Yvette, sous les yeux du coq de la tapisserie de Lurçat. C'est un petit flirt sans conséquences, mais braver ainsi les interdits a un goût d'aventure délicieux,

Hélas, Yvette finit par trouver la précieuse encyclopédie de la sexualité que j'ai cachée sous mon lit. Elle la montre à mon père qui m'administre une tannée, la première de cette époque parisienne.

On est de plus en plus soucieux à la maison. Avec Yvette, mon père écoute les informations à la radio. La guerre du Kippour, l'embargo pétrolier : les discussions se terminent tard dans la nuit.

Finalement, mon père veut prendre définitivement la nationalité française. Lui, le combattant FLN de la première heure, il a été déçu par le tournant que prend l'Algérie indépendante. Il a été très touché par le renversement de Ben Bella et l'arrivée au pouvoir de Boumediene. On lui a proposé un poste important à Air Algérie, qu'il a refusé. Finalement, il s'est retrouvé commandant de l'aéroport de Ouargla.

Ayant pris sa décision, il me propose moi aussi, d'abandonner ma nationalité algérienne. Mon père est certain que je vais faire comme lui. Mais moi, je suis têtue et je me sens très patriote. L'Algérie est mon pays et je repense à ce que j'ai vu pendant la guerre.

– Non, papa, ça ne m'intéresse pas. Je veux rester algérienne. Et puis les Français ont fait trop de mal à mon pays.

Mon père se raidit :

– C'est moi qui commande. Tu as une semaine pour réfléchir.

– Je n'ai pas besoin d'une semaine, je peux te répondre tout de suite. C'est tout réfléchi.

– Très bien ! Je comptais sur toi, mais tu veux partir. Je te mets dans le premier avion pour Alger.

C'est ce qu'il fait. J'ignore alors que je ne le reverrai que bien des années plus tard.

En arrivant à Alger, je suis fière de mon choix, mais bien désemparée. Où puis-je aller ? Les Verdier ont quitté l'Algérie, et il ne me reste guère que la maison du chemin Pouyanne, pour me retrouver à nouveau entre les griffes de ma grand-mère et de ma tante.

Mais cette solution n'est pas la bonne : les deux femmes ont toujours en tête de me marier à tout prix. Elles ont même organisé la rencontre rituelle avec un fiancé. Selon la tradition, quand un homme rend visite à sa future femme, elle doit se faire discrète quand il arrive et elle n'apparaît qu'un peu plus tard, en portant le traditionnel plateau de café. J'ai prévu mon coup : en approchant de mon futur mari, je fais semblant de trébucher et je renverse le café brûlant sur les cuisses du pauvre homme ! Ma grand-mère entre dans une fureur folle et je m'enfuis dans la rue, poursuivie par un bombardement de pots de fleurs.

J'ai quand même une idée en tête, en venant en Algérie. Il n'y a pas que le patriotisme qui m'a poussée à revenir, mais aussi l'amour.

Quand je vivais chez les Verdier, j'avais connu un homme, plus âgé que moi, très grand, très beau, très brun. Il était originaire de l'Ouest et il travaillait à la Sécurité militaire. Il était jaloux et il me tenait fermement le bras quand nous marchions dans la rue. Il y avait en lui quelque chose de sauvage et il a été mon premier grand amour.

Quand j'étais à Paris, il m'écrivait de temps en temps. Mon père avait trouvé ses lettres, et il m'avait demandé quels étaient mes sentiments envers lui.

– Je l'aime.

– Écoute, ma fille, tu feras ce que tu voudras. Je ne te considérerai jamais comme une vache que je vendrai à un homme.

Quand je retrouve mon grand amour à Alger, rien n'a changé entre nous. Il veut m'épouser et il faut donc qu'il demande ma main à ma tante. Mais elle tient à ses propres choix – le manchot est toujours sur les rangs – et quand je lui parle de mon ami, elle se met à m'interroger avec suspicion.

– Est-ce que tu es vierge, au moins ?

– Bien sûr…

– Mouais, parce tu viens de France, hein… On fait un peu ce qu'on veut, là-bas.

Je suis outrée : je suis fermement décidée à arriver vierge au mariage, sans même avoir de rapports détournés comme je l'ai vu faire plus tard, ni aller en Tunisie, comme beaucoup de jeunes filles, pour se faire recoudre l'hymen.

La virginité est fondamentale dans la tradition arabe. Pour l'homme, son paradis est en jeu si jamais il n'épouse pas une vierge. Après la nuit de noces, toutes les femmes attendent dans la cour. Au matin, la mère du marié sort avec un bout de drap qu'elle brandit triomphalement en poussant des youyous :

– Ça y est ! Il a consommé, mon fils, c'est un homme. Et la fille était vierge !

Les vieilles, avec leurs tatouages et leurs foulards, qui attendaient assises en cercle en échangeant des ragots, se repassent alors le petit bout de tissu rougi et certaines y frottent même un produit réactif pour vérifier qu'il s'agit bien de sang, et pas d'un vulgaire colorant.

Finalement, ma tante accepte de rencontrer la famille de mon ami pour parler de la dot. Mais elle est bien décidée à faire échouer le projet. Elle manifeste des exigences tellement extravagantes – beaucoup d'or, une maison – que les autres s'en vont fâchés, en se demandant pourquoi on leur a fait perdre leur temps.

Et je me retrouve de nouveau à la rue. J'use mes chaussures à force d'arpenter la ville. Je vois toujours mon grand amour, mais je ne peux pas aller vivre chez lui, toujours et encore à cause des traditions.

Il a une amie mariée chez qui je trouve refuge. Mais je suis une charge dans cette famille, et je ne peux pas rester bien longtemps. Je me tourne alors vers les sœurs. Pas celles du Bon Pasteur, mais d'autres, qui gèrent l'école paramédicale Parney, installée dans l'hôpital d'Hussein Dey. Tout en travaillant à la maternité, au service des prématurés, je peux m'inscrire aux cours de puériculture de l'école. Les sœurs me trouvent une place dans un foyer de jeunes filles, et je gagne d'un seul coup un lit, un petit revenu et des études qui me serviront plus tard. Tout va bien, côté pratique.

Ma belle histoire d'amour, elle, est condamnée à sombrer dans le drame. Pour pouvoir m'épouser, mon ami doit demander l'autorisation à sa hiérarchie de la Sécurité militaire. Et la réponse tombe, sèche et brève : c'est impensable d'épouser une jeune fille qui revient juste de vivre en France avec un père qui a pris la nationalité française !

Mon ami, plus déçu que vraiment triste, me fait part du verdict en ajoutant :

– Il faudrait attendre au moins dix ans pour que tu ne sois plus suspecte !

– Mais je t'attendrai dix ans, s'il le faut !

– Non, non. Tu es jeune, je ne veux pas gâcher ta vie et t'empêcher de faire un beau mariage. Écoute, Meriem, je te rends ta liberté.

Tout s'effondre autour de moi. Je suis très amoureuse de lui, et depuis longtemps. Il a pour moi l'image d'un autre père, d'une autorité bienveillante et aimante. J'ai en tête l'espoir de me créer une nouvelle famille stable et heureuse. Il m'avait dit : « Si je t'épouse, c'est pour que tu deviennes la mère de mes enfants. » C'est pour lui que j'ai pris la difficile décision de quitter mon père. Il ne peut pas m'abandonner ainsi sur une décision administrative de l'autorité militaire !

Mes pleurs, mon chagrin et ma douleur ne font rien pour l'attendrir : sa carrière passe avant l'amour, et la petite gamine que je suis compte moins à ses yeux que ses officiers.

Ce chagrin d'amour, celui de mon premier amour, me laisse complètement désemparée. J'ai changé de vie une nouvelle fois, et pour rien. Du coup, malheureuse et terriblement déçue, je me dis: « Très bien! À partir de maintenant, le premier venu qui voudra m'épouser, je l'épouserai, quel qu'il soit. »

Et c'est ce que je fais, malgré les conseils de ceux qui me disent d'attendre que la vie m'amène celui qui en sera digne. Je continue tant bien que mal mes études de puériculture à Parney, et c'est dans cet hôpital que je rencontre celui qui va devenir mon premier mari et le père de mes trois premiers enfants.

Le docteur Bacha Ben Hammadhi est anesthésiste dans ce grand établissement des faubourgs d'Alger, situé à Hussein Dey, sur le littoral. Bacha est jeune, beau parleur et terriblement charmeur. Il a dans son lit toutes les filles qu'il veut, et il profite discrètement de sa situation pour faire avorter ses conquêtes à l'hôpital. À Parney, tous les médecins couchent avec les infirmières. C'est connu de tous, sauf de moi. Je suis naïve, et je découvre ce monde.

On m'appelle « la Parisienne »: habillée de jupes courtes, fraîche, pimpante et jolie, j'ai pas mal d'admirateurs.

Bacha a onze ans de plus que moi, et il joue volontiers de son prestige de médecin. Il commence à me faire la cour avec une certaine élégance. En quelques jours je suis conquise. Pas amoureuse, car je garde en moi la douleur de mon grand amour raté, mais bel et bien séduite par le beau docteur Bacha.

Il commence bientôt à me parler de ses parents, et à me demander si je veux l'épouser. Fidèle à mon défi de me marier au premier qui me le demandera, j'accepte sa proposition. Je l'écoute sans lui poser de questions. Il ne m'aurait rien dit, de toute façon, des lourds secrets qui pèsent sur lui et que je découvrirai petit à petit, après notre mariage.

Il finit par m'emmener chez lui. Mais je suis bien décidée à ne pas coucher avant d'avoir rencontré ses parents et parlé officiellement du mariage. Alors nous partons à Constantine, à quelque cinq cents kilomètres d'Alger, où vivent son père, directeur aux transports, sa mère, une femme petite et ronde originaire de Kerouan, en Tunisie, ses quatre frères et ses quatre sœurs. La famille m'accueille avec beaucoup de gentillesse et comme un soupçon de soulagement à l'idée que le fils aîné va enfin se ranger.

De retour à Alger, je suis rassurée et j'accepte de me donner à lui. J'ai très peur : c'est la première fois, et il ne fait rien pour rendre les choses romantiques.

De cette première fois, j'ai comme le souvenir d'un viol. Je résiste, et je découvre chez lui, pour la première fois, une part de noirceur, un côté manipulateur et sadique. Quand c'est fait, je pleure. J'ai l'impression d'avoir renié en une fraction de seconde tout ce que j'avais réussi à protéger jusque-là. Ma virginité, c'était ma dignité, ma liberté aussi. Je ne suis pas devenue une femme, j'ai seulement refermé derrière moi la porte de mon enfance. Mon visage et mon corps me semblent changés : j'ai le sentiment d'avoir perdu la lumière qui fait la beauté des jeunes filles.

Plus tard, c'est en repensant à cela que je dirai à ma fille : « Tu sais, on pourra t'empêcher de faire plein de choses dans ta vie. Mais on ne pourra jamais empêcher ton cœur d'aimer ni te dire le jour où tu voudras te donner pour la première fois. Alors, essaie de bien choisir ce jour, pour que ça reste le meilleur souvenir de ta vie. »

Et puis nous retournons à Constantine pour la *fatha*, la cérémonie du mariage religieux. Tout le monde s'étonne : « Comment, elle n'a pas de famille, pas de parents, personne ? » Non, je n'ai personne. Je n'ai pas parlé de mon père, encore moins de ma tante et de ma grand-mère. Pour tout le monde, je suis orpheline, et c'est faire le bien que d'accueillir une orpheline dans la famille. Je ne reçois qu'une alliance. Ma belle-famille ne m'a pas offert de bijoux, puisque je n'ai pas de parents pour mener les transactions. Et c'est mon beau-père et un oncle de Bacha qui me servent de témoins. Il n'y aura pas de mariage civil : j'ai dix-sept ans, et j'attendrai la naissance de ma première fille, quand j'en aurai dix-huit, pour être officiellement mariée à l'état-civil.

On ne m'a pas demandé non plus si j'étais vierge, puisque Bacha a solennellement déclaré : « Je l'ai prise jeune fille ! » Ma belle-mère affirme à qui veut l'entendre : « Elle a le ventre dans son dos et la poitrine debout ! » Une manière de dire d'un seul coup que je suis bien faite et que je suis jeune fille.

Ma belle-mère est fière de moi et elle me prend tout de suite en affection, en me préparant au mariage exactement comme elle aurait fait pour sa fille.

Avant la cérémonie, les femmes m'emmènent au hammam, où l'on me fait – étonnante première pour moi ! – une épilation totale : « Il faut que tu sois propre et pure. » Puis on dessine un petit cercle de henné sur mes mains et sur mes pieds. On me revêt d'une merveilleuse gandoura rehaussée de fils d'or et on me recouvre de bijoux, empruntés aux amis de la famille, pour faire bonne figure.

Le jour du mariage, toute la famille, beau-père, belle-mère et les huit frères et sœurs, participe aux préparatifs dans la joie et la fébrilité. La maison est nettoyée et purifiée, les murs passés au jet d'eau comme avant chaque grande fête. On met à cuire les gâteaux – une spécialité gourmande de ma belle-mère – qui embaument de beurre et de miel toutes les pièces, on cuit le couscous et on asperge tout de fleur d'oranger.

Au milieu de tout ça, moi qui n'ai pas le droit de participer, j'observe cette débauche d'énergie, je hume les parfums, heureuse et vaguement éberluée, sans arriver à me persuader que tout cela se fait en mon honneur.

La *fatha* est célébrée dans la chambre verte, la plus belle de la maison, celle de mes beaux-parents qu'ils nous donnent pour l'avenir. Ma belle-mère, selon la tradition, sait que le moment est venu de ne plus partager la couche de son mari et elle a fait l'acquisition pour nous d'un lit somptueux, en bois sculpté, couvert d'un baldaquin du même tissu que le dessus-de-lit, un beau grenat rehaussé de fils d'or.

Les voisins envahissent la maison et, dans les youyous, les cliquetis des bijoux et les joyeux bavardages, les femmes dansant au rythme des derboukas, la mariée se montre dans un luxe voluptueux, comme il convient. On noue nos deux mains et l'imam célèbre l'union de Bacha et de Meriem.

Au septième jour du mariage, on me donne une ceinture à poser autour de la gandoura – les jeunes filles n'en portent pas – en me disant : « Maintenant, tu es une femme, c'est à toi de faire la cuisine pour la première fois. »

Puis mon mari repart travailler à Alger et moi, je commence une vie de belle-fille à Constantine.

Je me suis laissé faire, je me suis laissé épouser. Je ne suis ni triste ni heureuse. Simplement je suis mariée avec un homme qui m'a installée, comme il se doit, chez ses parents. Dans cette maison où tout le monde m'aime, mon nouveau statut de femme me protège des dangers de la rue et des autres.

Dorénavant, je ne m'appartiendrai plus. De la couleur de mes cheveux à la manière de m'habiller, tout va être dicté par ma belle-famille. Quoi que je veuille faire, il faudra que j'en parle à ma belle-mère qui demandera à mon beau-père son autorisation. Je ne sortirai plus seule en ville, et encore faudra-t-il qu'on veuille bien que je sorte. Je ne me mettrai pas au balcon pour regarder la rue : ça ne se fait pas. Pour faire honneur à sa famille, une belle-fille doit rester cachée aux yeux des voisins.

J'ai accepté d'avance cette condition : en échange de l'attention et du respect dus à la femme du fils aînée, je me comporterai en belle-fille soumise et discrète, qui fait du bon pain et des plats savoureux. Mes journées seront consacrées à faire le ménage et à aider ma belle-mère à cuisiner.

Je suis une élève appliquée, d'autant que ma belle-mère me manifeste une réelle affection. Quand elle s'installe par terre, devant le grand plateau, pour pétrir le pain qu'elle va cuire au feu de bois, je m'assieds sur un petit banc auprès d'elle et je la regarde faire. Elle me parle de sa vie, de celle des voisines, des mariages à venir dans le quartier, elle évoque des conflits familiaux, des problèmes d'héritage, tout en me demandant de lui passer l'eau, la farine et le sel.

Avec gentillesse, elle me dit un jour : « Il faudrait que tu apprennes à faire le pain, à ton tour. » Elle me montre comment prendre une mesure de farine pour chaque pain, comment mélanger l'eau et la farine et pétrir correctement la pâte, en me racontant une histoire qui en dit long sur la condition de belle-fille :

– C'était une jeune femme comme toi, qui devait apprendre à faire le pain. Mais elle et sa belle-mère se détestaient. Alors celle-ci mélangeait la farine et l'eau avec une douzaine de pois chiches. Puis elle demandait à sa belle-fille de pétrir la pâte jusqu'à ce que tous les pois aient fini par affleurer à l'extérieur. La jeune femme s'échinait à pétrir pendant des heures. Elle s'en est plainte à sa mère qui lui a dit simplement : « Tu n'as qu'à laisser faire tes mains en répétant je la déteste… Je la déteste… Ce sera mieux fait et plus vite. »

Ma belle-mère relève la tête et me sourit :

– À toi, ma fille, je ne mettrai pas de pois chiches ! Regarde : pour savoir si la pâte a été assez pétrie, il suffit d'y enfoncer un doigt. Si elle se relève tout de suite, c'est qu'elle est bonne à cuire.

Aujourd'hui encore, quand je pétris du pain et que je fais machinalement le geste du doigt, je ressens au cœur un petit pincement de nostalgie.

Les journées à la maison se ressemblent toutes : le matin, nous laissons les parents se lever et aller prendre leur café dans la cuisine. On entend de notre chambre leur conversation chuchotée sans comprendre ce qu'ils disent. Quand ma belle-mère commence à sortir ses mesures de farine pour le pain quotidien, nous savons que nous pouvons descendre.

Quatre fois par jour, nous lavons le sol en mosaïque pour garder la fraîcheur, et nous fermons très tôt les volets des fenêtres. L'après-midi, toutes les femmes se réunissent pour broder, faire du crochet ou tricoter. En été, la terrasse est notre refuge, encombrée de jasmin odoriférant dont je fais des colliers que j'offre à ma belle-mère. Quand celle-ci se rend au hammam, je lui prépare des beignets et des makrouts qu'on déguste ensemble. La vie est douce et simple et les souvenirs de ma liberté, en France, ne me donnent aucun regret.

Je passe pas mal de temps dans le jardin, caché de la rue par de hauts murs, mais jamais dans l'escalier où je pourrais croiser un inconnu. Quand un homme vient à la maison, nous nous réfugions en courant dans la cuisine et le visiteur rejoint mon beau-père dans le salon, tandis que nous guettons son passage par la porte entrebâillée. C'est un des garçons qui apporte le café à l'invité, pendant que les filles échangent des supputations : et si le visiteur était un de leurs futurs maris ?

Le soir, nous veillons sur la terrasse entre femmes, ou bien nous avons droit à une soirée télé. Je suis très amoureuse d'Elliot Ness, l'incorruptible, et je me sens jalouse de sa femme, parce qu'elle a le bonheur d'avoir son homme auprès d'elle. Quand la télé diffuse un film égyptien, un film où l'on peut voir les deux jeunes premiers échanger un semblant de baiser, nous nous sauvons en courant vers la terrasse. Et nous entendons bientôt mon beau-père qui crache sur l'écran en s'écriant :

– Ah, les chiens ! Ils boivent de l'alcool et ils embrassent leur femme en public ! Ils iront en enfer, ces chiens !

Mon beau-père déteste les Égyptiens, qui incarnent à ses yeux la honte de l'islam.

Bel homme aux cheveux grisonnants et aux grands yeux verts, il est toujours sûr de lui et il règne en maître sur la maison. Dès qu'il rentre, son repas est prêt. Il s'assied par terre dans sa grande gandoura blanche, un genou levé, l'autre plié, et il commence à manger lentement en puisant dans le grand plat avec ses fils. C'est seulement quand les hommes sont rassasiés qu'on ramène les restes à la cuisine et que les six femmes de la maison peuvent manger à leur tour.

Un jour, malgré mon désir de ne jamais me montrer insolente ou rebelle, je me braque et je demande :

– Pourquoi est-ce que les hommes ont droit à un plateau tout propre et aux meilleurs morceaux, alors que nous n'avons que les restes de leur repas ?

Ma belle-mère me regarde avec effarement :

– Mais… parce que ce sont des hommes.

– Et alors ? Ils ont un estomac, et pas nous ?

Petit à petit, je réussis à faire avancer les choses sur ce chapitre. Et bientôt, nous préparons à part un plateau pour les femmes qui nous libère des caprices de l'appétit des hommes.

Au fil des confidences de ma belle-mère, j'apprends que son mari l'a jadis très maltraitée. Il la battait, il la trompait et il ramenait ses maîtresses à la maison en exigeant de sa femme qu'elle les serve. Depuis mon arrivée, je l'ai entendu l'insulter et se montrer incroyablement grossier envers elle, et je me demande comment un homme qui fait ses prières et se montre si religieux peut parler ainsi à sa femme.

Avec moi, il reste distant et réservé, respectant ainsi la pudeur naturelle qui sépare la belle-fille et le beau-père.

La seule excuse que je trouve à son comportement – et elle sera aussi la seule pour son fils, mon mari – est d'avoir été un martyr de la guerre d'indépendance. Le père et le fils travaillaient à récolter les fonds pour les fellaghas, et ma belle-mère elle-même cousait des drapeaux du FLN. La maison Ben Hammadhi était un fief du mouvement. Un jour, les Bérets rouges et les chars ont encerclé la maison et ont tout mis à sac. Arrêtés, mon beau-père et mon futur mari ont été emprisonnés, interrogés sans relâche et torturés sans pitié. Entre deux séances de « gégène », leurs ongles ont été arrachés.

Du coup, la maison a pris une sombre réputation, et ma belle-mère, très superstitieuse, m'a expliqué très vite qu'elle est hantée. Il ne faut jamais dormir devant une porte, le meilleur endroit pour une sieste lors des chaudes après-midi d'été. Les âmes qui habitent avec nous doivent toujours pouvoir passer.

À force d'entendre ces récits troublants, je finis par sentir à mon tour la présence de ces entités invisibles. Étendue sur le carrelage, à la recherche de fraîcheur, je m'endors et je sombre dans des cauchemars où une femme autoritaire m'enjoint de me pousser :

– Va-t'en de là ! Tu prends la place de mes enfants.

Au réveil, je raconte mon rêve à ma belle-mère qui ne s'en étonne pas du tout :

– Eh bien oui, ma fille : ils sont chez eux et tu les déranges !

Et le lendemain, il faut faire une offrande à la maison. On met à griller de la semoule avec des dattes et on confectionne des petites boulettes qu'on disperse un peu partout. Les boulettes disparaissent rapidement, preuve de la présence des invisibles… ou de l'activité des souris.

Les Constantinois sont très différents des Algérois. Ce sont des gens très religieux, très conservateurs et, au fond d'eux-mêmes, très tristes. Leurs conversations tournent autour de la mort, de la maladie, du divorce, et jamais de la joie ou du plaisir.

Constantine est construite sur un rocher, et le symbole de la ville, le fameux pont suspendu de Sidi M'Cid, qui enjambe les gorges du Rhumel à presque deux cents mètres au-dessus du vide, est un lieu prisé pour les suicides, ou du moins pour les menaces de suicide.

Ma belle-mère m'a expliqué pourquoi les femmes portent encore le *m'laya*, un voile noir inconfortable en tissu lourd et enveloppant : c'est le signe du deuil, jamais terminé, de Salah Bey, le héros constantinois assassiné par le pacha d'Alger en 1792 !

L'image qu'on donne aux autres est très importante pour les Constantinois. J'ai l'impression que tout le monde se connaît, et que les familles se jugent les unes et les autres en fonction des apparences. Mais cette respectabilité de façade cache beaucoup d'hypocrisie. Je le constaterai plus tard quand j'apprendrai de troubles secrets familiaux, comme l'histoire de cette belle-sœur qui sortait avec un footballeur et qui s'est retrouvée enceinte. Personne ne l'a su, parce qu'elle se bandait étroitement le ventre et que ma belle-mère a couru chez la famille du garçon en annonçant :

– Le pain est levé ! Votre fils doit épouser ma fille.

Entre femmes, on écoute les chansons de Rachid Ferghani, des histoires d'amour mélancoliques et très prudes, où la vue d'un œil, d'une cheville ou d'une mèche de cheveux attise la passion. On aime aussi la musique arabo-andalouse, le *malouf* du célèbre Cheikh Raymond, l'oncle d'Enrico Macias, dont la maison fait face à la nôtre.

Dans ce carcan de conformisme et sous le jugement permanent des autres, les femmes de cette société étouffante sont frustrées, sexuellement et affectivement. Elles manifestent une forme d'hystérie, comme une façon de respirer un peu d'air libre. Dans les hammams, j'en ai vu entrer en convulsion, et ma belle-mère, d'habitude si douce et patiente, peut tout à coup s'asseoir par terre et commencer à se lamenter et à se griffer le visage jusqu'au sang, avant de se calmer tout aussi vite et de reprendre ses activités ménagères comme si rien ne s'est passé.

Elle a reçu en héritage de sa propre belle-mère le droit et le devoir de faire un pèlerinage sur la tombe d'un marabout réputé, Sidi Mohamed. Chaque année, elle s'apprête soigneusement, enfile des sous-vêtements et des habits neufs et se rend chez le marabout où une chambre lui est réservée pour une semaine.

Là, chaque jour, après qu'un coq noir a été égorgé en offrande, elle pénètre dans un bassin rempli de serpents où elle commence à entrer en transe. Quand elle atteint le point culminant de cet état second, les visiteurs du marabout lui posent des questions sur leur vie et celle de leur famille. Elle leur répond par des phrases sibyllines, des énigmes qu'il faut interpréter pour comprendre ses prémonitions. Ces séances ne durent pas longtemps : elle se fatigue vite, devient blême et doit aller se reposer.

Les visiteurs font des vœux en échange de promesses de dons au marabout. Ils nouent un petit morceau d'étoffe qu'ils reviendront dénouer si le vœu se réalise. Et c'est alors qu'il faut tenir sa promesse, offrir au marabout du tissu cousu de fil d'or ou préparer un couscous pour quarante pauvres.

Dans cette ambiance de superstition et de frustration, j'essaie de séparer la part du bon et du mauvais, décidée à faire honneur à ma nouvelle famille. J'entends parfois qu'on stigmatise d'autres belles-filles et je ne veux pas qu'on puisse dire de moi que je suis fainéante ou insolente.

Mais je ne fais pas vraiment partie de ce monde nouveau pour moi. Ma belle-mère ne tarit pas d'éloges sur moi, mais elle regrette que je sois un peu sauvage. Quand les invités défilaient, dans les jours qui ont suivi le mariage, pour me faire des présents et me donner de l'argent, je m'enfuyais au lieu de me montrer à eux, pudique, patiente et réservée, comme doit le faire une jeune mariée.

Et puis je souffre, moi aussi, de frustration. Bacha, mon mari, est parti dès la fin de la noce. Je ne sais pas quand il reviendra. Je ne connais rien des usages de la vie d'un couple. Lui, c'est à ses parents qu'il fait part de ses intentions, et moi, la pudeur m'empêche de les interroger.

# 4

## L'autre face du docteur Bacha

Bacha est parti travailler à Hassi Messaoud, dans le Sud. Je ne le savais pas quand je l'ai épousé, mais il ne reviendra à Constantine, au mieux, que tous les deux mois.

Un matin, ma belle-mère me dit :

– Bacha nous a écrit qu'il allait venir bientôt !

Et c'est alors l'annonce d'une grande fête : on part au hammam, et je me prépare comme pour une nuit de noces.

Quand il arrive enfin pour passer un jour ou deux à Constantine, Bacha est accaparé par sa famille, qui le reçoit comme le messie. Il parle de ses projets avec son père, il raconte avec force détails des anecdotes savoureuses à ses sœurs, et il me faut attendre le soir, quand nous nous retrouvons dans la chambre verte, pour aborder avec lui des sujets plus intimes.

Et encore ! Lorsque Bacha annonce qu'il va se coucher, je me dois de rester avec la famille encore quelque temps, pour ne pas me montrer mal élevée et impudique.

Ma vie dans la maison Ben Hammadhi n'est pas celle d'une femme mariée, mais plutôt celle d'une pièce nouvelle dont la place se trouve entre les enfants et les parents. Je ne peux exister pour moi-même, ni pour mon mari, je vis d'abord pour la famille. Ma tête ni mon corps ne m'appartiennent plus, et la promiscuité perpétuelle empêche presque toute intimité conjugale.

Quand nous avons des relations amoureuses – en silence ! – il faut que j'attende un certain temps avant de quitter la chambre, avec d'infinies précautions, pour aller me doucher. Et pas question de sortir dans la jolie petite chemise de nuit vaporeuse que j'ai choisie pour Bacha : je pourrais croiser mon beau-père. Il me faut revêtir la pudique gandoura, l'uniforme que toute la famille porte en permanence.

J'attends avec impatience les rares lettres que mon mari m'adresse. C'est devenu une obsession, et la sonnerie du facteur, au portail de la rue, me fait sursauter. Mais je suis toujours déçue : comme il sait que le patriarche ouvre toutes les lettres en premier et que la famille trouve normal ensuite de se les passer de main en main pour les lire, il ne m'écrit qu'avec des formules assez impersonnelles, sur un ton conformiste et toujours très réservé.

Une autre pratique contribue à me confiner dans cette situation équivoque de belle-fille dépendante : mon mari ne me donne jamais d'argent mais, à chacune de ses visites, il confie à sa mère des sommes dont je ne connais jamais le montant. Même si ma belle-mère ne me laisse manquer de rien, je suis obligée de m'adresser à elle quand j'ai besoin d'acheter quoi que ce soit, un chemisier comme un simple bâton de rouge à lèvres. Et pour que je n'aie pas à sortir, elle fait le tour des boutiques où elle est connue, et me rapporte différents modèles dans un grand sac. Je choisis celui qui me convient et elle rend le reste aux commerçants.

Bientôt, je me trouve enceinte, et je change de statut. Je porte le premier enfant de la nouvelle génération, et je deviens pour la famille une vraie princesse. Tout heureuses de l'événement à venir, mes belles-sœurs et ma belle-mère m'évitent toute peine, on m'interdit le moindre travail domestique et tout le monde se met à mes petits soins. On me gâte et on exauce toutes mes envies, car on sait bien qu'il est mauvais pour l'enfant que sa mère ait eu un souhait inassouvi !

Mon premier accouchement est très difficile et douloureux. Il faut douze heures de travail avant de voir venir au monde une belle petite fille. Ma mère me manque plus que jamais à ce moment où j'ai l'impression de devenir enfin une vraie femme. Pourtant ma belle-mère est merveilleuse et redouble envers moi d'attention et de gentillesse.

C'est elle, comme le veut la tradition, qui choisit le prénom de l'enfant. Elle me propose d'abord de lui donner celui de ma propre mère, Halima, censée être morte. Mais je lui dis que je veux aussi un autre nom, et le nouveau-né s'appellera Amel, un joli mot qui signifie « espoir ».

Bien que ce soit une fille – j'aurai bien le temps de faire un garçon pour assurer l'avenir des Ben Hammadhi ! –, toute la famille déborde du bonheur d'accueillir la petite Amel, quand je sors de l'hôpital après sept jours. Ma chambre est prête, on m'installe comme une reine, et je suis tenue de manger une nourriture riche, du foie, du cœur, pour avoir le meilleur lait possible.

Tout le monde s'empresse avec bonne humeur autour de moi et du bébé, les voisins défilent pour la visite traditionnelle, mais mon mari Bacha ne vient voir sa fille que deux ou trois jours après l'accouchement. Il a l'air content, mais sans plus. On dirait que la naissance de son premier enfant le rend songeur et presque blasé.

Peu de temps après mon arrivée dans la famille, les confidences de ma belle-mère m'ont laissé entrevoir la face sombre du séduisant docteur Bacha. Il a déjà été marié et il a divorcé au bout d'une semaine ! Il battait son épouse avec un tel sadisme qu'elle s'est enfuie après quelques jours.

– Il a pris sa femme, m'a raconté sa mère, il l'a emmenée dans une forêt, il l'a attachée à un arbre et il l'a battue jusqu'au sang. Puis il l'a ramenée, il l'a pansée, et il a recommencé. La pauvre fille, tu te rends compte, quand elle est repartie chez ses parents, elle avait encore le henné du mariage !

La première fois qu'il me frappe, nous sommes en vacances. Chaque année, toute la famille se transporte au bord de la mer, et c'est une expédition aussi animée que joyeuse. Il faut emmener jusqu'au camping une cinquantaine de kilos de couscous, l'énorme couscoussier, les couvertures pour douze personnes et les bouteilles de butagaz.

Nous formons un petit cercle sur la plage, à papoter gaiement entre femmes, quand j'entends

Bacha qui m'appelle: «Meriem, Meriem!» L'ambiance est détendue et j'ai envie de plaisanter. Je ne lui réponds pas et je fais signe à sa mère et à ses sœurs de se taire.

Mal m'en a pris. A-t-il cru, avec son esprit pervers, que j'étais avec un autre, ou seulement que je voulais affirmer mon indépendance? Toujours est-il qu'il fonce, furieux, jusqu'à nous, qu'il me saisit par les cheveux et me traîne en me donnant des coups. Entre mes hurlements et mes appels à l'aide, j'entends ma fille qui pleure de voir sa mère traitée comme un mouton, une image qui la marquera pour toute la vie. Ma belle-mère l'implore:

– Arrête, mais arrête, mon fils. Tu es fou!

Fou, peut-être pas, mais malade, Bacha l'est certainement, comme je vais le comprendre bientôt. Toujours nerveux, tirant sur sa cigarette avec fébrilité, il est un redoutable manœuvrier et il donne l'impression d'être perpétuellement en train de monter un piège.

L'origine de ce mal psychologique qui le ronge, il faut sans doute la chercher dans la terrible épreuve qu'il a traversée pendant la guerre d'indépendance. Quand les soldats sont venus pour l'arrêter avec son père, il avait à peine dix-huit ans. Sa grand-mère avait jeté des couvertures sur lui et s'était assise dessus pour essayer de le protéger, mais les paras n'ont pas mis longtemps à le trouver. Emmené au quartier général, emprisonné et torturé, il a été condamné à la prison à perpétuité. Quand il en est sorti, deux ans plus tard, il était comme un animal sauvage, sursautant au moindre bruit.

Petit à petit, il se met à me donner des coups pour un oui ou pour un non. Mes belles-sœurs doivent faire cercle autour de moi pour me protéger de ses accès de fureur. Un jour, il me rejoint dans la cuisine où je fais le café. Il me lance une réflexion désagréable et je me permets de lui répondre :

– Écoute, c'est pas ton domaine, ici. Sois gentil et sors de la cuisine.

Avant que j'aie le temps de regretter mes paroles, Bacha saisit la cafetière et me la jette en plein visage, avec le café brûlant ! J'en ai gardé la cicatrice à l'arcade sourcilière.

Quand je tombe enceinte pour la deuxième fois, sa brutalité et sa noirceur franchissent un nouveau palier. Il décide, sans rien me dire, qu'il ne veut pas de l'enfant. Sous prétexte de me donner des vitamines, il me fait des injections empoisonnées une fois par semaine pour me faire avorter.

Mais ces manigances ne réussissent pas à me faire perdre mon enfant. Alors il me bat de plus en plus et me mène une guerre pernicieuse et cruelle. Il me manipule, me culpabilise et ne cesse de me menacer. Moi, je suis malheureuse et de plus en plus révoltée, en découvrant à chacune de ses visites un aspect nouveau de sa cruauté.

Poussée par ses insinuations et ses menaces, je finis par vouloir moi aussi me débarrasser de l'enfant que je porte. Je pense que l'eau très chaude du hammam pourrait m'aider, mais c'est en vain. J'ai recours alors aux vieilles recettes des avorteuses traditionnelles, de la tige de persil à la cannelle bien forte, mais rien n'y fait.

Dans une de nos disputes où, encore une fois, il a fait couler le sang, je lui arrache ses lunettes de soleil, des Ray Ban dernier cri qui font sa fierté, et je les casse. Puis je me sauve dans la rue, poursuivie par un Bacha plus dément que jamais. Ma course me mène jusqu'à une maison voisine, située en contrebas. Est-ce pour mourir, pour perdre mon bébé ou bien seulement lui échapper ? Je saute du haut de la maison de deux étages dans le patio intérieur où j'atterris sous les yeux des habitants, éberlués de voir une femme tomber du ciel.

Tandis que ces gens m'allongent et s'empressent à me soigner, je vois la silhouette de Bacha se pencher du toit d'où j'ai sauté, hausser les épaules et disparaître. Lorsque nos voisins me posent des questions, je romps le pacte du silence. Je dis que je suis de la maison Ben Hammadhi, l'épouse du fils Bacha, qu'il me bat et que je me suis enfuie.

Quand ma belle-mère et ses filles me ramènent à la maison, il y a un véritable scandale. Ma belle-mère, complètement désemparée, ne sait plus comment le calmer :

– Mon fils, tu es vraiment fou. Tu es en train de tuer ta femme ! Tu vas amener le malheur sur cette maison.

Bacha ronge son frein et, tandis que ses sœurs font rempart autour de moi, je le vois s'avancer sournoisement en serrant les murs. Il m'aurait tuée s'il avait pu, mais les femmes de la maison réussissent à me protéger, et il repart enfin loin de Constantine pour quelques semaines.

Dès lors, mon quotidien s'assombrit. Il commence à donner moins d'argent pour notre petite Amel et moi, et mes beaux-parents, avec les maigres revenus du père, ont de plus en plus de mal à boucler leur budget. Parfois, ma belle-mère ne nous sert, en s'excusant, qu'un seul repas composé d'une galette et de petit-lait.

On apprend un jour que mon mari a engrossé une jeune fille. Elle est venue se plaindre, comme d'autres à qui il a promis le mariage. Pour m'épargner, ma belle-mère me cache ces nouvelles qui la consternent. Mais moi, je vois de toute façon dans sa valise des photos de jeunes femmes et même des petites culottes. Je ne peux pas ignorer non plus les odeurs et les parfums féminins qui imprègnent toutes ses affaires et je ressens envers lui un dégoût grandissant.

Quelque temps après l'une de ses visites, ma belle-mère s'inquiète d'une odeur désagréable qui émane de moi. Elle est très gênée de me le dire, parce qu'elle me sait d'une propreté irréprochable. Elle me presse de consulter un médecin. Celui-ci diagnostique une maladie vénérienne qui met en péril l'enfant que je porte. Bacha m'a transmis le poison qu'il a attrapé avec l'une de ses conquêtes.

Sa mère lui fait des leçons de morale, l'exhorte à se conduire avec plus de dignité, mais il ne l'écoute plus. Il projette maintenant de quitter l'Algérie et de s'installer en Suisse.

Quand je vais accoucher de ma deuxième fille, il ne donne plus d'argent. Amel est atteinte de la rougeole, et j'ai vraiment peur de la perdre, car nous n'avons même plus les moyens de faire venir un médecin !

C'est ce qui me décide à me reprendre en main. Je demande à me rendre chez les sœurs du Bon Pasteur pour ramener des petits travaux de broderie. Ma belle-mère m'exempte des travaux ménagers pour que je me consacre à ce travail. Mais la broderie est un ouvrage long et minutieux qui ne rapporte pas beaucoup d'argent. Je réunis alors tout mon courage et ma détermination pour demander à mon beau-père de retourner travailler à l'hôpital. Il explose :

– Quoi ? Comme un homme, tu voudrais partir travailler le matin ? Que vont dire les voisins ? Et qui aidera ta mère à la maison ? Dans la famille, nous n'avons pas de femme qui travaille et qui fait des va-et-vient dans la rue !

À cause de ces problèmes d'argent, je deviens la bête noire de mon beau-père. Je le vois marmonner en faisant les cent pas dans le couloir, avant de se lamenter franchement et de se tirer les cheveux : « Une femme avec deux enfants… Et des filles, en plus, des bombes à retardement ! Comment va-t-on faire ? C'est un boulet que m'a laissé mon fils. »

Ma belle-mère me demande pardon pour lui : « Il ne pense pas ce qu'il dit… Tu n'y es pour rien. Tu n'es qu'une femme que son mari néglige et ce n'est pas ta faute. »

Chaque jour, je guette le passage du facteur avec l'espoir qu'il y aura une lettre avec un peu d'argent. Mais le facteur s'arrête rarement devant la maison.

J'ai mis au monde ma deuxième fille, un gros bébé de 4,200 kilos qu'on a appelé Wafa – Fidélité, en arabe! C'est quelques jours après qu'un véritable coup de tonnerre est tombé sur la maison, et que ma vie a entamé un nouveau tournant.

Depuis quelque temps, j'avais parlé à la maison de ma sœur Rabea, qui était complètement perdue et sans avenir dans sa condition d'enfant non reconnue par son père. Mon beau-père avait des contacts à la préfecture et il pensait pouvoir faire quelque chose pour elle. On l'avait donc fait venir d'Alger et elle s'était installée avec nous.

Quand Bacha est venu à la maison, on a vite senti qu'une certaine complicité s'installait entre eux. Rabea a dix-sept ans, elle est fraîche et jolie, le nez relevé et sensuel, aussi brune que je suis blonde. Un jour, elle annonce avec l'air innocent qu'elle doit retourner à Alger. Et par le plus grand des hasards, Bacha part en même temps qu'elle!

Puis elle revient à Constantine pour deux ou trois jours. À son retour, même si je suis préoccupée par mon accouchement imminent, j'ai une drôle d'impression: Rabea porte le parfum que Bacha m'avait offert naguère!

Quatre jours après la naissance de Wafa, alors que le défilé des voisins et des parents venus me féliciter et me donner quelques dinars n'est pas terminé, je vois depuis la fenêtre de la cuisine un homme devant la grande porte couverte de lierre du jardin. J'appelle ma belle-mère pour qu'elle lui ouvre et je reste dissimulée aux regards, bien placée pour écouter.

– Bonjour, fait l'inconnu, je voudrais parler à Bacha…

– Mais Bacha n'est pas là.

– Ah bon ? Je l'ai vu il y a deux jours à Alger avec sa femme, et il m'a dit qu'il rentrait à Constantine.

– Sa femme ? Tu connais sa femme ? Comment est-elle ?

– Ben, elle est grande, brune… Euh… ils sortaient ensemble de l'hôtel de l'Espoir.

Ma belle-mère m'appelle et demande au visiteur :

– Est-ce que c'est elle que tu as vue ?

– Ben non…

Confus, l'inconnu comprend la gaffe qu'il vient de faire. Il plaque une main sur sa bouche et se confond en excuses, mais trop tard.

Le soir même, je dis à ma belle-mère :

– Maman, je ne supporterai plus ces infidélités et ces mensonges. Je ne passerai pas la nuit ici. Je pars tout de suite à Alger.

– Je te comprends, ma pauvre fille. Je me doutais depuis quelque temps qu'il y avait quelque chose entre Bacha et ta sœur. Mais je ne voulais pas te faire de la peine…

J'ai reçu un électrochoc. Entre colère et incompréhension, mes idées se bousculent. Comment Bacha peut-il être assez pervers pour me tromper avec ma propre sœur, que j'ai fait entrer dans la famille pour lui venir en aide ? Je ne peux pas imaginer pire trahison, venant de l'un comme de l'autre.

L'après-midi même, je dois faire bonne figure devant des visiteurs qui viennent me féliciter pour la naissance de Wafa. Je bous, et ma décision est irrévocable. Rien ni personne ne pourra me retenir, ni l'autorité de mon beau-père ni le respect de la tradition, qui veut que la femme supporte ses malheurs avec patience et fatalisme.

J'ai douze dinars dans une enveloppe, l'argent que m'ont apporté les visiteurs. C'est assez pour quitter Constantine. À vingt et une heures, je monte dans le train de nuit, et à neuf heures du matin, le lendemain, je retrouve les rues d'Alger. Je suis épuisée, mes seins sont gonflés et, comme j'ai laissé mon bébé à la garde de sa grand-mère, j'ai dû nouer une serviette autour de ma poitrine pour éponger le lait. Mais je n'ai qu'une idée en tête, me rendre sans tarder à l'hôtel dont l'inconnu a parlé, et qui se trouve, je le sais, dans la rue Ben M'hidi, l'ancienne rue d'Isly.

En sortant de la gare centrale, après ces longs mois où j'ai vécu recluse dans l'ambiance feutrée de Constantine, je reçois comme une gifle la vie grouillante et bruyante de la grande ville, les voyageurs pressés qui se croisent, les gamins qui tirent sur les manches pour proposer leurs services, les vendeurs de sandwiches aux poivrons et aux sardines, les cris, les rires et les klaxons. Je suis étourdie par ce brouhaha, comme quelqu'un qu'on tire brutalement d'un long sommeil.

Arrivée à l'hôtel, je fonce vers le réceptionniste :

– Est-ce que M. Bacha Ben Hammadhi est là ?

L'homme consulte rapidement son registre et jette un coup d'œil sur le tableau des clés :

– Oui, M. et Mme Ben Hammadhi sont ici. Voulez-vous que je les appelle ?

– Non, non, ne leur dites rien, je repasserai tout à l'heure.

Et je reprends ma course pour me rendre au commissariat. Je n'ai rien perdu de ma fureur et de ma détermination, bien au contraire :

– Voilà : mon mari et ma sœur sont ensemble dans un hôtel où ils utilisent mon livret de famille.

– Oh là là ! Mais qu'est-ce qui me prouve que c'est bien votre mari ?

– C'est moi ! Écoutez, si vous n'allez pas les chercher et faire le constat d'adultère, je les tue tous les deux !

– Calmez-vous. D'abord, on n'a pas le temps de s'occuper de ce genre d'affaires…

– Très bien. Vous préférez vous occuper d'un double meurtre ?

Finalement, ils consentent à regarder le livre de police pour constater que les deux amants sont bien enregistrés à l'hôtel de l'Espoir. Deux policiers repartent avec moi pour en finir avec cette affaire. Ils arrêtent Bacha et Rabea, que je vois descendre piteux et étonnés, lui en slip, elle en chemise de nuit. Ils sont emmenés au commissariat et placés en garde à vue, plus pour l'utilisation frauduleuse du livret de famille que pour l'adultère.

À partir de ce moment, il me reste trois jours pour décider de porter plainte ou non. Je ne sais plus bien où j'en suis. Maintenant que j'ai été aussi loin, que dois-je décider ? Faire jeter en prison le fils de la famille dans laquelle je vis ? Comment pourrais-je dire à ses parents que j'ai envoyé leur brillant aîné en détention ?

Mes beaux-parents, même s'ils n'ont plus de doute sur la noirceur de leur fils, ne manqueront pas de dire que le vrai coupable, dans cette affaire, est ma sœur, et que je suis responsable de mon malheur pour l'avoir introduite dans la famille. C'est elle, la putain, qui l'a tenté et qui a accepté d'être séduite. Et puis l'homme, après tout, n'est qu'un homme…

Moi-même, je pense : Bacha est le père de mes enfants, et on sait qu'il est coureur. Mais elle, ma sœur Rabea, je ne lui accorde aucune circonstance atténuante. Sa trahison est inqualifiable, et je ne trouverai jamais les mots pour la défendre devant mes beaux-parents.

Je songe un instant à porter plainte et à ne pas retourner à Constantine affronter ce dilemme. Mais il y a mes filles, et surtout la dernière, âgée de quelques jours. Mes seins lourds et douloureux me le rappellent sans cesse, tandis que dans ma tête, je retourne en vain le problème dans tous les sens.

Finalement, je dis à la police qu'il n'y aura pas de mandat de dépôt à faire et que je ne porte pas plainte. À sa sortie du poste, Bacha m'attend et me bat avec plus de violence que jamais, me cassant le nez et me défigurant.

Je retourne à Constantine pour retrouver mes enfants et ma belle-famille, et Bacha me suit de peu, criant au mensonge et à la diffamation. Quand il arrive, je lui dis en serrant les dents :

– À partir d'aujourd'hui, tu ne couches plus avec moi. Maintenant, je ne suis plus la femme que tu as trompée. Je suis ta sœur, et si tu me touches, c'est péché !

Il se remet à me frapper aussitôt en hurlant, et je me retrouve pantelante, couverte d'hématomes et de sang. Et enfin, il s'en va.

Comme je m'y attendais, mes beaux-parents, sans croire à ses dénégations, ne manquent pas de me faire remarquer que la faute incombe entièrement à ma sœur. Alors que nous devrions nous montrer solidaires, chacun ayant sa part de responsabilité, c'est un nouveau fossé d'incompréhension qui se creuse dans la famille.

Après une quinzaine de jours passés dans cette ambiance lourde de méfiance réciproque et de sourdes insinuations, je décide de réagir. Je prends mon bébé et je repars à Alger. Je veux trouver un travail avant de venir rechercher ma fille aînée. Mais, en Algérie, il est presque impossible d'exister pour une femme seule, qui n'a aucun droit sans un homme à ses côtés.

Je démarche des cliniques privées, en évitant l'hôpital Parney où j'ai connu mon mari. Et je finis par trouver un emploi à la Clinique centrale. Une amie accepte de me donner refuge et de garder mon bébé. Tout semble s'arranger.

Mais Bacha n'est pas décidé à me laisser reprendre ma liberté : il n'a aucun mal, par le milieu médical où il est considéré, à découvrir où je travaille, et il vient faire scandale dans la Clinique centrale. À la sortie, je dois me cacher, car il attend pour me hurler dessus et me frapper encore et encore. Le directeur finit par me dire qu'il ne peut pas me garder parmi le personnel.

Quant à la copine qui a bien voulu garder mon bébé, elle me dit, désolée :

– Écoute, je ne peux plus m'occuper de la petite. Elle ne dort pas, elle ne fait que pleurer… Elle se griffe le visage.

Effectivement, la petite est née au pire moment, et ses premiers jours ont été un enfer. Aujourd'hui, elle paye tout cela. Je dois lui mettre des moufles pour l'empêcher de se déchiqueter le visage avec ses petits ongles, et mon lait n'est plus bon pour elle. Je presse mes seins au-dessus du lavabo en me répétant : « Autant je verse de lait, autant je verse de haine… »

Alors je fais de nouveau l'aller et retour entre Alger et Constantine. En autocar cette fois, pour économiser quelques dinars. Évidemment, je ne vais pas chez mes beaux-parents, qui ne me laisseraient pas repartir, mais je me rends chez une amie qui me connaît bien et qui sait tout de la famille et de ses secrets :

– Je te confie Wafa jusqu'à ce que j'aie réglé mes problèmes et que j'aie commencé une nouvelle vie.

De retour dans la capitale, on m'apprend une nouvelle confondante :

– Ta sœur est hospitalisée… Pour une grossesse extra-utérine…

– Quoi ? Dans quel hôpital ?

– Parney.

J'aurais dû me douter de la réponse ! J'ai les tempes en feu et je me sens prise dans un mauvais tourbillon, comme dans un cauchemar où les situations malsaines s'enchaînent inéluctablement. Je prends un taxi, comme un automate, je bafouille au chauffeur l'adresse de Parney et je me retrouve bientôt devant le grand portail de l'hôpital d'Hussein Dey.

Avec la démarche d'un zombi, je me dirige vers la maternité. Une infirmière me croise et me reconnaît :

– Meriem ! Ça fait plaisir de te voir. Tu sais que la femme de Bacha est ici ?

– Oui, oui. Justement, je suis venue pour la voir.

– Mais dis-moi… Je croyais que vous vous étiez mariés, Bacha et toi ?

– Nous avons été mariés… C'est sa deuxième femme.

– Ah ! Je me disais bien. Ça ne m'étonne pas de Bacha… En tout cas, tu es gentille, toi, tu viens la voir.

– Hé oui ! Il vaut mieux vivre en bonne intelligence. À quel étage est-elle ?

Encore plus troublée, je monte vers la chambre de Rabea. Je croise d'autres infirmières qui me saluent d'un air entendu. Arrivée devant sa porte, j'essaie de reprendre mon souffle et de retrouver mes esprits pour affronter ma sœur les yeux dans les yeux.

Mais elle n'est pas dans sa chambre. On l'a sans doute emmenée pour lui faire passer une radio ou des examens. Je m'approche de son lit. Son dossier médical est accroché au montant, sous mes yeux. Je le prends, je le lis. Et là, je vois que ma sœur a été hospitalisée, pour une grossesse extra-utérine, sous le nom de Meriem Ben Hammadhi !

Ma sœur m'a volé mon identité et s'est fait passer pour la femme légitime du docteur Bacha. Tout se met à tourner autour de moi et, sans même réfléchir, je m'empare du dossier et je quitte l'hôpital en rasant les murs, avec sous le bras la preuve irréfutable des mensonges de Bacha et de la trahison de ma sœur.

J'apprendrai quelques années plus tard que Rabea avait falsifié ses propres papiers et pris jusqu'à mon prénom en utilisant un de mes extraits de naissance.

En sortant de l'hôpital, je hèle un taxi. Mais je suis incapable de lui dire où aller. Il m'emmène sur la route

Moutonnière, tout au bord de la mer. Assise derrière le chauffeur, je regarde entre mes larmes les reflets argentés de la Méditerranée. Et c'est là seulement que je mesure l'ampleur de la traîtrise de Rabea.

Au début, je lui en veux sans mesure, pensant que sa perfidie est née de sa jalousie de me voir mariée et apparemment heureuse. C'est plus tard, beaucoup plus tard, que j'ai compris qu'on lui avait volé sa vie, son identité et qu'elle était complètement perdue.

Que faire maintenant ? Je n'ai que dix-neuf ans, mais mon amie algéroise veut que je sois fataliste et raisonnable :

– Meriem, tu n'auras jamais de chance avec les hommes. C'est comme ça ! Pourquoi vouloir échapper à ton destin ?

De toute façon, je ne peux pas rester à Alger. Bacha continuera à me harceler et à m'interdire de travailler dans les milieux médicaux. Il m'a menacé de me tuer, et au moins de m'accuser de prostitution et de prendre mes enfants. Et comme la parole de l'homme prévaut sur celle de la femme dans la société algérienne, il n'aurait même pas de preuve à apporter.

Je choisis de consacrer ma vie à mes enfants et je rentre chez mes beaux-parents. Ma belle-mère m'accueille affectueusement, fataliste elle aussi :

– Ma fille, tu dois attendre que tout ça s'arrange. Une femme doit supporter ces choses en silence. Lui, il est coureur, c'est vrai mais il finira par devoir s'arrêter. Regarde la rivière, elle est bouillonnante au début, et elle finit par se calmer quand elle arrive à la mer. Sois patiente, ma fille. Ton destin est ainsi fait. Et d'ailleurs, où irais-tu pour être plus en sécurité qu'ici ?

Mais mon beau-père ne se gêne plus pour me faire comprendre que je suis un boulet pour lui, et Nabil, un de mes beaux-frères, commence à tourner autour de moi. Il me rejoint le soir sur la terrasse où je m'assieds pour prendre le frais.

– Tu sais, Meriem, tu es jolie et tu es jeune. Pourquoi attendre ? Il n'y a pas que lui, tu sais…

Non, non, je ne vais pas reproduire à l'envers la trahison qui m'a fait si mal. Je regarde sévèrement mon beau-frère :

– Qu'est-ce que tu cherches, Nabil ? Tu veux quelque chose ?

Il comprend ma colère et il cesse de m'importuner.

Bacha, lui, disparaît quelque temps. Il ne revient plus que tous les six mois. Il ne donne presque plus d'argent et on le sent de plus en plus égoïste et renfermé sur lui-même. Il est perturbé, terriblement nerveux, toujours en mouvement, et il peut se lever trois ou quatre fois au cours d'un repas pour aller faire un tour et revenir s'asseoir avec nous.

J'ai pris l'habitude, quand il revient à Constantine, de dormir dans le salon avec mes enfants. Il me bat pour que je vienne le rejoindre dans la chambre verte, mais je résiste, bien décidée à ne plus jamais avoir de relations avec lui.

Un jour où sa mère est partie au hammam en me laissant seule avec lui – j'ai soupçonné que la pauvre femme l'avait fait exprès et qu'elle avait cru agir sagement en nous donnant une occasion de nous rabibocher –, Bacha se montre encore plus abject qu'à son habitude.

Il ferme d'abord la porte à clé pour m'interdire de fuir, puis il m'attrape, il lie mes mains et mes pieds et il me viole tout en me frappant. Je crie, je pleure, je l'implore, j'essaie de l'humilier avec les mots les plus durs, mais il est comme fou et rien n'y fait.

C'est comme ça que j'ai été enceinte de mon troisième enfant, un garçon. Je m'en aperçois assez tard. Quand j'écris à Bacha pour le lui annoncer, je n'ai pas de réponse. Il vit en Suisse où il a rencontré une femme. J'apprendrai plus tard que trois mois après la naissance de notre fils, il a eu un garçon de cette nouvelle conquête…

En attendant, il est reparti, non sans avoir manigancé une nouvelle machination. Comme ses parents se plaignent de ne pas recevoir d'argent pour l'entretien de sa famille, Bacha a eu l'idée d'aménager sommairement un appartement en bas de la maison pour me séparer de sa famille.

– Voilà, comme ça, tu habiteras là. Je t'enverrai de quoi vivre et tu ne seras plus une charge pour mes parents.

Et il est parti en me laissant dans un appartement inhabitable, sans meuble, sans peinture et sans fenêtre ! Comme sa mère se lamentait, il lui a affirmé que c'était moi qui tenais à vivre en bas. En fait, je me retrouve de force dans le froid avec mes deux enfants. Ma belle-mère me donne le strict nécessaire pour survivre, des couvertures, de quoi faire à manger et me chauffer.

Quand ils apprennent que je suis enceinte, mes beaux-parents exigent que je remonte m'installer chez eux. Comme à chaque fois, ils sont aux petits soins avec moi. Mais il n'y a pas beaucoup à manger chez les Ben Hammadhi : de la bouillie de semoule pour les enfants, du melon, du lait caillé et du pain pour les adultes. Je ne peux avoir aucune exigence dans la situation où nous laisse Bacha, mais ma belle-mère fait merveille. Attentive, elle observe tout et devine mes besoins. Elle coud des petites robes pour les filles, elle trouve des fruits et des gâteries pour la future maman.

Moi, je continue à broder pour apporter un peu d'argent, mais ma belle-mère insiste pour que je le garde. Je n'ai pas de gros besoins en matière de vêtements, vivant toute la journée en gandoura et possédant une ou deux robes et une paire de chaussures pour sortir, qui n'ont guère d'occasion de s'user.

Quand j'accouche, c'est un grand bonheur à la maison. Je donne à la famille un garçon, le premier garçon. Mon beau-père en est transformé. Deux fois par jour, il vient me voir à l'hôpital, les bras chargés de la meilleure nourriture qui soit : du foie, du poulet farci, des gâteaux chargés de miel. Ma belle-mère trouve les moyens pour m'acheter une magnifique robe de chambre en satin blanc rehaussé de broderies. Et elle n'oublie pas, superstition oblige, de glisser quelques grains de sel et de cumin sous l'oreiller du bébé, pour éloigner le mauvais sort.

Je suis embellie par l'accouchement, trônant dans des draps brodés et parfumés quand, au septième jour – lorsque l'enfant a dépassé les dangers qui guettent les nourrissons –, les voisins envahissent bruyamment la maison pour fêter l'heureux événement, à grands renforts de youyous, de cris et de musique. On félicite, on se congratule, on glisse sous l'oreiller de la maman des enveloppes contenant un peu d'argent. Pendant quelques heures, j'ai l'impression d'être heureuse.

Six mois après, ma belle-mère est très fière de moi, j'allaite mon fils qui va devenir un beau bébé. On l'a appelé Lamin et aussi Mohamed, comme on doit le faire pour le premier garçon. Ma grande fille ressemble à une petite Indienne et la petite Wafa est toute jolie.

Mon beau-père est toujours fou de son petit-fils, mais il a repris ses crises de lamentations sur notre situation. Il se frappe le visage, se tire les cheveux et il mâche sa chique de tabac – son seul plaisir qu'il conserve dans une corne de chèvre fermée d'un bouchon de liège – en la faisant passer nerveusement et de plus en plus rapidement de la joue gauche à la joue droite. Quand il me croise dans le couloir, il me bouscule en marmonnant que c'est de ma faute si son fils a disparu.

Que faire ? J'ai été une belle-fille soumise, destinée naturellement à prendre un jour la succession de ma belle-mère, mais ma situation devient intenable.

Petit à petit, je me convaincs que je dois partir, qu'une nouvelle fugue est la seule manière de sortir de ce cercle vicieux. Je dois recommencer une nouvelle vie en rompant définitivement avec les années Bacha, les années constantinoises qui se terminent en impasse.

Je me suis donné une date pour cette nouvelle rupture. Le ramadan approche. Au prochain *aïd*, la fête qui marque la fin du jeûne, je serai partie.

# 5

# La révolte à Alger

Une fois ma décision prise, je sais que je ne peux plus retourner en arrière. Mon beau-père ne veut pas que je travaille à l'extérieur de la maison, mais c'est pourtant la seule solution pour nourrir et habiller mes trois enfants, puisque leur père a définitivement choisi de ne plus les entretenir.

Le déchirement pour moi, c'est de ne pouvoir emmener mes petits avec moi : la vie d'une jeune femme seule en Algérie est déjà compliquée et difficile, elle serait impossible avec trois jeunes enfants. C'est la rue qui nous attend à Alger, et les petits doivent rester à l'abri.

Dans la douleur, j'écris une lettre pour leur expliquer que je dois partir pour eux, pour pouvoir leur envoyer de l'argent. Surtout, je ne veux pas qu'ils puissent penser que je les ai abandonnés. Je suis sûre que mon départ sera pour certains l'occasion de me juger injustement, et que dans vingt ans peut-être, mes enfants sauront la vérité en ouvrant cette lettre.

Je donne l'enveloppe scellée à ma belle-mère en lui demandant de la garder et de la donner à ses petits-enfants quand ils seront grands.

– Maman, jure-moi que tu ne la liras pas et que tu la leur donneras.

Elle ne me pose pas de question. Elle est loin d'imaginer que j'ai décidé de quitter définitivement la maison. Elle a un petit placard dont elle garde la clé accrochée par une épingle à son soutien-gorge. Tous ses petits secrets sont enfermés dedans. Devant moi, ma belle-mère prend la lettre et la pose sur le côté, contre une boîte en fer-blanc.

L'*aïd* approche. La fin du ramadan est l'occasion d'une fête très joyeuse qui dure deux jours. Les parents, les amis et les voisins se réunissent. La maison est baignée des parfums du miel et des gâteaux, du pain aussi qu'on distribuera aux pauvres.

On présente aux visiteurs le plateau de café et les indispensables pâtisseries. Il serait honteux de présenter le café sans les gâteaux. Il y a même une formule ironique pour stigmatiser ceux qui agiraient avec autant de pingrerie : « Ils ont apporté un plateau sans pieds. »

Pour l'occasion, on achète ou on confectionne dans toutes les familles des vêtements neufs. Ma belle-mère m'a offert une culotte et un soutien-gorge. Comme elle voulait aussi acheter une robe, j'ai refusé, en prétextant que j'en ai une qui ne sert jamais.

Pendant les préparatifs, au milieu de la joie familiale, je n'arrête pas de penser avec tristesse que je vais vivre mon dernier *aïd* avec mes enfants. Je les lave soigneusement, je les pomponne et les habille comme il faut le faire, en détournant la tête quand les larmes me montent aux yeux.

Les deux jours de l'*aïd* ont passé. Au matin, je regarde une dernière fois mes enfants dormir, je les embrasse sans les réveiller et je descends silencieusement.

Je n'emporte pas de valise, pas d'autres vêtements que ceux que je porte. J'ai seulement une dizaine de dinars en poche pour payer le train. Comment aurais-je pu laisser mes trois petits et emporter quelque chose de matériel ?

Il est quatre heures. J'ouvre le grand portail avec précaution et je me retrouve dehors. L'éclairage public vient de s'éteindre et la rue est baignée de brume. J'inspire l'air du petit matin et je sens un parfum de terre et de végétation humides que je ne connais pas. C'est la première fois, après ces cinq années de réclusion, que je me retrouve à l'aube dans les rues de Constantine.

À part quelques voitures, la ville est déserte à cette heure matinale, mais j'ai un peu peur de croiser des inconnus en marchant vers la gare. Je me hâte en pensant que ce départ est le bon et que je ne reviendrai jamais dans les petites ruelles endormies de la ville du docteur Bacha. J'ai déjà appris à ne jamais regarder en arrière, de peur de me retrouver figée en statue de pierre.

Dans le train, je ressasse les images de la famille. Ils doivent être inquiets, ils me cherchent, ils ne comprennent pas pourquoi j'ai disparu. Que peuvent-ils penser de moi ? Je sens dans mes seins la douleur du sevrage. La veille, j'allaitais encore mon fils Lamine. Je suis envahie par un immense sentiment de culpabilité et, en même temps, j'ai l'assurance d'agir comme il le faut pour le bien de mes enfants. Je suis anéantie par la douleur, et tout au long du voyage, mes larmes ne cessent de couler.

En arrivant, le soir, à Alger, je prends tout de suite la direction du Bon Pasteur. Je suis certaine que les bonnes sœurs de cette maison de charité m'ouvriront leur porte sans me poser de question. C'est ce qu'elles font.

– J'arrive de Constantine, et je cherche un hébergement pour dormir à Alger. J'ai été pensionnaire chez vous...

Je leur rappelle mon nom et mon prénom, les années où j'étais chez elle. Je sais qu'elles ont une bonne mémoire de celles qui ont été au Bon Pasteur.

– Meriem, on va vous accueillir, bien sûr. Mais attention, il y a une règle : à neuf heures du soir, nous fermons les portes. Un seul retard, et vous ne pourrez plus revenir !

Le deuxième jour, je sors du Bon Pasteur pour aller chercher du travail. En retournant à la Clinique centrale, je trouve sans peine un emploi de puéricultrice.

Signe du destin, c'est ce même jour que je rencontre pour la première fois celui qui va tant compter dans les vingt prochaines années de ma vie !

Je suis entrée dans un salon de thé qui s'appelle Al Feth, le rendez-vous des intellectuels d'Alger. Une belle architecture mauresque, des velours rouges à profusion et des banquettes profondes : le lieu idéal pour me reposer un moment et reprendre mes esprits.

Je m'assieds à une table, je commande une tisane pour accompagner un cachet d'aspirine, bien décidée à reprendre mes esprits et à repenser encore à la nouvelle vie que je vais entamer.

Assis en face de moi, un homme lit son journal et je ne l'ai même pas vu. Il lève de temps à autre les yeux de sa lecture et me regarde furtivement. Tout à coup, il se décide et me dit gentiment :

– Vous savez, ce n'est pas bien de mettre trop de sucre dans votre tisane.

Après tout ce que m'a fait subir Bacha, je ne supporte plus qu'un homme me parle. Je pense : « En voilà encore un qui va me prendre la tête ! », et je lui jette un regard haineux :

– Ça ne te regarde pas !

– Oh, pardon, excuse-moi.

Il attend quelques minutes, puis, n'y tenant plus :

– Écoute, c'était pas méchant, c'était juste pour te donner un petit conseil.

– J'ai pas besoin de conseil.

Et pourtant, à force de patience et de calme, l'inconnu finit par m'apaiser et on réussit à échanger quelques paroles plus aimables. C'est un bel homme, avec un visage franc et ouvert et une épaisse moustache qui le fait ressembler à Brassens. Je le trouve plutôt séduisant, avec ses yeux très noirs et légèrement bridés, mais je n'ai pas en tête de me laisser séduire. Il regarde discrètement mon allure pas trop avenante : ma maigreur, mes cheveux blonds et longs, ma petite robe en soie verte froissée et mon air renfrogné trahissent mon état.

– Tu as un problème ? Tu n'es pas bien ? Écoute, si tu as besoin de quoi que ce soit, je te donne ma carte.

Il a un accent que je ne connais pas.

– Tu es d'où ? Tu n'es pas égyptien, au moins ? Tu sais, on n'aime pas trop les Égyptiens, en Algérie…

– Non, non, je viens d'Irak. Je suis prof. J'enseigne la biologie à la fac.

– Irak ? Connais pas. C'est pas le pays de Farah Dibah ?

– Non, ça, c'est l'Iran. Moi, je suis irakien.

– Ben écoute, si tu veux qu'on discute, tu dois me montrer où est ton pays.

– Attends-moi…

Il part en courant et il revient quelques minutes plus tard avec un atlas.

– Voilà. L'Irak, c'est là, tu vois.

– Non, je ne connais vraiment pas. Mais bon…

Notre discussion se poursuit, plus chaleureusement qu'elle n'a commencé. Je suis bien obligée d'admettre que son intérêt pour moi n'est pas intéressé, et que ses efforts pour me venir en aide sont plutôt touchants. Le soir venant, il m'invite à dîner, mais je refuse, car je dois rentrer au Bon Pasteur avant 21 heures.

Hélas, j'ai mal calculé les distances, et quand j'arrive devant le couvent, les portes sont fermées ! Dès ma première sortie, j'ai réussi à perdre ma seule possibilité de dormir sous un toit. Il fait nuit, et je me retrouve une nouvelle fois à la rue.

Il ne me reste qu'à appeler l'Irakien que j'ai rencontré quelques heures plus tôt. Je n'ai pas l'état d'esprit pour qu'un homme me touche et moins encore qu'il veuille me faire l'amour. Mais je le sens correct, prévenant et puis je n'ai pas peur de me lancer à nouveau dans l'inconnu. Je prends sa carte, les deux piécettes qui me restent en poche, et je l'appelle :

– Écoute, tu m'as dit que je pouvais te téléphoner si j'avais un gros souci. Ben voilà… Là où j'habite, c'est fermé…

– Pas de problème. Viens dormir chez moi. Prends un taxi et je le paierai quand tu arriveras.

Et c'est comme ça que je débarque chez Riyadh, l'Irakien qui deviendra plus tard mon mari !

Il vit dans un appartement qu'il partage avec un compatriote, professeur comme lui à l'université. Un véritable appartement de garçons. Au mur, je remarque tout de suite une grande carte de l'Irak, reproduction géante de celle qu'il m'a montrée sur l'atlas. Dans le salon, un matelas par terre, et un grand plateau en cuivre rouge – en Algérie, le cuivre est plutôt doré – gravé d'une représentation de la tour de Babel. Je vois aussi le portrait d'un homme sévère, un militaire dont j'apprendrai plus tard que c'est Hassan al-Bakhr, le chef du parti Baas et de l'État irakien à qui succédera bientôt Saddam Hussein.

Riyadh m'accueille sans équivoque. Il a étendu par terre un journal pour me servir à manger. Puis il me dit avec simplicité :

– Écoute, mon ami et moi, nous avons chacun notre chambre. Toi, tu peux dormir ici, dans le salon, et tu peux rester jusqu'à ce que tu aies réglé tes problèmes.

Cette nuit-là, je dors comme un bébé, même si je me dis que je ne peux pas rester chez cet inconnu et qu'il faudrait que je trouve un toit. Mais où ?

Alors je reste, jour après jour. Riyadh et son colocataire se montrent parfaits envers moi, si pudiques qu'ils ne veulent même pas se faire voir en pyjama. Dans la salle de bain, je remarque l'eau de toilette Yardley et je suis étonnée de ne pas y trouver de brosse à dents. On partage notre vie sans gros problèmes, mais le salon est l'espace commun de leur colocation, et ma présence occasionne une vraie gêne pour les deux garçons.

Riyadh finit par me dire :

– Il vaut mieux que tu dormes dans ma chambre. Je ne te toucherai pas, c'est promis.

Je n'ai aucun doute sur sa sincérité, mais je lance quand même un gros mensonge :

– De toute façon, je suis jeune fille !

Dès lors, je partage son lit, non sans qu'il ait installé le traversin entre nous, à la manière de Tristan et Yseut. Riyadh me respecte et évite scrupuleusement de m'effleurer. Tant et si bien que je commence à me demander s'il est vraiment un homme et que j'entreprends de jouer du pied pour tester ses réactions.

De temps en temps, il me prend dans ses bras avec la pudeur d'un frère et il me raconte à voix basse des contes de son pays, ou bien il me chante des chansons du Moyen-Orient, des poèmes d'amour très chastes et très doux. Il écoute souvent des cassettes d'Oum Kalsoum, la diva égyptienne, et surtout une de ses chansons les plus bouleversantes, *Ma vie*, un titre dont je ferai plus tard son surnom affectueux. Il devient pour moi un ami, un protecteur qui ne manifeste aucune exigence en retour. Isolée dans ma douleur et dans mon lourd secret, j'ai besoin d'être rassurée et Riyadh sait le faire.

Tous les matins, il prépare mon petit déjeuner et il me laisse un peu d'argent avant de partir à la fac. Quand j'ouvre les yeux, je vois d'abord le petit billet près de mon oreiller, comme le signal que quelqu'un veille sur moi. Le soir, il rentre sans jamais me poser de question.

Il ne sait rien de moi, et surtout pas que je suis mariée et que j'ai trois enfants. Riyadh est droit et entier : si je lui disais la vérité sur mon histoire, il me ramènerait immédiatement à ma famille, à Constantine

Moi, je suis complètement désorientée, mes mensonges me pèsent et mes petits me manquent terriblement. Je passe d'abord par une phase de neurasthénie. Je pleure, je me sens infiniment abattue, j'ai le sentiment d'être enfermée. Un jour, j'essaie de me suicider en avalant une boîte entière d'Aspro… Je suis la seule à savoir pourquoi je veux en finir avec la vie.

Et puis, tout change : je deviens comme folle, sauvage, en pleine révolte, habitée par la haine des hommes et un désir de vengeance envers tout ce qui est du même sexe que Bacha Ben Hammadhi.

Je me fais courtiser, je fréquente plusieurs petits amis qui ne savent rien de moi, ni qui je suis, ni où j'habite. Je donne rendez-vous à deux ou trois hommes en même temps. Ça m'excite de les voir attendre ensemble alors que je n'arrive pas. Avec toutes ces rencontres de hasard, c'est moi qui décide si j'ai envie ou non d'avoir une aventure, à quel endroit et à quel moment.

Je sors tous les jours sans rien expliquer à Riyadh. Parfois, quand j'ai de malheureux petits chagrins d'amour, je viens pleurer dans ses bras. Il sait me consoler, et il me dit : « Je ne veux pas voir une larme couler de tes beaux yeux. » Je disparais parfois plusieurs jours et, quand je rentre, il m'accueille avec patience et sans jamais me demander de me justifier.

Je me perds entre la douleur d'être séparée de mes enfants, une envie trouble de liberté et un vrai besoin de protection. Riyadh, le premier homme bien que j'aie rencontré, devient mon refuge et fait les frais de cette spirale suicidaire. Je culpabilise à cause de sa gentillesse et je ne sais lui répondre qu'une chose : « Tu ne peux pas comprendre… Je suis un oiseau blessé. »

Après trois mois de cohabitation fraternelle, il y a quelque chose de plus entre nous, un tendre sentiment, et le traversin a disparu. Mais je ne suis pas amoureuse de Riyadh, et ma révolte, ma vie folle continuent comme avant.

Entre mes vingt ans et mes vingt-trois ans, je m'étourdis ainsi sans que jamais Riyadh se lasse et exige autre chose que d'être mon havre de paix.

J'ai besoin de vivre la jeunesse que je n'ai pas eue. J'ai connu quelques aventures rocambolesques.

Un soir, j'accepte de suivre chez lui un inconnu, un excentrique qui me faisait rire. Il m'enferme et se montre menaçant. Je me précipite à la fenêtre et je me mets à crier. Mais l'homme me saisit, referme la fenêtre et m'appuie un couteau sous la gorge. Je me vois morte, victime d'un maniaque. Et puis non, il m'oblige seulement à me mettre à genoux et à lui dire que je l'aime et qu'il est le plus beau… Je risque ma vie, mais ma vie n'a plus d'importance. Parfois, je me dis que ce qui pourrait arriver de pire serait que mes beaux-parents découvrent ma vie dissolue.

Quelque temps après, je quitte Riyadh pour aller vivre dans un foyer de jeunes filles. C'est à ce moment que je rencontre une vieille dame, une *hadja* qui a fait le pèlerinage de La Mecque et que je trouve sympathique. Elle finit par me proposer de venir vivre chez elle :

– Je serai comme ta maman…

Elle est concierge. J'accepte et je vais chez elle avec une petite valise. Très vite, son discours n'est pas celui d'une maman. Elle se montre insidieuse, et elle me répète :

– Tu sais, Meriem, tu es une jolie fille. Tu plais à beaucoup d'hommes. Et la vie est dure, hein ?

À d'autres moments, elle me glisse :

– Tu sais, tu fermes les yeux et c'est très rapide… Tu veux que je te présente quelqu'un ?

Au début je ne comprends pas, ou bien je ne veux pas comprendre pourquoi elle me parle ainsi. Et puis mes yeux s'ouvrent : elle est en train de me vendre. La pieuse *hadja* est une mère maquerelle. Mon Dieu ! Elle veut faire de moi une prostituée.

Mais bon, c'est vrai que j'ai besoin d'argent, et elle m'a dit que ce serait rapide… Je finis par lui dire :

– Bon, c'est qui celui que tu veux me faire connaître ?

La vieille me présente un homme. On mange ensemble et dès qu'il est parti, elle se précipite sur moi :

– Alors ?

– Mais tu te rends compte ? Il est vieux, il est moche, il a un gros ventre…

– Qu'est-ce que ça change ? Je t'ai dit : tu fermes les yeux et tu prends l'argent… Et moi, j'en garde une petite part.

J'hésite. Et elle commence à s'impatienter. Un jour, l'homme se présente. La vieille ferme prestement les rideaux et s'éclipse. Je suis tombée dans le piège. Tout se passe alors très vite. L'homme me prend comme un animal. Puis il remet son pantalon et la concierge maquerelle réapparaît.

– Viens te laver ici.

Je comprends que la *hadja* est une vraie professionnelle. Je me reprends, en pensant : « Qu'est-ce qu'il t'arrive, Meriem ? Même quand tu n'avais rien, tu n'es pas tombée aussi bas… Meriem, tu n'es pas une pute. » Je suis salie, impure, je sens encore le gros ventre de l'homme qui pesait sur moi. Je m'enfuis de chez la vieille et je rentre chez Riyadh. Je prends une longue douche, je me lave et me relave et je pleure longuement dans les bras de mon ami irakien.

Je sais que cette expérience répugnante m'empêchera à tout jamais de retomber si bas, que plus jamais je ne serai à vendre. Mais je n'en ai pas fini de mon besoin avide de liberté et d'étourdissement.

Une amie me fait connaître la troupe de théâtre de l'Action sociale, menée par le grand dramaturge Kateb Yacine. Pour monter *Mohamed, prends ta valise*, il cherche une fille blonde, de style européen. C'est tout moi, et je deviens comédienne dans le théâtre engagé. Sans hésiter, je quitte la clinique pour suivre la troupe.

C'est en Algérie l'époque de la révolution agraire, et Yacine écrit des pièces populaires qu'on joue dans le Sud, sur des tréteaux bricolés, devant un décor naturel. Kateb Yacine est très respecté et très demandé : on va même faire une tournée en France et on côtoie des troupes africaines qui viennent jouer à Alger dans l'esprit de la panafricaine.

La troupe de l'Action sociale est un groupe bigarré, une communauté très « années soixante-dix » qui me fait découvrir un autre monde. La drogue circule entre les comédiens, il se boit beaucoup d'alcool mais moi, qui sors du couvent et de la maison traditionnelle de Constantine, je suis très étonnée devant ce grouillement de vie. Alors, j'observe sans vraiment participer.

Je fréquente un beau comédien, un jeune premier que je ramène un jour chez Riyadh en lui disant cruellement :

– Tu vois, c'est lui que je veux épouser…

– D'accord, me répond avec flegme mon futur mari.

Sa patience et sa constance aiguisent le sentiment de culpabilité que je ressens. Je n'en suis que plus dure avec lui. Un jour, au beau milieu du tourbillon dans lequel je vis, nous nous disputons en voiture.

– Qu'est-ce qui ne va pas, Meriem ? me demande-t-il en voyant mon visage renfrogné.

– Il y a que j'en ai marre de toi. Tu n'as jamais compris ce qui ne va pas ? Je vais te le dire : j'ai trois enfants, je les ai laissés à Constantine, et ils me manquent chaque jour, à chaque minute.

Riyadh ne paraît pas étonné, il ne se met pas en colère :

– Pourquoi tu ne me l'as pas dit plus tôt ?

– Mais ça ne te fait rien d'apprendre ça ?

– Non, ça ne me dérange pas. Écoute : je t'emmène à Constantine, et on va voir tes enfants.

– Non, Riyadh, tu ne m'accompagnes pas. J'y vais toute seule.

Je veux que mes beaux-parents, à qui j'envoie régulièrement des mandats, ne sachent rien de ma vie.

Un peu plus tard, Riyadh me lance :

– Alors, comme ça, tu as trois enfants et tu m'as fait croire que tu étais vierge ?

– Et voilà ! lui répliqué-je très injustement, il n'y a que ça qui t'intéresse, hein ?

Très injuste, en effet, pour ce pauvre Riyadh. Il m'emmène finalement à Constantine, sans chercher à croiser mes beaux-parents. J'ai les bras chargés de cadeaux et je peux enfin serrer mes enfants contre moi.

Trois années folles et mouvementées passent ainsi. Et puis je reviens vivre définitivement avec Riyadh. Je ne suis sans doute pas amoureuse de lui, mais il est mon refuge, toujours présent quand je vais mal, avec cette rassurante solidité paternelle qui me manque depuis trop longtemps.

Un soir où nous rentrons du cinéma sous une pluie battante, c'est en passant dans le tunnel sous la fac qu'il s'arrête et qu'il me dit avec gravité :

– Meriem, j'ai quelque chose à te dire… Voilà : je voudrais t'épouser !

Je n'avais encore jamais pensé à cela ! Je réponds d'abord par un éclat de rire.

– Mais qui te dit que je veux me marier ? D'abord, tu ne sais rien de moi. J'ai un passé, j'ai des enfants, je ne suis même pas divorcée. Et puis, tu le sais, je suis instable, je ne sais pas par quel bout je dois prendre ma vie…

– Tout ça, ce n'est pas un problème. On va régler ces choses-là une par une. Je sais que tu es une fille bien et que tu as un grand cœur. Moi, je veux t'épouser.

Dans mon for intérieur, je suis heureuse et flattée d'une certaine manière qu'un homme m'aime assez pour accepter mes folies, mes défauts et mon passé. Mais je suis toujours blessée par l'échec cuisant de mon premier mariage, j'en veux toujours autant aux hommes et je ne suis pas prête à envisager d'abandonner une nouvelle fois ma liberté.

– Riyadh… Écoute… Vraiment, ce n'est pas sérieux.

– OK ! Je te laisse tout le temps que tu veux pour réfléchir. Mais tu dois savoir que je suis très sérieux. Je veux que tu sois ma femme.

Là-dessus, comme pour repousser l'échéance de ma réponse, je reprends ma vie de butinage et d'étourdissement. Mais les paroles de Riyadh me trottent dans la tête.

Il faut être lucide : tous les garçons que je fréquente ne s'intéressent à moi que dans un seul but, m'attirer dans leur lit. Et, seul contre tous, il y a cet ami sûr et attentionné qui m'aime pour moi-même et qui veut m'épouser…

Et puis, que puis-je attendre d'une vie de femme indépendante et libre à Alger ? Dans la société algérienne, une femme vaut moins que rien si elle n'a pas d'homme. Il y a une expression qui montre bien le mépris des hommes envers les femmes libres : ils les surnomment les « filles à sandwich », puisqu'il suffit de leur payer un sandwich pour coucher avec elles. Pour obtenir quoi que ce soit auprès des administrations, il faut se montrer très diplomate et laisser croire qu'on est prête à donner un bakchich en nature.

J'en ai fait l'expérience en demandant un banal extrait d'acte de naissance. Je me rends à la mairie et l'employé de l'état-civil me dit d'abord de revenir deux jours plus tard. Lorsque je me représente à son bureau, il est tout sourire en posant le papier devant lui. Mais, au moment où je vais le prendre, il plaque sa main sur la mienne :

– Tu viens prendre un café avec moi, ce soir ?

J'essaie de me montrer patiente :

– Oh, écoute, je t'en supplie, donne-moi ça, j'en ai vraiment besoin…

– Mais tu te prends pour qui ? C'est juste un café que je veux prendre avec toi. Allez, réfléchis et reviens demain.

Et la scène se reproduit à l'identique deux ou trois jours de suite. Jusqu'à ce que je perde patience. J'explose :

– Qu'est-ce que tu veux à la fin ? Dis-le : tu veux mon cul ! Je suis citoyenne algérienne, c'est mon droit d'avoir un acte de naissance et tu dois me le donner sans rien me demander.

Bouillant de colère, je cours au bureau de son supérieur :

– J'en ai assez de jouer au chat et à la souris avec ton employé ! C'est quoi, ce pays ? C'est quoi, la démocratie algérienne ?

Le directeur commence par s'offusquer :

– Oh là ! Attention ! N'insulte pas les Algériens. Ils sont un million de martyrs qui t'ont donné la liberté.

– Justement, les femmes ont participé à obtenir la liberté, vous ne l'avez pas eue seuls, vous les hommes. Et justement, ma liberté de femme algérienne, c'est d'obtenir un extrait d'acte de naissance sans être obligée de coucher avec le préposé !

Le chef, qui ne doit rien ignorer des pratiques sordides de ses employés, n'en a pas moins l'air choqué :

– Cet homme nous fait honte, s'écrie-t-il avant de m'emmener voir la pile des documents en attente.

Mon extrait d'acte de naissance n'est pas dans la pile ! Le préposé l'a déchiré. Le directeur me promet de me donner rapidement satisfaction, tout en me demandant d'oublier l'incident :

– Ne va pas faire de scandale. Tout est arrangé… Et puis, mon employé, il ne te voulait pas de mal… Tu l'as sans doute mal compris, hein ?

C'est ce jour-là que je me suis juré de quitter un jour l'Algérie, pour ne plus connaître ces chantages et cette corruption qui font des femmes des personnes mineures dans la société.

Une autre fois encore, j'ai l'occasion de mesurer les dangers que court une femme seule, et pour le coup, je me retrouve très seule, loin de Riyadh.

J'avais un bon boulot chez un agent immobilier. Le patron, qui ressemblait au chanteur Christophe, était sympathique et, pour une fois, très correct avec moi. C'est un de ses clients qui m'emmène dans une aventure pour le moins hasardeuse. Il arrive, un jour, à l'agence, et ne tarde pas à me repérer.

– Combien gagnes-tu, ici ? Tu sais que tu pourrais gagner beaucoup plus. J'ai une affaire, dans le Sud, un restaurant. J'ai besoin d'une deuxième personne pour le service. Tu seras nourrie et logée, bien sûr...

Pourquoi pas ? Je sais que les gens qui travaillent dans le Sud ont de bons salaires, à cause de l'éloignement, et ne dépensent presque rien. Je fais rapidement mes calculs : un an de ce régime, et je pourrai m'en sortir.

– Mais je n'ai pas trop de linge, pour m'habiller.

– Ne t'en fais pas. Je t'avance un peu d'argent, et je te paye le billet.

J'accepte sa proposition, sans me méfier de ce que peut cacher cette occasion qui est bien trop belle pour être honnête. À l'époque, à Alger comme à Paris, la rumeur va bon train au sujet de la traite des Blanches. Comme tout le monde, j'ai entendu beaucoup d'histoires à ce sujet, mais la plupart sont trop rocambolesques pour être vraies, et puis j'ai l'âge où l'on se sent invincible.

Sachant qu'il fera tout, et sans doute pas à tort, pour me dissuader de partir, je dis à Riyadh que j'ai trouvé un emploi dans un hôpital du Sud. Il se récrie que c'est une folie d'aller là où il n'y a rien ni personne, mais je lui assure que je reviendrai le voir tous les mois. Je lui mens aussi sur ma destination : alors que je vais à Hassi Messaoud, plate-forme pétrolière presque uniquement peuplée des célibataires qui travaillent dans les raffineries, je préfère évoquer l'oasis d'El Golea, un endroit tranquille et rassurant qu'on surnomme avec poésie « la Perle du désert ».

Et me voilà partie pour la traversée du Sahara, un voyage entre les dunes de quelque huit cents kilomètres. Dans le vieux car brinquebalant, je suis la seule femme, affrontant le regard des hommes au visage fermé et buriné qui ont bien du mal à quitter du regard mon chemisier trempé par la sueur et dessinant étroitement mes formes. De temps à autre, le paysage de sable est interrompu par l'apparition d'un groupe de baraquements où je peux trouver un peu d'eau pour me rafraîchir le visage, une eau qui devient chaude dès qu'elle touche la peau.

Je somnole quand le car s'arrête dans un grand bruit de freins usés. Le chauffeur se tourne vers moi :

– C'est ici que tu descends.

Je regarde par la vitre recouverte de poussière. Le paysage est celui que je vois depuis des heures. Des dunes, du sable, et rien d'autre.

– Mais… le restaurant ?

– Regarde, il est là-bas.

Je plisse les yeux. Effectivement, au loin, toute petite au milieu du désert, on distingue une baraque grise entourée de quelques pauvres palmiers.

– Et comment je peux y aller ?

– Ben… Tu attends là, il y a toujours des voitures qui passent… Allez, descends, j'ai encore de la route.

Je m'installe au bord de la piste, assise sur ma valise, en regardant s'éloigner l'autocar comme un dernier signe de la civilisation. Les minutes passent. Aucune voiture n'apparaît, mais le soleil commence à décliner et la fraîcheur du soir se fait déjà sentir. À l'idée de passer la nuit dans le désert, livrée aux scorpions, la panique commence à monter en moi, quand enfin un automobiliste s'arrête et veut bien faire un détour pour m'emmener jusqu'au restaurant.

Mon patron est là, de méchante humeur, parce qu'il m'attendait depuis deux jours. En entrant dans son établissement, je ne peux m'empêcher de penser : « Mon Dieu, où est-ce que je suis tombée ? » Ça n'a rien d'un restaurant, c'est à peine un bar, une baraque dont les cloisons sont faites de stores de bambou qui se soulèvent au rythme du vent. Le comptoir, couvert de sable, est entouré de quelques tables branlantes et de chaises dépareillées et bricolées.

– Viens, je vais te montrer ta chambre. La fille qui était là avant toi est partie.

La chambre sent le renfermé. Sur le lit sale, quelques affaires ont été jetées comme si quelqu'un était parti précipitamment. J'ai un mauvais sentiment d'insécurité, et des soupçons commencent à naître.

– Mais il y a… une autre personne ?

– Oui, oui. Mais elle est pas là pour l'instant. Elle est en congé… Dis donc, il faut que tu t'habilles… euh… un peu plus sexy.

Il me plante là. Je me recoiffe, je me maquille plus que d'ordinaire et, docile, je trouve dans ma valise une jupe un peu plus courte et un chemisier plus décolleté. Et je vais retrouver mon nouveau patron, qui me toise en faisant la moue :

– Tu n'as rien de plus sexy ? Bon. Allez, je vais te montrer ce que tu auras à faire. Est-ce que tu bois ?

– Non.

– Ah ? Il va falloir apprendre à boire. Quand les clients vont t'offrir un verre, tu diras oui.

– Mais non, je ne bois pas. Vraiment.

Il élève la voix :

– Tu dis oui quand on t'offre à boire, et après tu te démerdes.

Le soir venu, les clients, rien que des hommes, commencent à arriver. Tous des étrangers, des Russes, des Allemands, des Français. Des travailleurs harassés qui passent leurs journées sur les plateformes pétrolières et sur les gisements de gaz d'Hassi Messaoud et viennent le soir noyer leur ennui dans l'alcool.

La présence, au milieu de cette horde, d'une jeune femme blonde, fraîche et avenante est un élément clé de la stratégie commerciale du patron. Quand je viens les servir, les gars me lancent des blagues plus ou moins grasses, me demandent mon tour de poitrine et d'autres, plus galants, veulent savoir d'où je viens. Ils commencent à me faire comprendre certains détails de ma situation, en me demandant si je fais certains extras bien particuliers. Et quand je leur réponds que non, ils s'étonnent :

– Mais enfin, tu sais bien à quoi tu t'exposes, ici ? Tu connais le patron ? Il y a pas mal de filles qui sont passées ici… Et toutes pour le même boulot.

Quand le service se termine, vers deux heures du matin, je pars dans ma chambre, que je ferme à clé, et j'éclate en sanglots. Peu de temps après, le patron vient frapper à ma porte :

– Ouvre, je veux te parler.

– Je t'entends, tu peux me parler.

– Non, ouvre… De quoi as-tu peur ?

Il n'a pas besoin de pousser beaucoup pour que la porte cède. Il essaie de me prendre dans ses bras :

– Écoute, tu dois te montrer plus gentille, plus compréhensive…

Je le repousse, et il part en soupirant. Je suis effondrée : je me retrouve seule, au milieu du désert, entre les pattes d'un maniaque qui veut me prostituer !

Le lendemain, je lui dis que je veux absolument m'en aller. Impossible ! Il y a un avion qui part d'Hassi Messaoud pour Alger une fois par semaine. Mais je me dis : « Tu ne m'auras pas ! »

À partir de ce moment, je prends mon service en sanglotant, et je réponds en hoquetant aux plaisanteries des clients. Après quelques soirs de ce numéro, les plus gentils sont émus de mon chagrin et ils commencent à poser au patron des questions gênantes sur mes conditions de travail.

Finalement, c'est lui qui craque. Il trouve une voiture qui part pour Alger et me jette dedans avec ma valise en me lançant comme seul adieu : « Allez, tu dégages ! »

Je retrouve Riyadh et je lui raconte ce qui vient de m'arriver. Il me regarde avec douceur :

– Pourquoi tu fais tout ça, Meriem ? Tu sautes d'un truc à l'autre, tu n'arrives pas à te fixer. Est-ce que tu sais seulement ce que tu veux ?

Si seulement je le savais ! Tandis que je me serre dans ses bras, je pense : c'est vrai que je suis instable, que je papillonne, que je fonce tête baissée dans la première aventure qui passe, que je n'arrive pas à me fixer. Mais il y a une chose dont je suis sûre, c'est que je veux retrouver mes enfants et les garder définitivement auprès de moi. Leur absence est une souffrance qui me ronge le cœur.

Cette idée me hante. Je vais les voir à Constantine, dès que je le peux. Mais les remontrances de ma belle-mère, qui est persuadée que je me prostitue pour envoyer de l'argent, et les déchirantes scènes d'adieux avec ma plus grande fille Amel sont très dures à supporter.

Un jour, ma belle-mère me prend à part :

– Ma fille, il ne faut plus que tu viennes. À chaque fois que tu repars, Amel est décomposée. Elle ne mange plus pendant plusieurs jours, elle ne fait que pleurer.

Et c'est vrai : elle s'accroche à moi comme si elle allait se noyer, elle hurle et pleure et il faut l'arracher à sa mère au moment de la séparation. Ses cris me poursuivent. La nuit, je me réveille en sursaut en entendant les pleurs de la petite Amel.

Aujourd'hui encore, quand nous nous séparons, alors qu'elle est maintenant maman de quatre enfants, elle pleure comme la petite fille de Constantine qui ne supportait pas que je parte, et moi je la rassure comme le fait une mère.

En tout cas, après ma désagréable aventure à Hassi Messaoud, ma vie se stabilise. Je retrouve du travail comme puéricultrice à l'hôpital Mustapha, et je repense de plus en plus souvent à la proposition de mariage que m'a faite Riyadh. Sans arriver à me décider.

## 6

## Au pays des Mille et Une Nuits

Quand il a voulu parler de moi à ses parents, je n'avais toujours pas donné de réponse à Riyadh.

Il leur a dit très simplement : « Voilà, j'ai rencontré une jeune femme, je l'aime et je veux l'épouser. » En Algérie, on ne pourrait pas dire aussi directement à sa famille qu'on aime quelqu'un, ce serait un manque de respect et une manifestation d'impudeur insupportables. Parler d'amour avec ses parents serait aussi direct et inconvenant que de parler de sexe. Au Moyen-Orient, les conventions ne sont pas les mêmes, elles sont parfois beaucoup plus contraignantes que dans le Maghreb, mais on y parle d'amour sans gêne et avec beaucoup de naturel.

Dès qu'ils apprennent la nouvelle, les parents de Riyadh décident de venir en Algérie, pour découvrir le pays et… la femme que leur fils veut épouser. Mon ami me fait mille recommandations pour réussir l'examen familial : passe encore que nous vivions ensemble, mais il faut que j'évite absolument de dire que je suis déjà mariée et mère de trois enfants. Je promets d'être prudente, tout en me demandant si c'est bien naturel de commencer une union par des mensonges.

Ils arrivent, très fermés et très froids. En Irak, le père de Riyadh est directeur d'un lycée. Mince, le visage rond, il a une moustache grisonnante et de grands yeux vert sombre cachés derrière des lunettes qui lui donnent un air sévère. Sa mère, une femme d'apparence très austère, a un visage rigide cerné de cheveux raides, noirs de jais et coupés au carré. Dès notre première rencontre, je sens chez eux beaucoup de défiance envers moi, et en tout cas aucune chaleur. Comme je m'approche en souriant pour leur faire la bise, le père me repousse en me tendant la main. J'ignore qu'en Irak la pudeur est très stricte dans les relations familiales et qu'un homme ne peut pas embrasser sa belle-fille, pas même sa future belle-fille.

L'examen ne tarde pas. Le soir venu, les hommes s'arrangent pour me laisser seule avec ma future belle-mère, qui met tout de suite les choses au point :

– Sais-tu que Riyadh, il a déjà sa future femme ? C'est une cousine qui attend son retour en Irak.

Je fais celle qui ne comprend pas. Mon ami m'a parlé de cette union arrangée de longue date, et je sais qu'il n'en veut pas. Ma future belle-mère commence alors un interrogatoire en règle :

– Quel âge as-tu ?

– Vingt-trois ans.

– Et tes parents ? Qui sont tes parents, où sont-ils donc ?

– Ben... Je n'ai pas de mère... Et je n'ai plus de père.

– Ah ! Une fille sans parents ? Ça n'honore pas une bonne famille... Pourquoi n'es-tu pas restée avec ton père ? Et ta mère ?

Autant de questions auxquelles je ne peux pas fournir de réponses claires. Je sens monter en moi une sourde colère d'être obligée de me soumettre à cet interrogatoire suspicieux mené avec hauteur et mépris, alors que je ne demande rien et que je n'ai même pas encore accepté d'épouser son fils. Je finis par dire que ma mère est morte et, à bout de patience, je révèle l'existence de mes trois enfants.

La mère de Riyadh manque de s'étouffer, et l'examen de passage se termine en scandale et en lamentations. Le lendemain, tandis que Riyadh prend le petit-déjeuner avec ses parents, j'entends depuis la chambre les échos d'une discussion animée :

– Tu te rends compte, mon fils ? Tu veux épouser une étrangère, une femme divorcée, qui n'a pas de parents et qui a déjà des enfants ! Pense à ton paradis : tu dois prendre une vierge. Jamais cette femme n'entrera dans la famille !

En entendant cela, ma colère n'a pas de quoi retomber ! C'est là que j'interviens :

– Écoutez ! Moi, je n'ai rien demandé. Ni pour être abandonnée par mon mari, ni pour séduire votre fils. C'est lui qui veut m'épouser. Et d'ailleurs, je vous le dis, je n'irai jamais en Irak !

Les parents de Riyadh quittent précipitamment Alger, non sans que le père dise solennellement à son fils :

– Si tu ramènes un jour cette fille à Bagdad, je la tue !

Riyadh est effondré par le bilan catastrophique de cette visite de présentation, mais il se sent toujours aussi décidé à m'épouser, et il est sûr de parvenir à faire tomber tous les obstacles. Comme il me reproche de ne pas avoir été très diplomate, je lui réponds :

– Tu sais, on peut cacher les morts, mais on ne cache pas les vivants. J'ai été mariée, trompée, battue, humiliée, et tu voudrais qu'aujourd'hui je cache mes enfants ? Ce ne sont pas des bâtards !

La vie continue, sans que je dise oui aux propositions de Riyadh. La réaction violente de ses parents me laisse perplexe : je connais bien le professeur de biologie à l'université d'Alger, mais je ne sais pas grand-chose de l'Irakien, et encore moins de l'Irak où il faudrait aller vivre si je l'épouse.

Un jour, il m'emmène rendre visite à un de ses compatriotes, Salim. En arrivant chez lui, la première chose que je vois me rappelle les dortoirs du Bon Pasteur : un crucifix chrétien ! On nous a rabâché depuis l'indépendance que tout ce qui est chrétien, tout ce qui est « roumi » est mal et qu'un Arabe se doit de détester tout ce qui rappelle la colonisation. Pendant que son ami nous prépare le thé, je glisse à l'oreille de Riyadh :

– Pourquoi il a mis ça au mur ?

– Ben, parce qu'il est chrétien !

– Quoi, il y a des chrétiens en Irak ? Il y a des Arabes chrétiens ?

– Ben oui, tu ne savais pas ?

Non, je ne savais pas. C'est une révélation pour moi, et une nouvelle preuve que l'Irak est décidément un pays étranger. D'ailleurs, s'il est musulman, j'ignore si Riyadh est sunnite, comme la majorité des Maghrébins, ou chiite, comme les Iraniens et une grande partie des Irakiens.

Je découvre aussi que mon ami, s'il n'est guère religieux, a des côtés conservateurs qu'on ne connaît pas en Algérie. Quand on va pique-niquer à la plage avec ses amis, il est gêné qu'on me voie en maillot de bain. Il m'explique que je pourrais mettre mal à l'aise ses copains irakiens. Je lui réponds : « Moi, je suis algérienne, je me mets en maillot ! », et lui, patient, il s'arrange pour qu'on aille seuls, tous les deux, à la plage.

Il est membre du parti Baas – comment aurait-il pu être envoyé à l'étranger s'il ne l'avait pas été ? – et il fait un travail de fourmi pour recruter des baassistes à Alger. Selon les préceptes du parti, il milite pour l'unification du monde arabe en un seul continent.

Comme le grand débat algérien de l'époque est d'étendre ou non l'arabisation du pays, il va participer aux meetings pro-arabisation. Moi, nationaliste mais opposée à ce qu'on change les noms des rues et des écoles, je manifeste contre l'arabisation à marche forcée et je le taquine en menaçant de le dénoncer à Boumediene comme espion.

L'idée d'épouser Riyadh, si proche et si lointain à la fois, fait lentement son chemin en moi. Mais il faut d'abord que je divorce de Bacha. Je sais qu'il vit avec une femme en Suisse, et qu'il a eu avec elle un enfant.

C'est une tendance pour les Algériens, à l'époque, que d'abandonner leur famille et d'aller fonder un nouveau foyer à l'étranger. L'Algérien est d'une nature rêveuse et épicurienne. Il aime voyager, manger, boire, se sentir irresponsable et... il aime les femmes. Nombreux sont ceux qui partent pour l'Europe, y trouvent une épouse et s'installent pour une nouvelle vie en rompant avec leur famille.

Je pose la question du divorce à un ami juriste.

- Tu me dis qu'il est en Suisse ? Alors c'est simple, tous les Algériens doivent être inscrits au consulat de Genève.

Une petite enquête permet de retrouver rapidement sa trace et surtout de découvrir qu'il s'est déjà remarié ! On le fait convoquer officiellement par le consulat : il n'a pas le droit de se marier sans avoir divorcé. Par peur des ennuis administratifs, il rapplique en courant.

Nous nous retrouvons chez ses parents, à Constantine. La journée est magnifique. Pour cette dernière rencontre, il se tient debout sur la terrasse, sous le soleil écrasant, et moi je suis à l'ombre de la chambre verte.

Ma belle-mère est catastrophée. Elle espère encore pouvoir changer le cours des choses et elle fait des aller et retour entre nous. Elle supplie son fils :

– Si tu divorces, ces enfants vont être orphelins. Moi, je suis trop vieille pour m'occuper d'eux. Réfléchis ! Que Dieu te redonne la raison !

Mais Bacha est inflexible, il veut divorcer au plus vite. Moi, je ne suis pas d'accord pour qu'il balaie d'un revers de manche la famille qu'il a fondée quelques années auparavant. Je veux récupérer le père de mes enfants pour qu'il s'occupe d'eux. Je veux qu'il reconnaisse ses devoirs envers les petits. Seule, je ne pourrai pas réussir à nourrir et à habiller trois enfants. Mais il est loin de ces préoccupations. Il veut divorcer, vite, et retrouver sa nouvelle vie en Suisse. Je reconnais sa brutalité et son sens des manœuvres.

– Si tu refuses, je t'accuse de prostitution et d'abandon du foyer conjugal. La justice t'obligera à revenir ici. De toute façon, ce n'est pas la peine de discuter. J'ai déjà rencontré le juge, on a rendez-vous demain à onze heures. Ah oui, j'oubliais de te dire : j'ai acheté tout le monde, le juge, l'avocat, le greffier, tout le monde.

Le lendemain, en effet, je comprends que tout est arrangé d'avance. Le divorce est prononcé en moins de deux heures. Pour cruauté mentale, ce qui est bien le moins ! Mais le juge n'est pas prêt à entendre parler d'abandon de famille, même si Bacha laisse trois enfants et qu'il s'est déjà remarié en Suisse. L'homme a tous les droits en Algérie, puisque l'on se marie sous le régime de la *charia*, le code musulman. J'explique au juge que je n'ai nulle part où emmener mes petits et que je n'ai que la rue comme domicile. Riyadh m'a fait une place chez lui, à Alger, mais je ne peux pas lui imposer la présence d'une famille entière. La seule chose que j'obtiens, c'est que les enfants soient laissés à la garde de mes beaux-parents et que j'aie un droit de visite.

Quand le divorce est prononcé, je me souviens de la première fois que nous sommes allés au cinéma avec Bacha. Nous avons vu un film de Pialat qui portait un titre prémonitoire : *Nous ne vieillirons pas ensemble.*

Décidément, me dis-je en regagnant Alger, le séduisant docteur Bacha penchera toujours du côté de sa face sombre.

Riyadh arrive au terme de son contrat de coopération en Algérie. Il doit retourner bientôt à Bagdad et se fait de plus en plus pressant :

– Viens avec moi en Irak. J'arrangerai tout et on se mariera.

– Non, je ne sais pas. Laisse-moi réfléchir. Pars, et je te rejoindrai quand je serai sûre de ma décision.

Le jour venu, il me laisse un peu d'argent, il paie six mois de loyer, et il me donne un billet d'avion pour Bagdad. Je l'accompagne jusqu'au port avec désinvolture, en plaisantant comme on ferait avec un copain qui part en vacances.

Mais quand le bateau s'éloigne du quai et que je me retrouve seule, tout s'effondre dans ma tête et je me sens vidée de toute énergie. Je réalise tout à coup que je viens de perdre celui qui a joué un des rôles essentiels pour ma survie depuis plus de trois ans : un ami, un protecteur, un consolateur, un frère et… un père.

Les jours passent. Riyadh m'écrit trois ou quatre lettres par semaine, sans compter les télégrammes. Il s'inquiète pour moi, il me demande si tout bien, si je mange comme il faut. Je lui réponds, bien sûr, mais il ne reçoit pas mes lettres, car sa sœur détourne tout le courrier qui vient d'Algérie.

Mais la colonie irakienne d'Alger veille sur moi. Une autre de ses connaissances a commencé à me faire des avances de plus en plus pressantes, à tel point que j'ai été obligée de me bagarrer avec lui pour le repousser. J'alerte les plus sûrs de nos amis qui donnent une tannée mémorable au présomptueux, pour lui faire comprendre « qu'il ne faut pas manquer de respect à la femme de Riyadh ».

Plus les semaines passent, plus je penche pour rejoindre Riyadh à Bagdad, et plus le malheureux pense que je ne viendrai jamais. Heureusement, il finit par se douter du manège de sa sœur et il me donne une autre adresse que celle de ses parents. C'est comme ça qu'il a les premières nouvelles de moi, et elles sont bonnes, puisque je lui dis que je vais bientôt arriver. Ma décision est prise.

Entre le saut dans l'inconnu irakien et l'assurance qu'une femme libre ne trouvera jamais sa place dans la société algérienne, j'opte pour l'aventure. Il y a pas mal de femmes divorcées à Alger et leur statut est proche de celui des parias. Je sais qu'il est impensable d'obtenir un logement pour réunir mes enfants autour de moi. Je dois quitter l'Algérie pour le pays des Mille et Une Nuits, et me jurer de revenir.

Mon déchirement, c'est de ne pouvoir emmener mes enfants avec moi dans cette nouvelle fugue. Mais la justice en a confié la garde à leurs grands-parents, qui sauront les aimer et les protéger. Et comme il est impensable de les imposer aux parents de Riyadh, je me persuade que je reviendrai les chercher quand ma situation en Irak se sera stabilisée.

Je vais voir une dernière fois mes trois petits, Amel, Wafa et Lamine, à Constantine. Je les couvre de cadeaux, je les serre et les resserre dans mes bras, sans rien leur dire de mon départ. La plus grande me montre fièrement ses carnets de notes, qui sont excellents, le garçon exhibe le vélo que son grand-père lui a acheté. Je ravale mes larmes, et je quitte pour toujours la maison de mes beaux-parents. Je ne reverrai pas mes enfants avant dix ans, mais je ne le sais pas…

Le billet d'avion que m'a donné Riyadh prévoit deux escales, à Athènes et à Beyrouth. Au dernier moment, j'apprends que l'escale de Beyrouth est annulée : nous sommes en 1975, la guerre civile libanaise a commencé.

Je ne sais rien du Moyen-Orient, je ne sais pas lire ni écrire l'arabe, je ne connais pas les coutumes, l'histoire et la vie politique de l'Irak, et je vole vers Bagdad pour affronter une famille qui ne veut pas de moi !

En approchant de l'aéroport, je me penche vers le hublot pour regarder l'arrivée sur la capitale irakienne. J'ai en tête les images du *Voleur de Bagdad*, les centaines de minarets, les grandes portes dorées et qui sait, un ou deux tapis volants qui croiseraient la route de notre avion. Mais la vue que j'ai ne correspond en rien à mes rêves d'enfant : on voit bien depuis le hublot quelques dômes dorés, mais Bagdad est désespérément plate ! À l'époque, il n'y a pas de maison plus haute que deux étages, et il faudra attendre les années quatre-vingt avant que la capitale se hérisse de buildings et de tours modernes.

En sortant de l'avion, une bouffée de chaleur me frappe le visage, comme lorsqu'on s'approche d'un four brûlant. Je suis en feu, et aussitôt recouverte de la poussière que les vents de sable dispersent partout. Le ciel est blanc, presque jaune orangé, et les rares arbres, gris et lourds de cette sorte de cendre qui recouvre tout, semblent se battre pour survivre.

L'aéroport, posé au milieu du désert, n'est qu'un grand baraquement de tôle, et seule la tour de contrôle est construite en béton. Des *halfa,* des boules d'herbes sèches, roulent sur les pistes au gré du vent, comme dans les villes fantômes du Far West.

Je suis frappée aussi de ne voir autour de moi que la couleur kaki. Des militaires, Kalachnikov en bandoulière, mais aussi des civils de la sécurité nationale, pistolet à la ceinture : l'Irak ne semble peuplé que de gens en armes.

– Vous êtes en guerre ? demandé-je à Riyadh.

– Non, non, c'est seulement qu'ici beaucoup de gens sont dans l'armée. Nous sommes un peu en guerre avec les Kurdes, et toute l'économie est pour l'armée…

Saddam Hussein n'accédera au pouvoir que deux ans plus tard, mais le général Hassan al-Bakhr a déjà institué un régime militaire baassiste après son coup d'État de 1968.

– On ne va pas chez mes parents, m'explique Riyadh avec gêne, ils ne veulent pas. Mais ne t'en fais pas, je vais arranger ça. C'est mon problème.

L'aéroport est situé à quarante-cinq kilomètres de la ville. La route de Bagdad est large et presque vide. Bordée de palmiers au feuillage gris alourdi par le sable, elle traverse un désert plat et triste. On y croise quelques voitures, de grandes américaines aux ailes disproportionnées, des camions militaires et des taxis orange et blanc.

Je me renfonce dans la banquette de la voiture, déprimée par ce premier contact brûlant, poussiéreux et lugubre avec le pays des Mille et Une Nuits. Mais je me répète intérieurement : continue, ne craque pas, même si tu as perdu la douceur de l'air, le ciel bleu et la mer turquoise de l'Algérie. Fais comme à chaque fois que tu as voulu commencer une nouvelle vie, et ne pense pas à revenir en arrière.

Nous sommes accueillis chez la meilleure amie de la sœur de Riyadh, une grande femme dont le mari porte la large moustache à l'irakienne et a le ventre légèrement bedonnant. Leur maison n'est pas terminée, et on sent en entrant une forte odeur de peinture mêlée à celle du riz qui cuit pour le repas du soir.

J'ai la tête ailleurs. Je viens de débarquer dans un autre monde, étrange et déroutant. J'ai perdu le parfum des roses d'Algérie et je ne sens que l'odeur âcre de la poussière de sable, aussi fine que de la farine, qui pénètre et s'immisce jusque dans les maisons. Les meubles, le sol et les vitres en sont recouverts, et il ne sert à rien de dépoussiérer, puisque le sable revient aussitôt.

Je découvre le frugal petit-déjeuner irakien dès le lendemain matin : des galettes de pain, grandes et plates, un fromage dénué de toute saveur, quelques olives, le tout arrosé de thé.

Les amis qui nous hébergent sont enseignants. Ils partent vite travailler, suivis de peu par Riyadh. Je me retrouve seule, étrangère et isolée. Les deux chaînes de la télévision n'ouvrent leurs programmes qu'en début de soirée. Un journal en anglais, un autre en arabe, suivi de séries anglo-saxonnes sous-titrées en arabe. Pas de radio, ni de JT en français, et encore moins de lecture !

Je suis coupée de tout et j'attends l'après-midi et le retour de Riyadh pour revenir un peu à la vie.

Les journées me semblent interminables. Ma seule et pitoyable distraction est de faire des petits dessins sur le sable qui couvre les vitres, tout en pensant à mon avenir : dois-je rester ou quitter cet homme qui a déjà fait tant de sacrifices pour moi ?

Je passe la première semaine à pleurer toute la matinée, en écoutant en boucle les deux cassettes d'un chanteur égyptien que je ne peux plus entendre aujourd'hui, tant elles me rappellent ma solitude morale en terre inconnue.

Tout m'est étranger, depuis les *dichdachas*, des chemises de nuit en coton que tout le monde porte à la maison, jusqu'aux ustensiles de cuisine. Mais je décide d'apprendre patiemment les coutumes du Moyen-Orient, qui me paraissent plus éloignées des traditions algériennes que le protocole de la cour impériale de Pékin.

Je découvre bientôt les *nadis*, ces clubs qui offrent la seule possibilité de sortie aux Irakiens. On ne trouve pas à Bagdad de café, ni de restaurant, mais seulement ces établissements, réservés à des catégories bien précises, celui des ingénieurs, celui des médecins ou des journalistes. On va dîner au *nadi* en famille, et les hommes célibataires ont leur propre salle à part, où ils se retrouvent entre copains. Tant qu'il n'est pas au moins fiancé, un jeune homme irakien n'est pas vraiment intégré à la société. Il ne doit pas rendre visite à un couple marié et il se tient à l'écart des distractions familiales.

Je suis surprise, les premières fois que nous allons au *nadi*, de voir Riyadh commander un whisky ou une bière. Je le sais musulman conservateur, et je garde le souvenir de ma famille de Constantine, où l'interdiction de l'alcool était rigoureusement respectée. Je découvre que les interprétations du Coran peuvent être radicalement différentes d'un pays à l'autre, selon ce qui arrange les croyants.

Quelques jours après mon arrivée, Riyadh veut faire prononcer notre mariage religieux. Avant d'aller chez le mufti, nous passons par le souk aux bijoux de Bagdad, qui fait mon émerveillement : les boutiques étincellent d'or à en faire mal aux yeux. Pour la première fois, je repense à la caverne d'Ali Baba et aux images de luxe des Mille et Une Nuits. Riyadh m'achète une belle alliance en or et une autre en diamants, comme le veut la coutume, et nous nous rendons au consulat d'Algérie pour établir le contrat de mariage.

Selon la tradition, mon mari doit déclarer ce qu'il me donne en arrivant et ce qu'il me donnerait s'il voulait un jour divorcer. À la première question, Riyadh déclare la somme de cinquante dinars, c'est-à-dire presque rien. Je n'ai aucune idée de la valeur de l'argent, mais l'employé du consulat tique :

– C'est peu. Et qu'est-ce que tu lui donneras « si jamais... » ?

– Mais ce n'est pas un problème. D'ici là... *inch Allah*!

– Comment, ce n'est pas un problème ? Mais attends, cinquante dinars, ce n'est même pas le prix d'un billet pour rentrer en Algérie !

On passe finalement à cinq cents dinars, et le contrat est signé. Je comprendrai plus tard que Riyadh a un curieux rapport à l'argent, et qu'il peut se montrer généreux à l'extrême ou terriblement radin. Je le verrai compter les feuilles de papier toilette ou couper l'eau au beau milieu de ma douche ! Mais je sais aussi qu'il n'est pas riche : pour enseigner la biologie, il gagne cinquante dinars par mois, et il en reverse trente à ses parents.

Riyadh est maintenant mon mari. Je le sais droit et fidèle, tout le contraire de Bacha. J'ai hésité longtemps à m'engager à nouveau, mais je suis bien décidée à devenir une bonne épouse irakienne.

J'ai apporté d'Alger une petite provision de pilules contraceptives. Quand Riyadh tombe sur cette réserve, il jette tout dans les toilettes et il me dit gravement :

– Si je t'ai épousée, Meriem, c'est pour fonder une famille.

Mais il n'a pas encore trouvé le moyen de me faire accepter par ses parents. Il en souffre plus que moi, et quand je repense aux menaces de son père, j'essaie de désamorcer le drame en plaisantant :

– Tu sais, moi, je veux bien être martyr de l'amour…

Bientôt commence le défilé des belles-sœurs qui viennent voir, en cachette des parents, l'étrangère scandaleuse. Pas d'aménité envers moi : elles viennent d'abord soutenir leur frère chéri, pas celle qui vient semer la zizanie dans la famille.

C'est quand je suis enceinte que les choses changent réellement. Des gens influents, dans le système tribal qui règle la vie des familles irakiennes, font pression sur le père de Riyadh, considéré comme le patriarche de la tribu. Je suis européenne, légère, divorcée, mais je suis aussi l'aimée du fils aîné, polie, respectueuse des traditions irakiennes. Et surtout, je porte un enfant de la famille.

Et enfin, un beau jour, mes beaux-parents viennent me chercher. J'ai d'abord peur, en repensant aux menaces du père, puis je comprends qu'ils ont – de mauvais gré ! – accepté la situation et je consens à les suivre. Ils m'emmènent en voiture avec mes valises, et je découvre mon nouvel univers.

La maison de mes beaux-parents, construite dans les années 1950, a l'air de n'avoir jamais été terminée. La façade est recouverte d'un crépi en ciment gris grossièrement passé à grands coups de couteau à enduire. On la voit de la rue, sévère et terne, derrière un muret bas et une grille en fer rouillé. Un petit jardin s'orne de deux dattiers, d'un bougainvillier rachitique dont les feuilles ont pris la couleur du sable, et d'une vigne qui ne donnera jamais de raisin.

L'intérieur n'est pas moins triste. Passé un petit vestibule, on entre dans le salon, la pièce à vivre de toute la famille où se trouve le téléviseur. Deux banquettes en bois recouvertes de mousse se font face, séparées par une table basse. Les murs ont été enduits de chaux, ils n'ont jamais été rafraîchis et ils ont pris une teinte jaunâtre et sale. Je repense avec nostalgie aux traditions du Maghreb, où l'on repeint les intérieurs chaque année. Les seules couleurs franches viennent d'un grand poster, la photo d'une plage d'Hawaï avec de majestueux palmiers penchés, un ciel bleu roi et une mer turquoise.

La pièce voisine est une salle à manger, meublée d'une table et de chaises de style second empire et décorée de fleurs en plastique que la poussière et les années ont réussi à faner. Cette pièce ne sert que de temps à autre, pour recevoir les étrangers, car la famille prend ses repas dans le salon, à même le sol où l'on étale des journaux en guise de nappe.

Un escalier raide à la rambarde en béton usé et aux marches hautes mène au premier étage, où je vivrai désormais dans la chambre de mon mari, une pièce minuscule éclairée par une fenêtre habillée d'un grillage en fer rouillé. Pas de lit, mais un simple matelas par terre, une armoire et une petite table dans un coin. En face de cette cellule dénudée et austère se trouve la chambre que se partagent les sœurs de Riyadh. Quatre lits en fer et autant de portemanteaux recouverts de tant de chemisiers, de jupes et de sous-vêtements jetés au hasard qu'ils sont près de tomber.

Un escalier mène à la terrasse où tout le monde se retrouve pour dormir dans les nuits d'été trop chaudes. Des lits d'hôpital rouillés sont alignés et des matelas, rangés dans un coin, brûlent au soleil en attendant qu'on les déroule.

Au rez-de-chaussée, la vaste cuisine est le domaine de ma belle-mère. Elle y règne avec autorité, promenant partout un torchon sale. Elle y passe des heures, dans sa grande robe noire, coiffée du foulard traditionnel qu'elle retient par un bijou en argent, essayant sans cesse d'y faire tenir ses cheveux raides et gras, sans grand succès. Je découvrirai bientôt la plaisanterie favorite de la famille, qui dit qu'un plat dans lequel on ne trouve pas de cheveu n'a pas été préparé par elle.

Je suis étonnée par le manque d'hygiène et un peu effrayée par l'odeur de gaz qui se dégage des bouteilles de butane, dont la réserve est entreposée en plein soleil, dans le jardin derrière la maison. Des bouteilles cabossées et oxydées qui me semblent devoir exploser à tout moment. J'assisterai bientôt au passage du vendeur qui conduit sa charrette dans la rue en criant «gaz! gaz!» pour alerter les ménagères, et je verrai ma belle-mère faire rouler les gros cylindres vides sur le sol caillouteux pour les échanger contre des pleins que le marchand de butane laisse tomber violemment du haut de son chariot.

Si la mère de Riyadh ne respecte guère la propreté dans sa cuisine, elle a un réel talent culinaire quand elle confectionne la nourriture typiquement irakienne, équilibrée, saine et savoureuse. Elle sait manier toutes les épices qui enrichissent les plats, le safran, la cardamome ou le cumin. Elle fait griller les amandes effilées, elle découpe avec minutie de fines lamelles de carotte qu'elle fera sauter avant de les mélanger au riz, avec des raisins secs.

Elle prépare aussi le *samak masgouf*, le poisson du Tigre, une sorte de carpe qui a le goût et la texture du requin. On l'ouvre en deux, on le badigeonne d'un mélange d'oignons, de sauce tomate, de menthe et de paprika et on le passe au four. C'est le plat royal, le délice des Bagdadi.

Ma belle-mère travaille très tôt à la cuisine car, sécurité oblige, le mouton doit être bouilli pendant plusieurs heures avant de le passer au four ou de le préparer en *kebab*, ce mélange de viande hachée, d'ail, de persil et d'un peu de farine qu'on aplatit sur une petite plaque de fer étroite pour le faire griller au charbon de bois.

En Irak, on travaille de huit à quatorze heures, et on rentre chez soi pour déjeuner, vers quinze heures, de viande, d'une salade composée de beaucoup de persil accompagné de concombre, de tomates coupés en tout petits morceaux et d'un peu de blé concassé qu'on a fait gonfler dans du citron. On dîne – tous ensemble : je n'en reviens pas après mon expérience constantinoise ! – vers vingt-deux heures, de grillades et de riz et, quand les nuits sont belles et chaudes, on prépare ce dîner au feu de bois dans le jardin, pendant que les climatiseurs donnent un peu de fraîcheur à la maison.

Dès mon arrivée, ma belle-mère reprend l'interrogatoire qu'elle a commencé à Alger. Une des premières questions qu'elle me pose me laisse perplexe :

– Alors, dis-moi, tu es sunnite ou chiite ?

Sans éducation religieuse, ignorant tout des divisions de l'Islam, j'écarquille les yeux et je lève les épaules.

– Ben oui, comment fais-tu la prière ? Les mains en bas, ballantes ou croisées sur le devant ?

– Je ne sais pas...

Riyadh vole à mon secours :

– Mais comment peux-tu lui demander des choses comme ça ? Ils sont tous sunnites, en Algérie...

– Ah bon ? Alors ça va...

Je découvre comme ça que les sunnites irakiens ont les chiites en détestation. Les chiites sont pour les sunnites des êtres impurs, qui n'ont pas la même façon de vivre l'Islam et qui suivent des rites païens comme la flagellation, pendant la commémoration de l'*ashura.* Quand une de mes belles-sœurs est demandée en mariage par un chiite, mon beau-père refuse avec colère, sans rien savoir des intentions du garçon, considéré d'emblée comme impur. Bientôt, avec l'arrivée de Saddam Hussein, les sunnites, pourtant minoritaires dans le pays, vont prendre tous les pouvoirs, aussi bien dans le gouvernement que dans le parti Baas.

Un peu plus tard, j'aurai une amie que je rencontrerai en promenant ma fille. Elle deviendra ma seule confidente. Problème : elle est chiite ! Ma belle-famille m'interdit d'abord de rapporter à la maison les gâteaux qu'elle m'offre, avant de me demander instamment de ne plus la voir ! J'entre dans une grande colère, car cette jeune femme est ma seule amie et elle a, elle, l'esprit ouvert.

Aimée de Riyadh, mais repoussée par le reste de la famille, je vais vivre curieusement la situation inverse de celle que j'ai connue à Constantine, où j'étais traitée comme une princesse par ma belle-famille et maltraitée par mon mari.

Dès mon arrivée, je suis rejetée dans cette nouvelle maison, mise en quarantaine comme une pestiférée. Entre eux, ils manifestent une admiration réciproque, un grand respect et se parlent avec des mots doux. En bloc, ils n'ont pour moi que des mots blessants. Ils se vantent de constituer une grande famille, fondée sur des valeurs ancestrales. Et moi, on me fait comprendre que je ne suis qu'une pièce rapportée, une femme perdue et sans racine qui ne fait guère honneur à la lignée. Et ce n'est pas mon physique de « poupée russe », loin, très loin des beautés irakiennes aux cheveux noirs et aux sourcils épais, qui peut me donner un droit d'entrée dans la maison.

Je ne parle à personne, et on ne me parle pas. Le matin, je me lève à tâtons, sans faire de bruit. Pour un peu, j'aurais presque honte d'aller à la cuisine pour profiter de leur nourriture. Mais comment puis-je faire autrement, seule dans un pays que je ne connais pas ?

Mon mari enseigne à Ramadi, une petite ville située à cent cinquante kilomètres à l'ouest de Bagdad. Il n'est à la maison que le jeudi et le vendredi. Le reste de la semaine, il est obligé de me laisser seule, face à une famille résolument hostile et méprisante. Quand je le retrouve, je ne lui dis rien de cette situation, de peur qu'il entre dans une de ses colères destructrices qui n'arrangerait rien.

Dans cette ambiance pesante et cette isolation presque absolue, je vis mal les mois de grossesse. Mon seul refuge est ma petite chambre, d'où je vois un coin de ciel jaune et quelques palmiers qui regorgent de dattes. Mes trois enfants restés à Constantine me manquent terriblement et je pense à eux sans cesse. Comment imaginer les faire venir auprès de moi, alors qu'on ne me supporte pas toute seule ? J'aurais besoin d'en parler, mais je n'ai personne pour m'écouter.

Dans la journée, mes belles-sœurs, étudiantes, sont à l'université, mon beau-père dans le lycée qu'il dirige, et je me retrouve seule avec la mère de Riyadh qui ne m'adresse pas la parole. Quand je m'assieds à côté d'elle, elle ne semble pas s'apercevoir de ma présence.

Je l'entends seulement chantonner dans mon dos. Quand je commencerai à comprendre l'arabe, je pourrai traduire les paroles de ses ritournelles : « Toi l'étrangère qui viens, qui t'imposes… On ne sait rien de toi, la bâtarde… »

Je me dis alors que, pour m'intégrer dans cette maison qui me rejette, il faut que je me conduise en belle-fille, comme j'ai appris à le faire en Algérie. Quand je trouve du linge sale, je le lave en plus du mien. Personne ne trouve à redire à mes velléités, bien au contraire : filles et parents, chacun en profite. Avec mon ventre devenu gros, je m'assieds en écartant les jambes pour atteindre la bassine, et tout le monde juge cela tout naturel. Je me retrouve dans cette situation de Cendrillon que j'ai connue jadis chez ma marâtre.

Un jour, j'en ai assez et j'arrête de laver le linge de mes belles-sœurs. Elles s'en étonnent, comme si je refusais de faire la part de travail qui me revenait ! Et l'une d'elles, qui adore son frère et me considère comme une rivale, me jette le plateau de son repas en m'ordonnant de le nettoyer. C'est cette même sœur que Riyadh appelle, par habitude, pour lui frotter le dos dans son bain, jusqu'à ce que je me rebiffe et que j'affirme que c'est à moi, son épouse, de le faire !

Je paye de mille façons ma méconnaissance des traditions du Moyen-Orient. En Irak, on se contente, une fois par semaine, d'épousseter le sol avec un petit balai en feuilles de palmier qu'on manie à quatre pattes. En Algérie, on lave le carrelage chaque jour à grande eau et pour finir, on sort les tapis, on les bat et on les secoue.

Je veux faire la même chose, le nettoyage à l'algérienne, alors que je suis enceinte de huit mois. Mais les tapis irakiens sont immenses et incroyablement lourds. Ma belle-mère, sans chercher à m'aider ni à me dissuader, me regarde traîner les rouleaux longs de quatre ou cinq mètres au-dehors avant de les rapporter, avec encore plus de mal, à l'intérieur. C'est Riyadh, en me voyant le soir épuisée et prise de douleurs au ventre, qui me donne l'explication :

– Qu'est-ce que tu as fait, pour être dans cet état ?

– J'ai sorti les tapis…

– Quels tapis ?

– Ceux de la maison.

– Mais tu es folle ! C'est quelque chose qu'on ne fait que tous les six mois. Il y a des hommes, des Kurdes, qui passent dans chaque maison pour emporter les tapis au bord du Tigre. Ils les battent, ils les nettoient et ils les rapportent. Et ils sont huit !

Quand Riyadh est là, on nous refuse toute complicité conjugale. Si je lui parle à voix basse, j'entends quelqu'un me lancer :

– Qu'est-ce que tu lui chuchotes ? Tu es en train de lui tourner la tête.

Un vendredi, le jour de fête où toute la famille se réunit autour d'un plat de riz épicé et savoureux, je m'aperçois que la djellaba blanche de Riyadh tombe mal sur ses cuisses et laisse voir à tout le monde des parties très intimes. J'essaie de tirer sur le tissu et je finis par lui dire, en français, pour être discrète :

– Riyadh, couvre-toi !

Mon beau-père me saute dessus :

– Tu n'as pas à parler français dans cette maison. Si tu parles à mon fils devant moi, tu lui parles en arabe. Qu'est-ce que c'est que ces façons ?

Je ne veux pas laisser penser que je suis impolie. Je ne me démonte pas :

– Tu veux savoir ce que je lui ai dit, papa ? C'est simple : je lui ai dit « Couvre-toi », parce qu'il avait tout dehors !

Grande confusion dans la famille et résultat positif : ma belle-mère, pour une fois, rabroue son mari et me donne raison. Et surtout, à partir de ce jour, personne n'osera plus me reprocher de parler français !

Quand on a une petite dispute, avec Riyadh, et que le ton monte assez pour être entendu d'en bas, ma belle-mère fait irruption dans notre chambre :

– Qu'est-ce qu'il se passe ? Meriem, si quelque chose ne te plaît pas, tu n'as qu'à retourner chez toi. Mon fils n'aura que l'embarras du choix pour trouver quelqu'un d'autre, une femme intelligente, jolie, avec des diplômes et d'une grande famille qui nous fera honneur.

Et même si Riyadh lui répond sèchement que cela ne la regarde pas, elle recommence à la dispute suivante.

J'appartiens à la maison, et mes affaires personnelles aussi. Mes belles-sœurs entrent dans la chambre sans frapper, viennent fouiller dans l'armoire et repartent avec un chemisier ou un soutien-gorge. Elles s'emparent de mes bijoux et les portent ensuite sans vergogne devant moi. J'ai l'impression de vivre sur une autre planète. Comment ces gens peuvent-ils avoir autant d'aplomb pour me considérer comme un objet ?

Si je suis écartée de la famille, j'ai en échange une liberté que je ne connaissais pas en Algérie. Mais comment en profiter ? Il est impossible d'aller se promener pour s'extraire quelque temps de cette ambiance cauchemardesque. Bagdad, avec ses grandes rues sans arbres et sans ombre, n'est pas une ville qui est faite pour la promenade. Si on sort, c'est pour faire rapidement un tour du quartier, aller acheter une *motta*, une glace, et revenir à la maison.

Impensable aussi d'aller au cinéma, même avec son mari. Les cinémas, où l'on sert le thé pendant la séance, où l'on s'apostrophe et où l'on dit des horreurs, ne sont fréquentés que par les voyous. Le jeudi soir au *nadi*, en plein air, on peut regarder un film égyptien en noir et blanc. On mange un *mese*, un mélange de plats variés, et la soirée se termine par une partie de bingo. En été, dans une chaleur étouffante, les odeurs de transpiration se mêlent avec celle des brochettes qui grillent sur le feu de bois et celle de l'herbe chaude et humide des maigres pelouses qui viennent d'être arrosées.

Une autre distraction typiquement irakienne fait mon étonnement : le pique-nique à la mosquée ! Les familles se réunissent autour d'une marmite pour un repas au milieu du lieu de culte, et les enfants, une fois repus, gambadent et jouent parmi les fidèles en prière, entre les tapis et les riches dorures des colonnes. Pour moi, qui ne connais que les mosquées algériennes où le recueillement est de rigueur dans un décor très sobre, je n'en reviens pas de voir ce mélange de foi et d'ambiance de parc d'attraction.

Pendant ma grossesse, Riyadh se montre très attentionné avec moi. Il m'apporte des fruits en cachette, et il me donne quelques sous pour aller au souk. Mais dans les *supermarkets* presque vides, il n'y a que des articles d'importation venus de Chine. Quand on annonce un arrivage, des queues de trente ou quarante personnes se forment très vite: l'idée est d'acheter une dizaine de pièces et d'aller les revendre sur le marché.

De toute manière, il n'y a pas grand-chose à trouver au souk pour une femme coquette: avec l'extrême chaleur, souvent quarante-cinq degrés à l'ombre, quand on ouvre un pot de produit de soin de Lancôme, on trouve l'huile et la crème bien divisées sur deux étages.

Quand j'accouche de ma fille, j'ai maigri, je ne mange plus. Un samedi matin, alors que mon mari va repartir pour Ramadi, je suis au lit quand la poche des eaux craque. Je pense immédiatement: « Que va dire la belle-mère? » Et je n'ai pas tort, puisque ses premières paroles sont:

– Qu'est-ce que tu as fait sur le matelas?

On m'emmène d'urgence à l'hôpital Kendi. Une grosse sage-femme brune m'enjoint de ne pas crier. C'en est trop:

– C'est mon problème. Si je crie, c'est que j'ai mal. Tu n'es pas à ma place.

L'accouchement est rapide. Je suis contente. C'est mon quatrième enfant, mais pour moi, c'est comme une première fois.

C'est le signe d'une nouvelle vie, d'un nouveau départ au Moyen-Orient. Je ne sais pas si ce qui m'attend sera bon ou mauvais, mais en tout cas cette naissance signifie définitivement que je fonde une nouvelle famille.

# 7

## Nouvelle vie, nouvelle famille

L'accouchement terminé, l'enfant ne m'appartient plus, il appartient à ma belle-famille. Quand le problème du prénom se pose, on m'impose celui de Manal. Je ne le veux pas, parce qu'il est trop proche d'Amel, celui de ma première fille. Mais je ne peux pas invoquer ce passé algérien, tabou à Bagdad. Et puis la tradition veut que ce soit les grands-parents qui décident du nom d'un premier enfant…

Riyadh est fou de joie. Il me répète : « Fille ou garçon, c'est pareil… L'essentiel est que la maman se porte bien ! » Mais je n'ai pas donné naissance à un garçon, et ce n'est pas du goût de ma belle-mère. À sa première visite, elle me jette, l'air d'accablé :

– Je ne fais pas de youyous pour une fille!

Puis elle va visiter les chambres alentour en lançant des youyous et des félicitations à chacune de mes voisines. En revenant, elle me dit avec mépris:

– Tu te rends compte, celle d'à côté a eu un garçon. Et celle d'en face aussi…

Non seulement j'ai fait une erreur impardonnable en lui donnant une petite-fille, mais, par le plus grand des hasards, toutes les femmes qui ont accouché le même jour dans le service maternité de l'hôpital Kendi ont su engendrer des petits mâles.

Le retour à la maison est bien triste. Je repense à mon premier accouchement et à l'accueil chaleureux qu'on m'avait fait à Constantine. Cette fois, pas de festivités, pas d'égards particuliers. Je réintègre ma petite chambre sans aucune cérémonie, et je reprends mes activités de ménage dans la maison tout en m'occupant du nouveau-né.

Mais, en quelque temps, tout change dans l'attitude de ma belle-famille. Non pas envers moi, qu'on continue à regarder comme une intruse et une indésirable, mais envers la petite Manal, qui est devenue la princesse de la maison et la propriété exclusive de ses grands-parents.

Au moindre pleur, tout le monde fait irruption dans ma chambre, même en pleine nuit. On me dit quand lui donner le sein, quand la changer et quand la laisser dormir. Son grand-père la gâte et sa grand-mère dirige avec autorité son éducation. J'aurais voulu l'élever à ma façon, avec une nourriture adaptée à son âge, des heures précises pour le repas et le sommeil. Mais c'est une petite Irakienne et, si je fais valoir mes droits de mère, ma belle-mère me répond : « Moi, j'ai élevé huit enfants, ce n'est pas toi qui vas me dire comment on fait ! »

Je suis dépossédée de mon enfant. Je ne suis pas considérée comme sa mère, mais comme le ventre qui l'a porté avant que la famille de Riyadh puisse en prendre livraison.

Si on la trouve jolie, c'est parce qu'elle ressemble à ses tantes. Si elle est intelligente, c'est qu'elle le tient de son père. Moi, je suis effacée d'emblée du grand livre de la famille. Dès mon arrivée, ma belle-mère m'avait prévenue :

– Tu sais, tu pourras faire des miracles, mais tu ne seras jamais admise comme une des nôtres. Tu resteras toujours l'étrangère, même si tu as dix enfants avec mon fils.

Plus tard, je veux mettre la petite Manal dans une garderie, avec l'espoir qu'elle y trouvera d'autres repères que ceux offerts par cette famille totalement fermée sur elle-même. Mauvaise idée. Le scandale est énorme, et mes beaux-parents convoquent tous les cousins, frères et oncles, jusqu'à des gens qui vivent à la campagne, loin de Bagdad, pour me faire passer devant un tribunal familial.

La réunion a lieu, avec moi au milieu de toute cette parentèle que je ne connais pas, et les reproches commencent à pleuvoir. Comment osé-je insulter mes beaux-parents et leur manquer de respect et de confiance en voulant faire éduquer ma fille par des étrangers ?

On me méprise aussi parce que je n'ai pas fait d'études supérieures. Dans cette famille imbue d'elle-même, où tous les enfants sont de brillants étudiants et où le père dirige un lycée, je fais pâle figure avec mon modeste brevet. Je les entends juger sans appel le statut social de leurs connaissances : point de salut en dessous du rang de médecin ou d'ingénieur.

– Elle est devenue pharmacienne…

– Ah bon ? Alors, c'est une vendeuse.

Quand je dis que je compte retravailler dans le monde médical que je connais bien, on me répond avec condescendance :

– Travailler ? Tu veux faire la *sister* ?

La *sister*, l'infirmière, représente à leurs yeux la piétaille du monde scientifique. Sans compter que, comme tout le monde le sait, une *sister* couche avec tout l'hôpital…

Je ne peux pas leur répondre que j'ai découvert quelques petits secrets, qu'il n'y a pas que les infirmières pour se conduire sans la respectable pudeur qui est une des grandes valeurs de la famille.

Parce que j'ai remarqué qu'une de mes belles-sœurs, étudiante en médecine, s'habille avec discrétion de jupes assez longues, mais qu'elle les remonte dès qu'elle est sortie de la maison. Et quand je constate qu'elle me dérobe mes plus beaux ensembles de lingerie fine, je me dis : une fille qui ne couche pas avec un amant, qui n'a même pas de fiancé, quel besoin peut-elle avoir d'arborer de la lingerie affriolante ? Quand je m'en ouvre à Riyadh, il me répond d'une simple gifle : comment puis-je avoir un doute sur la moralité de la famille ?

Après deux années de cette vie pesante et étouffante, où je suis là sans exister vraiment, je recommence à avoir des idées de fugue ! Mais comment faire ? Une de mes amies, une Algérienne mariée comme moi à un Irakien, s'est sauvée pendant la sieste en emmenant son enfant. Je n'envisage pas de m'en aller sans Manal, mais il y a beaucoup de risques à franchir la frontière irakienne avec un enfant.

Je monte des plans plus ou moins réalistes pour rejoindre la Syrie ou la Jordanie. J'imagine de payer un chauffeur de poids-lourd qui pourrait m'emmener hors d'Irak. Mais comment faire pour contacter celui qui m'aidera dans ma fuite, moi qui peux à peine sortir dans Bagdad, une ville dont je ne connais pas grand-chose, même si j'y vis depuis plusieurs mois ? Où trouver l'argent pour payer mon passeur, qui se montrera à coup sûr très exigeant ? Comment m'assurer que le chauffeur ne cherchera pas à m'escroquer ? Je ne connais même pas la route qui conduit à la frontière !

Le mépris et l'agressivité que me réservent tous les membres de la famille de Riyadh, loin de m'abattre ou de m'attrister, me jettent dans une colère permanente. Je n'ai qu'une idée en tête : divorcer et obtenir la garde de ma fille. Je ne veux pas me séparer de mon mari, je veux quitter sa famille.

Riyadh est complètement désemparé. Il n'a pas les moyens de nous faire quitter la maison de ses parents. Mais il a le projet de poursuivre ses études à l'étranger, la seule manière de nous sauver et de sauver notre couple. Il me demande sans cesse de patienter et il me promet d'obtenir très bientôt la bourse après laquelle il court.

Mais je ne vois pas d'issue raisonnable et je suis à bout. Je commence à faire des grèves de la faim. Je reste une semaine au lit, en ne buvant qu'un peu d'eau. En vain.

Puis je me réfugie au consulat d'Algérie et je dis aux fonctionnaires : je veux partir. J'y reste trois jours, en refusant de sortir. Comme ils ne peuvent rien pour moi, ils appellent mon mari, qui vient me chercher en me demandant à nouveau d'être patiente, de tenir le coup en attendant notre départ à tous les deux.

Le despotisme de mon beau-père ne m'exaspère jamais autant que lorsqu'il s'exerce sur Riyadh, mon mari que je vois redevenir enfant quand son père hausse la voix. Si nous sommes dans un moment d'intimité, mon mari et moi, et que son père l'appelle d'une voix autoritaire et forte, Riyadh stoppe tout net nos ébats, saute hors du lit, s'habille vivement et descend voir ce que lui veut le patriarche, en me laissant seule et frustrée.

Et puis il y a cette scène qui change radicalement l'image que je m'étais faite de mon mari. Un soir où nous revenons du *nadi*, nous avons la surprise de voir le père assis sur le pas de la porte, comme s'il prenait l'air ou qu'il cherchait un peu de fraîcheur. En fait, il nous attend, bouillant d'une sourde rage :

– Chien ! Où étais-tu ? Tu n'as aucun respect de ta famille pour rentrer chez tes parents à cette heure-ci ! Comment peux-tu rentrer si tard ?

Et, sous les gifles et les crachats, je vois Riyadh, mon Riyadh, le protecteur, baisser la tête sans répondre et monter dans la chambre. Je reste pantoise et je le suis :

– Riyadh, tu n'as rien dit à ton père…

– Meriem, c'est mon père !

– Mais enfin, tu es adulte, tu es marié ! Tu es assez grand pour rentrer à l'heure que tu veux !

– Oui, mais c'est mon père. Je ne dois pas lui répondre.

Je suis effondrée. Passe encore que j'appartienne à cette famille sans pouvoir me défendre, mais de voir cet homme solide plier l'échine sans réagir sous les coups injustes de son père, je n'en reviens pas. Où est passé celui qui me consolait et me protégeait à Alger, ce brillant scientifique respecté et estimé de ses étudiants ?

Pour tromper mon impatience, Riyadh me fait rencontrer des couples, d'autres femmes algériennes mariées à des Irakiens. On parle beaucoup, et je constate que toutes mes compatriotes subissent le même ostracisme, le même refus de l'étrangère, toutes ont le plus grand mal à se faire à cette société fondée uniquement sur les apparences.

Dans cette famille qui se considère comme supérieure, l'hypocrisie, comme dans toute la société irakienne, a une bonne place. Quand ma belle-mère prépare à manger, il y a toujours du surplus. On jette des marmites entières de riz, ou bien on les laisse pourrir au réfrigérateur.

Un pauvre frappe à notre porte en demandant à manger. Ma belle-mère se tourne vers moi.

– Tiens, donne-lui ce qu'il y a dans le frigo.

En l'ouvrant, je découvre plein de nourriture en décomposition.

– Maman ? Je ne peux pas lui donner du riz moisi !

– Mais ça ne te regarde pas ! C'est un don. C'est bien suffisant pour un don. C'est le geste qui compte.

Je me souviens des leçons des sœurs du Bon Pasteur, de la générosité selon le christianisme, qui commande de ne donner aux pauvres que des choses qu'on pourrait manger ou porter soi-même, et sûrement pas des haillons ni de la nourriture en putréfaction.

Le peuple irakien est fait de braves gens, qui peuvent se montrer extrêmement généreux et très ouverts. Mais c'est la société qui fonctionne sur le « m'as-tu-vu » et qui veut avant tout sauvegarder les apparences. Le parti Baas, son organisation tentaculaire et sa mainmise sur chaque détail de la vie quotidienne ont beaucoup fait pour encourager cet état d'esprit. Riyadh lui-même me dit parfois :

– Pourquoi n'es-tu pas soumise ? Ne cherche pas à comprendre, c'est comme ça…

Dès lors, je décide de vivre selon mes propres valeurs, mais de faire semblant d'épouser les leurs. Un état d'esprit assez hypocrite, mais finalement très irakien.

On ne comprend pas que je n'ai pas de parents ? Cette question m'énerve et me renvoie à mes propres interrogations sur mon père. J'en viens à me faire envoyer des lettres, via le consulat d'Algérie, que je m'écris moi-même en français pour pouvoir annoncer fièrement : mon père m'a écrit ! Le regard que porte ma belle-mère sur moi change alors imperceptiblement. Encore une fois, j'expérimente le pouvoir des apparences.

Après tout, j'ai laissé à Constantine une famille aimante chez qui j'étais recluse, pour trouver à Bagdad une famille qui me rejette, mais qui me laisse entièrement libre de me mouvements. Je n'ai qu'à profiter de cette liberté.

Ma première évasion est dans la lecture. Mon mari me fait connaître le Centre culturel français, où je peux emprunter des livres. On y trouve quelques ouvrages joliment reliés, mais très abîmés par la chaleur et la sécheresse et rongés par la poussière de sable. Ce sont essentiellement des classiques et des livres anciens. On trouve aussi des revues et des numéros du *Monde* datés du mois précédent.

La bibliothèque est tenue par une vieille femme, Françoise, une Française âgée de soixante-quinze ans qui a épousé dans les années trente un chrétien irakien. Toute menue sous ses cheveux gris, elle vit seule aujourd'hui dans une petite maison en ruine. Les rides de son visage racontent l'histoire d'une femme courageuse qui est restée seule dans un pays étranger et plutôt hostile. En la regardant, je me demande si on pourra lire un jour sur mes traits l'histoire de mes années passées en Irak. Je commence à l'aider dans son travail de bibliothécaire, et je comprends bien vite qu'elle a l'espoir de me passer le flambeau de la culture française.

C'est à cette époque aussi que je trouve un travail qui va vraiment me faire sortir du carcan familial. Je suis engagée par le ministère de l'Information pour collaborer à une revue en français qui s'appelle *Irak aujourd'hui.* Je suis d'abord employée à la maquette, avant de me retrouver bombardée à la traduction franco-arabe.

Tout se fait, bien entendu, sous l'étroite surveillance du parti Baas. J'apprends alors à vivre selon les règles du parti. Pour les employés du ministère de l'Information, il n'est pas question de se lier d'amitié avec des étrangers. Pour savoir tenir sa langue, il faut avoir vécu sous la dictature irakienne. Le mieux est de jouer les imbéciles. Quelqu'un d'intelligent est potentiellement dangereux.

Même avec des amis proches, on n'est pas sûr de pouvoir parler en confiance. Ils peuvent faire un rapport à la Sécurité ! Un jour, justement, des amis s'étonnent qu'il n'y ait pas de photo de Saddam trônant bien en vue chez moi, comme chez tous les bons Irakiens. Je joue les têtes en l'air :

– Et pourquoi j'aurais sa photo chez moi ? Est-ce qu'il a la mienne chez lui ?

– Tu es folle de parler comme ça.

Je me défends en faisant valoir que je suis algérienne, et pas irakienne. Tout de même, pensent mes amis, elle devrait faire attention…

Saddam Hussein est partout, les rues Saddam, les hôpitaux Saddam, son effigie couvre les murs et ses statues sont érigées à tous les coins de rue.

Pour exister dans la société de Saddam, il faut être membre du parti Baas. Au ministère, des responsables me contactent pour me faire entrer au parti. Quand j'en parle à Riyadh, il me dit :

– Il vaut mieux que tu n'entres pas au parti. Dis-leur que tu es maman, que tu as beaucoup de travail et que tu ne feras pas une bonne militante. D'ailleurs, tu es certes arabe, mais tu es algérienne, tu ne peux être qu'une sympathisante.

Mais les baassistes reviennent à la charge. J'accepte d'aller à des réunions, deux ou trois fois, pour me rendre compte. L'organisation ressemble à celle d'une secte, avec de petites cellules hiérarchisées en pyramide. On me donne le livre du fondateur du parti, le Syrien Michel Aflaq, avec mission de l'apprendre par cœur. À la réunion suivante, on me fait passer un véritable examen : « Qui est Aflaq ? À quelle date le parti a-t-il été créé ? Qu'est-ce qu'un responsable régional ? »

Une nouvelle rencontre suit, où les questions sont plus pointues : « Quels sont les bienfaits du parti dans la région, dans le pays ? »

Le parti Baas monopolise la vie de ses membres et de leurs familles. Quand on n'est pas d'accord avec les directives des chefs, le danger de disparaître à jamais est réel. Je vois des gens dont on n'a plus de nouvelles, tout à coup, et d'autres qui descendent rapidement l'échelle sociale parce qu'ils ne sont pas membres du parti.

Au ministère de l'Information, je finis aux archives, où je découvre ce que deviennent tous les articles censurés dans les journaux français. La règle est simple : il faut supprimer tout ce qui a trait à l'étranger en général, et au Moyen-Orient en particulier. *Irak aujourd'hui* ne doit rendre compte que des visites officielles des délégations françaises, et parler sans risque de musique ou d'archéologie !

Une fois, quelqu'un laisse passer un article qui cite Israël en oubliant seulement de mettre le nom entre guillemets. C'est une faute grave, une reconnaissance implicite de l'État juif ! Toute l'équipe est convoquée par le responsable du parti Baas, pour un tonitruant et terrifiant passage à savon lourd de menaces.

Riyadh est membre du parti depuis longtemps. Il a dû faire ses preuves, avoir de bonnes notes de ses supérieurs, avoir pris certaines responsabilités au niveau local avant d'espérer partir à l'étranger pour faire enfin le doctorat d'État qu'il souhaitait.

Quand le parti envoie quelqu'un étudier à l'étranger, il faut laisser une caution énorme. Et si l'étudiant ne revient pas à la fin de ses études, c'est son père qui doit s'acquitter de la caution, ou aller en prison s'il n'en a pas les moyens.

Enfin, Riyadh obtient sa bourse, octroyée de moitié par les gouvernements français et irakien. Il va partir en France pour plusieurs années afin de soutenir une thèse de doctorat d'État en microbiologie. Cette bouffée d'air frais, loin des pesanteurs culturelles du Moyen-Orient, mais surtout loin de ma belle-famille, va sauver notre couple.

Petite déception pour moi, Riyadh m'explique qu'il doit partir seul pour trouver un appartement et s'installer avant que je le rejoigne avec notre fille. C'est l'affaire de trois mois et, avec la perspective de passer une dizaine d'années en liberté, je prends sur moi d'accepter ce contretemps.

Il doit d'abord séjourner quelque temps à Vichy, pour approfondir sa connaissance du français. Il me téléphone régulièrement de cette ville que je ne connais pas pour me raconter ses premières impressions en France et demander de nos nouvelles.

À la veille de Noël, je peux le rejoindre à Vichy, une ville froide qui ne semble peuplée que de retraités et que les étudiants surnomment « le cimetière des éléphants ».

La première impression que j'ai en arrivant dans le petit appartement que Riyadh a loué, c'est que quelque chose cloche. Des Kleenex dans le lit, des réponses embarrassées à mes questions : il a une liaison, j'en suis sûre. Quand je tombe par hasard sur une série de photos d'une même jeune femme, je les réunis et j'en fais un bel album que j'offre à Riyadh en guise de souvenir. Il rit et il me confirme que parmi ses copines étudiantes, il y a cette belle Brésilienne qui lui a proposé de la suivre dans son pays…

Je ne suis pas cruelle envers lui. Je ne lui fais pas de scène, tout au plus lui lancé-je quelques plaisanteries bien méritées. Mais je ne ressens pas de jalousie. Je le sais bloqué depuis longtemps, et je dois être la première femme avec qui il a eu des relations prolongées. Il n'a pas eu de vie de jeune homme, sauf peut-être pendant les quelques mois passés en Algérie avant de me rencontrer. Mais sûrement pas en Irak, où la condition de jeune célibataire interdit d'approcher les jeunes filles si on ne veut pas se retrouver marié dès le premier baiser.

En fait, je suis beaucoup plus préoccupée par l'absence de Manal, que mes beaux-parents ont réussi à garder auprès d'eux. Les semaines passent, et je ne vois toujours pas arriver ma petite fille. Riyadh me demande de patienter et fait valoir que l'appartement est petit pour un couple et un enfant. Quant à ses parents, ils commencent à marchander la petite :

– Faites un autre enfant, et laissez-nous Manal. Mon fils, est-ce que ta femme serait trop vieille pour avoir un autre enfant ?

Je finis par poser un ultimatum à mon mari :

– Écoute, ou bien tu fais venir ma fille, ou bien je pars. Je vais m'engager pour la cause palestinienne !

Ce n'est pas une menace en l'air. En Palestine, la première Intifada, la guerre des pierres, vient de commencer. J'ai besoin de donner un sens à ma vie, trop souvent prise en otage par des hommes qui voulaient m'enfermer. Je me souviens de l'engagement de mon père pour le Vietnam, et je suis avec autant de passion le combat des Palestiniens. Je découpe des cartes et des articles de journaux que je colle au mur en composant un poster. Je m'enflamme pour l'aspiration à l'indépendance de ce peuple arabe qui me rappelle celle des Algériens.

Riyadh prend ma détermination très au sérieux. Il appelle ses parents devant moi. Un coup de fil orageux où mon mari – est-ce l'effet de l'éloignement? – se montre ferme et exige que Manal prenne sans délai un avion pour la France.

Quand je retrouve ma fille à l'aéroport, toute petite, avec une voix cristalline, je suis submergée par l'émotion, au bord de m'évanouir. La veille encore, je pensais ne plus jamais la revoir, et elle est là, pelotonnée contre moi, souriante et aimante! J'oublie tous mes projets en Palestine, bien sûr, dès que je peux la serrer fort dans mes bras.

Ses premières questions me rappellent tout de suite les mauvaises manières de ma belle-famille:

– Pourquoi est-ce que tu as fermé l'armoire?

– Quelle armoire, ma chérie?

– L'armoire de ta chambre. Ma tante, elle a pas pu l'ouvrir et elle a dit que tu l'avais fermée pour qu'elle ne puisse pas profiter de tes affaires.

Je découvre aussi que Manal est devenue le trésor de ses grands-parents, qui la gâtent et surtout qui la gavent comme une oie. Sa grand-mère fait pour elle comme le font les oiseaux : elle mâche sa nourriture avant de lui donner la becquée. La petite ne sait qu'ouvrir la bouche et manger.

De ces années françaises, je garde le souvenir d'une vie tranquille, d'une parenthèse que je traverse comme dans une bulle, d'une vie en vase clos qui me convient bien. Une vie de mère de famille et d'épouse comme les autres. J'aime Riyadh et on s'entend bien.

Curieusement, durant tout ce temps passé dans les provinces de France, je n'ai même pas conscience d'être française, bien que je sois née dans ce qui était à l'époque un département d'outre-mer et qu'à tout moment je pourrais me prévaloir de la double nationalité. Je ne veux surtout pas devenir irakienne et perdre tous mes droits sur les enfants. Je suis algérienne, et c'est bien ainsi. Tous les trois mois, je dois faire renouveler ma carte de séjour, et je trouve ça tout naturel.

Au fond de moi, je veux croire que je ne retournerai jamais vivre en Irak. Je me sens plus libre que jamais, libre d'élever mes filles comme je l'entends, mais libre aussi de porter un short quand nous partons en balade, sans me poser de questions sur le regard des autres.

Une fois par an, le gouvernement irakien nous offre les billets pour retourner à Bagdad. Cela nous donne un mois de vacances et nous débarquons chez mes beaux-parents, les bras chargés de paquets remplis de tout ce qui nous a été demandé par des listes interminables accompagnées de photos découpées dans les magazines de mode. Il faut répondre aux demandes péremptoires des sœurs de Riyadh, depuis les parfums et les crèmes de beauté jusqu'à la robe de mariée *made in France*, en passant par les chaussures de grandes marques avec le sac assorti. Ce qui n'empêche pas mes bagages d'être fouillés et moi d'être détroussée de mes affaires comme auparavant ! Mais bon, je sais en arrivant que ce retour aux traditions et aux mauvaises habitudes ne durera qu'un mois.

Après Vichy et un court séjour à Montpellier, où Riyadh doit approfondir son vocabulaire scientifique et technique, nous déménageons à Lyon, où mon mari doit rester plusieurs années pour préparer son DEA et soutenir sa thèse. On nous alloue un studio dans une résidence universitaire, un vrai-faux deux pièces à l'ameublement moderne dont la chambre est séparée du salon par une porte coulissante.

À Lyon, nous n'avons de relations qu'avec les Irakiens qui sont dans la même situation que mon mari. Ils se réunissent à la maison, et ils parlent de leurs études, de leur famille restée au pays et de la politique. Je suis un peu dépassée par leurs discussions. Ils sont tous membres du parti Baas et je les entends évoquer les rapports dénonciateurs qu'ils envoient sur ceux qui ne se conduisent pas en bons Irakiens. Mon mari suit le mouvement, mais je le sens moins convaincu que ses amis. Au fond de lui, il n'est pas toujours d'accord avec la ligne du parti. J'ai peur pour lui et je n'aime pas les manigances de ses amis dont aucun ne m'inspire confiance. Mais quand je lui demande pourquoi il ne quitte pas la formation baassiste, il soupire et me dit avec fatalisme :

– Je ne peux pas. On ne quitte pas le parti… Ils feraient du mal à toute ma famille.

Il règne un un état d'esprit malsain entre les membres du mouvement Baas. Chacun n'a de cesse d'observer les autres pour guetter le moindre faux pas idéologique. Mais on ne peut pas discuter raisonnablement avec eux : le parti les a savamment embrigadés et leur met des œillères qui empêchent toute ouverture.

Au cours du dernier trimestre de 1980, Saddam Hussein déclare la guerre à l'Iran. C'est le début d'un conflit de huit ans qui se terminera sans vainqueur ni vaincu, mais avec un terrifiant bilan en vies humaines.

La guerre fait irruption aussi dans le petit groupe des étudiants irakiens en France. Les esprits s'enflamment et les positions se radicalisent. Il faut resserrer les rangs, car les risques d'affrontement avec les étudiants iraniens exigent que personne ne se retrouve seul à la merci d'un passage à tabac.

Les réunions fiévreuses se multiplient dans le petit appartement que nous occupons. Deux à trois fois par semaine, dix ou douze Irakiens véhéments se retrouvent chez nous pour fumer, boire du thé et jeter l'anathème sur l'ennemi iranien.

À cette époque, je suis enceinte de notre deuxième enfant et je ne m'intéresse pas aux graves questions qu'ils soulèvent. Durant ces réunions qui se terminent tard dans la nuit, je dois me réfugier dans la petite chambre séparée du salon par une porte coulissante, trop peu épaisse pour me protéger du bruit et de la fumée de cigarette. Et quand tout a été dit et que chacun rentre chez soi, je retrouve la pièce principale envahie de verres de thé renversés et de mégots qui me soulèvent le cœur. Je finis par demander à Riyadh de tout ranger lui-même, en ajoutant ironiquement :

– Même Saddam, s'il savait que vos soirées mettent la famille en péril, il te dirait de les faire ailleurs !

Mais je retrouve le même spectacle désolant après la réunion suivante. Je prends alors tous les cendriers pleins et les verres sales pour les jeter à la poubelle.

Et comme Riyadh ne semble pas vouloir trouver un autre local que notre appartement, je me prépare à frapper un grand coup. Quand le premier de ses amis se présente le soir d'après, je ne le laisse pas entrer :

– Riyadh n'est pas là. La réunion n'aura pas lieu ici.

L'homme se sent gêné et paraît franchement stupéfait de mon ton glacial, mais il n'ose pas insister.

Je fais de même pour les autres qui se regroupent en bas de l'immeuble en attendant l'arrivée de mon mari. Quand il arrive et que ses amis lui expliquent leur étrange situation, il monte, très en colère et plutôt embarrassé :

– Tu te rends compte de la honte que tu m'as faite ? Il y en a qui disent que tu es trop effrontée, d'autre que c'est toi qui portes la culotte et que je n'ai aucune autorité sur toi !

– Je t'ai prévenu, Riyadh. Je suis enceinte et je suis fatiguée de respirer les cigarettes dans ma petite chambre avant de tout nettoyer pour vous. Il y a des célibataires, parmi tes amis. Vous n'avez qu'à vous réunir chez eux…

Ma rébellion a l'effet que j'escomptais, et Riyadh finit par me tenir éloignée des débats baassistes. Pour ne plus avoir à répondre à mes critiques, il s'arrange même pour ne plus me parler du parti, et c'était bien le but que j'avais recherché. Mais ma satisfaction est mêlée d'un peu d'inquiétude, à cause des dénonciations que pourraient lancer ses amis.

L'engagement forcé de Riyadh l'oblige parfois à partir loin de chez nous et à disparaître un jour ou deux. Quand j'accouche de notre deuxième fille, il est absent, en réunion quelque part près de la frontière suisse.

Je regarde *Dallas* à la télévision quand je ressens les premières contractions. C'est mon cinquième accouchement qui commence, et je ne m'affole pas, même si je n'ai personne près de moi pour m'emmener à l'hôpital. Dès que les contractions seront espacées de cinq minutes seulement, il sera toujours temps de partir. Vers trois heures du matin, Riyadh rentre juste à temps pour m'accompagner. Il pleut, et je me rappelle ce qu'on dit en Algérie : une naissance par une journée pluvieuse est signe de bonheur et de richesse pour l'enfant qui arrive.

Finalement, j'accouche d'un beau bébé vers cinq heures du matin. Riyadh, rassuré sur mon état et ravi d'avoir pu voir sa fille, repart aussitôt vers une destination inconnue.

La sage-femme est sympathique et compatissante. Trop gentille, même. Attentive à ne pas me faire trop mal, elle n'évacue pas tout le placenta. Et, peu de temps après, j'ai des complications dramatiques. Une terrible hémorragie me fait perdre des litres de sang. L'infirmière de garde à qui je me plains me conseille de ne pas me montrer trop douillette et je commence à me sentir partir quand elle consent à alerter les médecins.

Tandis que tout le monde s'affaire autour de moi en réanimation, je vois la mort, le fameux tunnel blanc dont on ne revient que rarement. Entre deux chocs électriques du défibrillateur, j'entends les ordres se croiser et une voix affolée qui lance :

– Vite, vite… Elle va passer… Et son mari est médecin !

Moi, pantelante, je ne tiens à la vie que par un fil, en me raccrochant à l'idée que je ne peux pas partir en laissant mes enfants et ma grande fille Manal.

Après qu'on m'a ramenée à la vie, il faut d'urgence me transfuser une grande quantité de sang. Mais mon groupe sanguin est le O, celui qui donne à tous les autres et ne peut recevoir que du sien. Riyadh, s'il n'avait pas disparu, aurait pu me donner de quoi me sauver. Comme il est introuvable, les médecins doivent finalement s'en remettre aux réserves de l'hôpital.

Il se passe deux jours avant que mon mari réapparaisse. Il pensait que tout s'était très bien passé. Je suis furieuse contre lui et contre le parti Baas qui met les familles en péril…

Et puis je reviens à la maison avec notre jolie petite fille, la première enfant à naître loin de ses grands-parents, seulement entre son père et sa mère. C'est elle qui rétablit pour un temps l'équilibre dans notre couple, en étant complètement à nous.

Juste après l'accouchement, toutefois, je traverse une période difficile. Je tombe en dépression et j'en arrive à m'approcher dangereusement de la folie meurtrière.

À cause de mon père.

# 8

# Adulte et libérée

Après toutes ces années d'éloignement, je suis à nouveau tenaillée par le désir de revoir mon père, de me replonger dans cet autre monde qui était le mien avant de connaître Riyadh, et peut-être de faire le lien entre les deux figures paternelles…

Je retrouve facilement la trace d'Yvette, la compagne de mon père quand j'avais quitté Paris pour retourner en Algérie. Elle ne vit plus avec lui, mais elle élève encore ses deux fils. Lui, il s'est installé à Chalon-sur-Saône, remarié et père de deux nouveaux enfants. Il est responsable de l'aérodrome de la ville et il habite une petite maison isolée, tout près des pistes.

Chalon n'est pas très loin de Lyon. Je finis par me décider et je prends mon téléphone :

– Papa, c'est Meriem. Voilà : je voudrais te voir et te présenter mon mari.

Mon père ne paraît pas étonné :

– Bien sûr, ma fille, viens.

Près de vingt ans après l'avoir quitté, je le retrouve, toujours aussi beau, rajeuni, les cheveux bien bouclés. Il semble aussi content que moi de nos retrouvailles, même si l'ambiance du dîner est rendue glaciale par sa femme. Françoise, pas très jolie, les lèvres fines et pincées, a l'air de quelqu'un qui n'a jamais été heureux.

Elle exerce sur mon père, avec un brin de sadisme, une autorité mauvaise, celle de la Française sur l'Algérien, et elle lui donne des ordres avec le ton d'un contremaître. Je suis gênée de la voir ainsi rabaisser mon père devant moi. Elle me regarde en biais de temps à autre, avec des yeux qui semblent dire : « C'est quoi, cette météorite qui tombe du ciel ? »

Mon père ne nous propose pas de rester chez lui pour dormir. Je mets cette entorse à l'hospitalité sur le compte de l'éloignement après vingt années et sur l'influence de Françoise. Il a réservé une chambre dans un hôtel proche de chez lui. Le lendemain matin, il insiste pour payer la nuit, en ajoutant, gêné :

– Surtout, ne dites pas à Françoise que j'ai payé l'hôtel !

Et nous nous séparons. Je pars avec un sentiment de malaise à l'idée que mon idole, le seul homme de ma vie, est tombé dans un piège pernicieux, mais aussi avec un grand sentiment de fierté, celle d'avoir montré à Riyadh que j'ai un père.

Ce que j'ignore, c'est ce qu'il a entendu à l'hôtel, tandis que j'étais partie devant. Comme le réceptionniste disait aimablement :

– Je ne savais pas, monsieur Lahcene, que vous aviez une grande fille comme ça !

gêné, mon père a répondu :

– Ce n'est pas vraiment ma fille. Je l'ai adoptée.

Riyadh a enregistré ces deux répliques. Le soir, quand nous sommes rentrés, il me demande tout à coup :

– Dis-moi, Meriem, qu'est-ce que ça veut dire, « adopté » ?

Je sursaute, mais je reste naturelle et je lui donne la traduction en arabe et quelques exemples. Puis je suis gagnée par un doute :

– Où l'as-tu entendu ?

– C'est ton père qui a dit au concierge qu'il t'avait adoptée.

Je me sens glacée. Mais, voulant me rassurer autant que dissiper les doutes de Riyadh, j'explique

que mon père ne voulait sûrement pas entrer dans les détails familiaux et qu'il n'aime pas trop parler de sa vie aux étrangers.

L'idée ne cesse pas, dès lors, de trotter dans ma tête. Je passe des nuits sans sommeil à retourner la petite phrase dans tous les sens. Et je finis par craquer : il faut que je sache. Je saute dans un train et je viens frapper à la porte de mon père. C'est Françoise qui m'ouvre, bloquant le passage sans me laisser entrer :

– Tu veux quoi ?

– Je veux voir mon père.

– Il n'est pas là.

Je pousse la porte sans lui répondre et j'entre en appelant mon père. Il sort de son bureau, très étonné par ma bruyante irruption. J'ignore la présence de Françoise :

– Tu es là ? Il faut que je te parle.

J'ai le visage décomposé. Inquiet, mon père me fait asseoir.

– Il faut que tu me dises, papa. Est-ce que je suis vraiment ta fille ?

– Mais… bien sûr. Qui t'a dit le contraire ?

Je lui raconte la scène avec le réceptionniste. Mon père, mal à l'aise, ses yeux fuyant mon regard, bredouille :

– Mais non, ton mari a dû mal comprendre…

À cet instant, j'ai la certitude qu'il ment. Ma tête est en ébullition, et mes mains sont glacées. J'ai envie de crier : « Aie donc un peu de courage ! » : Je rentre à Lyon, où Riyadh m'attend, inquiet et furieux.

– Où étais-tu passée ?

– Je suis allée voir mon père.

– Mais je pouvais t'emmener. Et pourquoi fallait-il que tu ailles le voir absolument ?

Je ne lui réponds pas. Sa colère m'indiffère. Je deviens folle. Rien d'autre ne compte pour moi que de connaître la vérité. Une vérité absolue et définitive. Une vérité que mon père est résolu à me cacher. Comment peut-il me refuser cet amour dont j'ai tant besoin ? Comment a-t-il pu dire des mots aussi durs et définitifs devant mon mari ?

Il y a dans l'islam une croyance qui veut que l'enfant non reconnu par son père sur terre cherchera éternellement dans l'au-delà la vérité sur sa naissance. J'ai l'impression d'être victime de cette malédiction par cette souffrance qui me poursuivra toute ma vie.

Perdue dans mon délire, j'en arrive à prendre une effroyable résolution. Puisque mon père me rejette, il faut qu'il disparaisse de ma vie. Qu'il disparaisse tout court, que je l'efface, que je le tue. Et je finis par me persuader que c'est la seule solution à mes tourments.

Je calcule tout avec précision. Sa maison, près de l'aérodrome de Chalon, est complètement isolée. Il suffira de verser de l'essence tout autour des murs, de jeter une allumette, et de regarder brûler mon père ! Au fond de mon esprit enfiévré, je sens l'odeur du benzène, je vois le brasier, les flammes et la fournaise qui me libéreront de cet homme.

Dans ma paranoïa, j'ai même prévu que personne ne saura jamais qui a commis ce crime, puisque je n'existe pas comme sa fille.

J'ai déjà connu une fois cette frénésie, cette envie d'anéantir celui qui me détruit à petit feu : c'était quand je regardais dormir, le dos tourné, mon premier mari Bacha, qui m'humiliait, me battait et me traitait à peine comme un animal.

Ce qui me sauve de cette pulsion de mort, ce sont les mots d'un psychologue. Au milieu de mon délire, j'entre dans un centre médical en demandant à voir d'urgence un psy. Le spécialiste me demande pourquoi je veux le voir :

– J'ai envie de tuer mon père ! Et je ne sais même pas s'il est vraiment mon père.

Le psy me laisse raconter mon histoire, mes espoirs et mes désillusions. Puis il me dit une chose toute simple :

– Cet homme, c'est celui qui vous a élevée ?

– Oui.

– Alors dites-vous bien que celui qui est votre vrai père, ce n'est pas celui qui vous met au monde. Votre père, c'est celui qui vous a élevée.

Je reste muette. C'est comme si on m'avait jeté un seau d'eau glacée sur la tête. Ces quelques mots au bon sens évident me font oublier mes sombres idées de meurtre et intérieurement, je fais dès cet instant et pour toujours la paix avec mon père.

La vie reprend un cours plus calme entre Riyadh, nos filles et moi, même si l'échéance du retour en Irak se rapproche.

Lors d'une de nos dernières vacances à Bagdad, un incident vient me rappeler, si j'en avais besoin, que je resterai toujours une étrangère dans le pays de mon mari. Avec la guerre irano-irakienne, les tensions se sont aiguisées entre les pays arabes. À l'aéroport, le policier qui filtre les entrées laisse passer Riyadh et les enfants, avant de me barrer la route :

– Toi, tu es Algérienne et tu n'as pas de visa. Tu n'entres pas.

– Mais je suis toujours entrée comme ça, jusqu'à maintenant. Et là, c'est mon mari, ce sont mes enfants, ils sont irakiens.

– Tu as un acte de mariage à me montrer ?

– Ben non, je l'ai pas sur moi.

– Alors, tu ne passes pas.

Et Riyadh doit me laisser et faire l'aller et retour de quatre-vingts kilomètres pour aller chercher l'acte de mariage à Bagdad ! Je suis choquée par cet incident qui n'est pas dû seulement à un douanier obtus : où est la solidarité entre Arabes si on peut me considérer en Irak comme une étrangère indésirable ?

À Bagdad, même si le front est situé sur la frontière, on sent partout la présence de la guerre. Régulièrement, des missiles iraniens tombent sur la capitale, et jusqu'à dix par jour au plus fort de la « guerre des villes » en 1988. Un soir, nous assistons, à l'hôtel Méridien, à un spectacle du mime Marceau. Tout à coup, la déflagration d'une bombe tombée très près de l'hôtel nous assourdit. Mais Marceau poursuit son show comme si rien ne s'était passé et personne dans la salle ne manifeste de panique.

Dans les rues de la capitale, la propagande militaire est omniprésente et on croise tous les jours les cortèges funèbres des cercueils de soldats. Chaque famille a deux ou trois enfants sur le front où le gouvernement envoie des vagues successives de jeunes gens. Sur la façade de presque toutes les maisons, de sinistres banderoles noires donnent le nom des martyrs morts pour la patrie.

La guerre fait partie de la vie quotidienne du peuple irakien qui devient fataliste et qui connaît les missiles par leurs noms, Al Hussein, Al Abbas ou Tamouz, et qui entend chaque soir à la télé la litanie des pertes humaines. En même temps, les Bagdadi ne manquent de rien et les marchés regorgent de fruits, de légumes verts cultivés dans le nord du pays, de viande et d'épices. On dépense sans compter dans les boutiques de luxe et on se presse aux *nadis*.

Avant la fin de notre séjour en France, nous avons la joie de voir naître une troisième fille. Elle n'était pas prévue, et nous la voyons arriver comme une surprise, mais une très heureuse surprise. Ne dit-on pas que les papas qui ont trois filles vont directement au paradis ?

C'est dans ces années françaises que j'écris à Constantine pour demander à mes anciens beaux-parents la permission de venir voir mes enfants, dont ils ont la garde. Je reste quelques jours à vivre une situation très tendue. Mes trois petits, à qui leur grand-mère n'a jamais donné la lettre que je lui ai confiée, m'en veulent de les avoir abandonnés et se montrent très froids envers moi. Comment leur expliquer pourquoi je suis partie sans dire du mal de leur père ? Je repars plus triste que jamais. Je ne les reverrai que bien plus tard, après la visite que me fera ma fille aînée à Bagdad et plus souvent quand je serai définitivement installée à Paris.

En attendant, la parenthèse française va se refermer. Je commence à m'angoisser à l'idée de me retrouver chez ma belle-famille. J'essaie de pousser Riyadh à rester, à trouver en France un poste de chercheur, mais il a un réel sens patriotique et il sait ce que risqueraient ses proches s'il faisait défection à l'Irak.

Le jour vient où il soutient sa thèse sur les maladies nosocomiales, un travail très apprécié par le jury. Une petite fête est organisée à l'université, où se retrouvent nombre d'amis irakiens et les professeurs qui ont dirigé ses travaux. C'est l'un d'eux qui propose à Riyadh un poste prestigieux dans un laboratoire français. Mais en vain, comme me le dit son prof avec dépit :

– Votre mari est fou, madame. On lui propose une situation en or dans un grand labo, et il préfère retourner dans son pays.

C'est dit : il faut qu'on se prépare, mentalement et matériellement, à rentrer en Irak. Riyadh a réussi à mettre un petit magot de côté. Je ne sais pas comment, parce qu'il gère l'argent tout seul et s'occupe de tout. À trente-deux ans, je ne connais rien d'un budget familial, rien des assurances sociales et encore moins des allocations familiales. Je ne sais rien de mes droits, non plus. J'aurai tout ça à découvrir plus tard, et la vie se chargera de me donner des cours de rattrapage accéléré !

En attendant, on a pu acheter quelques meubles et on bourre un container pour envoyer tous nos biens par la mer. C'est bon signe, la preuve que Riyadh a bien l'intention d'installer notre petite famille loin de ses parents.

Notre première fille, Manal, est en Irak depuis un an, afin de suivre sa classe de sixième dans un seul pays. Je suis rassurée de la savoir loin de son père, qui a des rapports difficiles avec elle, tant il se montre exigeant et coléreux. Quand il l'aide à préparer ses devoirs, il l'insulte, la bat et la malmène, tant et si bien que la pauvre petite révise ses leçons et fait ses exercices dans la terreur.

J'ai beau dire à Riyadh que Manal n'est qu'une enfant, qu'il n'a aucun sens de la pédagogie ni de la psychologie et que la peur n'a jamais fait progresser personne, il continue à terroriser sa fille, qui tremble rien qu'en entendant sa voix.

Nous quittons la France en 1986, avec nos deux autres filles, dans une Volvo confortable qui nous fait traverser en une dizaine de jours toute l'Europe de l'Est et la Turquie vers l'Irak. Une petite remorque contient tout le nécessaire, huile, sel, couverts et un réchaud pour confectionner les repas. Nous dormons dans la voiture et nous nous plions aux conditions de vie des pays que nous traversons. En Tchécoslovaquie, je m'émerveille dans les rayons d'un supermarché entièrement consacré au cristal de Bohême. En Bulgarie, il me faut faire une heure de queue pour pouvoir acheter une ration d'un demi-poulet. En Roumanie, un policier nous rackette pour obtenir... un dollar.

Dès notre arrivée, Ryadh obtient un très bon prix de la luxueuse voiture suédoise, très recherchée en Irak. Cet argent constituera notre apport personnel pour l'achat d'un appartement.

En attendant, je me retrouve tout à coup, après ces années de liberté en Europe, dans le carcan du Moyen-Orient. Nous allons vivre à nouveau dans la triste maison de mes beaux-parents, retrouver la petite chambre sinistre et les mauvaises habitudes de la famille. Fin de la liberté de m'exprimer, fin des conversations intimes avec mes enfants, fin de mon indépendance et du choix même de mes vêtements !

Riyadh a promis de nous trouver un logement indépendant, mais il faut encore passer six mois dans cette ambiance de méfiance et d'agressivité à peine contenue. Le pillage en règle de nos affaires recommence, et la vaisselle comme le linge disparaissent petit à petit de nos valises. Ma belle-mère a un jour la maladresse d'ouvrir son armoire devant moi, laissant échapper toute une multitude d'objets que je reconnais facilement.

– Mais maman, tout ça est à moi !

Elle ne se démonte pas :

– Eh bien oui ! Si je les ai mis là, c'est justement pour qu'on ne te les prenne pas !

Heureusement, mon mari trouve assez vite un bel appartement à acheter. Bagdad, dans les années quatre-vingt, connaît un véritable boom immobilier, et ne ressemble plus à la ville plate que j'avais vue de l'avion en y arrivant la première fois. Pendant la guerre entre l'Iran et l'Irak, la ville s'est hérissée de grues et les grands chantiers se sont multipliés. Les promoteurs étrangers ont fait sortir de terre des quartiers résidentiels somptueux, généralement destinés à des catégories sociales particulières, comme celui des médecins et des ingénieurs où Riyadh a trouvé ce vaste appartement.

L'immeuble vient d'être construit par des entrepreneurs coréens avec une débauche de luxe : le hall est décoré comme ceux des plus luxueux hôtels internationaux, les murs sont recouverts de marbre et de grands miroirs, l'ascenseur est spacieux et les caves – équipement rarissime à Bagdad – font aussi office d'abris antiatomiques.

Notre appartement ne ressemble à rien de ce que j'ai connu auparavant : cent soixante mètres carrés, une cuisine des plus spacieuses, un immense salon et des chambres éclairées par de grandes baies et dotées de larges balcons avec vue sur les boucles du Tigre. Le décor idéal pour l'épanouissement d'un couple et de ses trois enfants.

C'est du moins ce que je pense un peu vite, car pour Riyadh, le retour au pays marque le début d'une lente plongée dans la dépression. Après ses études brillantes en France et muni de son titre prestigieux de docteur en microbiologie, il comptait bien se voir attribuer un poste à l'université de Bagdad. Mais sa déception est grande : les autorités l'envoient enseigner à la faculté de médecine de Koufa, à cent cinquante kilomètres de la capitale ! Sans doute n'est-il pas un baassiste assez actif et fervent pour être mieux traité…

Son désappointement le plonge rapidement dans une neurasthénie qui le fait changer à mes yeux de jour en jour. Il devient nerveux, irascible, et il rumine son désenchantement au point de somatiser par un eczéma dont les plaques lui recouvrent le corps.

En même temps, il s'enfonce dans une religiosité fermée aux autres et à la vie. Il s'est mis à lire et à relire le Coran et, lui que j'ai connu assez peu pratiquant, il est passé de la seule prière du vendredi aux cinq prières quotidiennes prescrites par l'islam.

Par un mouvement inverse, je cherche par tous les moyens à m'ouvrir au monde et à gagner une véritable indépendance. Je trouve d'abord un travail à l'université où j'enseigne la phonétique française. Je parle parfaitement la langue, mais je ne sais rien de la phonétique. Qu'importe : j'apprends en même temps que mes étudiants, en préparant mes cours.

Le directeur de Radio-Bagdad est un ami de mon mari, un des étudiants baassistes qu'il fréquentait en France. Il cherche une speakerine pour ses émissions en français et il lui demande si je suis intéressée par le poste. L'immeuble de la radio est presque en face de notre maison. Je me présente au service international, qui émet dans toutes les langues étrangères. Épouse d'un baassiste, étrangère mais arabe, je fais l'affaire. Et je trouve ainsi un emploi supplémentaire, la présentation d'une émission culturelle et quotidienne de deux heures, émise en ondes courtes pour les auditeurs francophones, et d'une autre à la télévision qui rendra vite mon visage familier aux Irakiens.

Il me faut lire le bulletin militaire qui fait le compte des morts, des chars et des avions détruits chez nous et chez l'ennemi, et passer quelques disques d'artistes français. Je dois être très prudente pour ne jamais gaffer, car la pression des autorités est permanente. Un membre de la Sécurité assiste à chacun des enregistrements, et les téléphones sont placés sur écoute.

On ne doit pas traîner au bureau, circuler dans les couloirs ni bavarder avec les speakers des autres nationalités. On entre à la radio avec les yeux baissés, on enregistre l'émission et on ressort sans attendre. Ces conditions de travail ne sont guère épanouissantes, et ce n'est pas du tout réjouissant de faire le compte des morts, mais au moins j'ai un travail que je ne dois qu'à moi-même, et il y a le bel appartement où je retrouve mes filles et où je ne sens plus de paires d'yeux suspicieuses fixées sur moi.

Je donne mes cours le matin, je passe l'après-midi à la radio et je dois ensuite m'occuper de ma famille. Je rentre souvent à la maison après Riyadh. Quand j'arrive, l'ambiance est sombre et morose. Les deux plus jeunes de mes filles sont enfermées dans leur chambre, Manal est clouée à un livre de classe par son père et celui-ci est assis dans l'obscurité. J'ai l'impression, en découvrant sa silhouette dans le noir, sa gandoura blanche et ses lunettes brillantes, de voir le Diable. Plus il lit le Coran, plus il s'assombrit.

Quand je découvre ce spectacle, je m'active comme un ouragan, allumant toutes les lumières et tournoyant en tous sens pour embrasser mes filles et préparer le repas. J'essaie de faire entrer la vie, le bonheur, le mouvement et la lumière dans la maison.

Je ne comprends pas pourquoi Riyadh s'enfonce ainsi dans le noir, tandis que je cours vers la lumière et la liberté. Je ne sais pas ce qu'il gagne, ni même ce qu'il fait vraiment à la fac. Il ne me dit rien et j'essaie de respecter ce silence. Je ne pense même pas à aller voir ce que contient la serviette qu'il emporte trois fois par semaine à Koufa. Je n'ai connaissance de ses soucis que lorsqu'il téléphone à son meilleur ami. Je tends l'oreille et je découvre par bribes ce qui le ronge, l'ingratitude des autorités et le peu de cas que le parti fait de sa fidélité et de son brillant niveau d'études.

Je me demande comment je pourrais l'aider, mais il est si entêté et renfermé que le dialogue est devenu presque impossible. Parfois, je le bouscule avec des mots durs pour le faire réagir et le pousser à quitter l'université pour faire quelque chose d'autre. Il pourrait ouvrir un laboratoire d'analyses médicales. Il est passionné par son métier. Il a réussi, par exemple, à concevoir un test de grossesse qu'on aurait pu fabriquer en Irak.

Mes nouvelles activités ne sont qu'un palier dans mon émancipation. Je veux faire autre chose, qui ne soit pas sous la surveillance des autorités. J'ai été frappée par une remarque qu'on m'a faite : les Irakiennes, à cause du climat et des mauvaises habitudes alimentaires, ont beaucoup de problèmes de peau, et pas de salons d'esthétique pour y remédier.

Je songe à m'installer comme esthéticienne, mais je dois d'abord passer un CAP, pour bien connaître le métier. On peut le préparer en France en une année. Quand je parle de ce projet à Riyadh, il ne s'y oppose pas, et il accepte même de bonne grâce de s'occuper des enfants.

Et me voilà partie à Paris, à l'École internationale d'esthétique, rue Marbeuf, pour un an. Par deux fois, je reviens voir mon mari et mes enfants. Je passe mon diplôme, et je rentre à Bagdad. Comme prévu.

Comme prévu, à un détail près. Parce qu'entre-temps, j'ai connu quelqu'un. Il m'a fait la cour avec insistance, un dimanche où je me promenais et où je m'étais assise pour manger un sandwich dans le romantique petit square des thermes de Cluny, au croisement des boulevards Saint-Michel et Saint-Germain.

Jusqu'alors, ce n'était pas du tout dans mes idées d'avoir un amant. Mais j'ai évolué, et ce séjour à Paris m'a ouvert les yeux sur la liberté. Je me reconnais bien plus dans la culture française que dans celle du Moyen-Orient. J'ai soif de vie, j'aime l'amour et il est très excitant de braver les interdits.

Je suis mince et jolie, et je me sens épanouie. Lui, il n'est pas très beau avec sa tête de boxeur, mais il a un corps magnifique et surtout, il connaît tout de l'art de la séduction. Il est presque illettré, mais ses mots sont magiques quand il parle d'amour.

Il me donne son numéro de téléphone, je l'accepte par politesse mais je lui dis que je ne l'appellerai pas. Je l'envoie balader une fois, deux fois, mais il revient toujours sans être importun. Je finis par accepter de prendre un pot, mais sans plus. Il a un magnétisme sensuel auquel il est difficile de résister. Quand il lit les lignes de ma main, j'en souris d'abord, puis je me sens hypnotisée et je cède.

Je ne l'aime pas, c'est une relation sensuelle et charnelle. Il me remet en paix avec mon corps. C'est avec lui que je connais l'orgasme pour la première fois de ma vie.

En même temps, cette histoire a le charme des premières amours adolescentes. Il vient m'attendre à la sortie des cours. Il est très attentionné, il me prépare des petits plats savoureux et il sait répondre à toutes mes envies. Je suis vraiment heureuse des moments passés avec lui, ce genre d'hommes rares qui savent donner du bonheur avec mille petits riens.

Je passe beaucoup de temps avec lui pendant toute cette année parisienne. Je fais abstraction de sa laideur et je suis sous le charme. Mais je ne songe pas une seconde à abandonner mes enfants. Je sais que notre liaison prendra fin quand il faudra rentrer à Bagdad.

Quand mon séjour se termine, il m'aide à réunir le matériel pour installer mon salon d'esthétique, et nous nous séparons, comme je l'avais dit, avec la promesse que je reviendrai le voir. C'est dur, car il est amoureux et moi très troublée par l'idée du retour à Bagdad.

Je reviens auprès de Riyadh. Presque la même. Sauf que j'ai pris goût à une certaine liberté.

Je commence à travailler chez moi en transformant une chambre inoccupée en salon, décoré tout en blanc. J'installe le matériel d'esthétique, je branche l'ozone, l'appareil à désincruster, je dispose les flacons de produits, et j'attends les clientes, de jeunes Irakiennes aisées et des Françaises que je contacte par l'ambassade. Par le bouche à oreille d'abord, puis avec l'association avec un médecin dermatologue, et enfin grâce à des articles dans la presse, la clientèle de « la première esthéticienne en Irak, venue de France » s'agrandit rapidement.

Je trouve alors un salon que je partage avec Kafi, une jeune femme jolie et sympathique, une chrétienne qui exerce la profession de coiffeuse. Les chrétiens sont un peu plus ouverts que les autres Irakiens, et Kafi, qui a aussi un amant, va devenir, à force de complicité féminine, ma confidente et mon amie.

Je continue à m'épanouir dans ce nouveau métier. Je commence à bien gagner ma vie. Mieux que mon mari. Je vais en France une fois par an pour visiter le salon d'esthétique international et me mettre au courant des dernières nouveautés, je vois beaucoup de monde et je deviens de plus en plus indépendante, tandis que Riyadh sombre de plus en plus dans ses rancœurs et sa religion.

Bientôt, il ne veut plus m'accompagner au *nadi*, au club qui constitue la seule distraction familiale en Irak. Pour me détendre, il ne me reste que les brèves promenades de l'après-midi avec les enfants, sous des températures accablantes.

L'éloignement ne cesse de croître entre nous, moralement et physiquement. J'essaie de multiplier les avertissements qu'il ne veut pas entendre. Je le pousse à acheter une voiture. Il aurait pu aller à

Koufa dans des conditions plus confortables qu'en bus et il m'aurait emmenée le matin au salon. Je lui dis que sur le court trajet de la maison au travail, je croise pas mal d'hommes qui me draguent. J'insiste, je le mets en garde, mais il est sourd.

Il y a trop de non-dits entre nous. Je lui réclame de plus en plus de tendresse. Je l'incite même à prendre une maîtresse, pour qu'il s'ouvre à la sensualité et qu'il découvre son corps. Il me traite de folle et il continue de me prendre machinalement, sans s'occuper de moi.

La religion devient ma rivale. Un jour, il me demande :

– Et pourquoi ne porterais-tu pas le voile ?

– En quoi ça changerait quelque chose en moi, si je ne suis pas convaincue ? Occupe-toi de gagner ta place au paradis et respecte ce que je suis. J'ai ma propre foi.

Mais je finis par céder : pendant un mois, je porte le voile pour lui faire plaisir, avec l'idée que cette compromission pourrait nous rapprocher. Il est content, mais moi, je ne suis pas du tout convaincue. Je crois en Dieu, mais j'ai toujours eu beaucoup de mal à admettre les signes extérieurs de la religion.

Quand je me regarde dans un miroir, coiffée du foulard, je me demande : « Pourquoi le mets-tu ? Tu as peur de qui ? De l'homme, ou de Dieu ? »

Mon essai se termine sur un balcon de l'hôtel Al-Rachid, où ont lieu les interviews officielles après l'invasion du Koweït. Une amie journaliste me voit venir voilée et elle s'écrie :

– Ah non ! Meriem, ça ne te ressemble pas !

Et avant que j'aie pu lui répondre, elle arrache mon foulard qu'elle jette par-dessus la rambarde. Je le vois encore descendre lentement avant de s'envoler au loin, gonflé par le vent et dessinant des volutes avant de disparaître à mes yeux.

Affolée, je pense d'abord : « Comment vais-je pouvoir rentrer ? » et aussitôt après : « Mais tu es devenue folle… Tu t'es déjà habituée au foulard ! Allons : si tu dis oui aujourd'hui, tu le diras de plus en plus souvent ! »

Je pense un instant aller le récupérer, mais non, je veux être moi-même, pas cette femme qui ferait plaisir par devoir.

Quand je reviens à la maison, Riyadh lève les yeux vers moi et me jette :

– Toi, tu es un diable !

Je réponds :

– Oui, mais un diable libre.

Au début, on parle ensemble, la nuit. Et puis de moins en moins. Je tente de lui demander de changer, de faire quelque chose avant que notre couple éclate. Pour lui faire comprendre que je suis frustrée, tentée et qu'on est en danger, je lui dis : « Tu sais, aujourd'hui, je suis au bord du gouffre. » Mais il est insensible à mes appels. Je deviens presque à ses yeux un péché, quelque chose d'impur qui pourrait lui faire perdre son paradis.

Alors le silence s'impose entre nous. Il regarde la télé jusqu'à deux, trois heures du matin, et moi, fatiguée par toutes mes activités, je vais me coucher. Un soir, dans mon lit, je prends la décision de vivre mes désirs.

Au contre culturel français où j'aide la vieille dame qui garde ses vieux livres, je rencontre un Italien qui me fait la cour d'une manière élégante et délicate. Il est bel homme, drôle et charmant, il parle français avec un accent délicieux. Il me laisse sa carte en me disant :

– Appelez-moi si vous avez envie qu'on prenne un jour un pot ensemble.

Prendre un pot en Irak avec un Italien ? C'est une bonne occasion de pimenter ma vie. Mais c'est aussi excitant qu'inimaginable. Déjà, il n'y a pas de café à Bagdad ! Il faudrait se rendre en cachette dans le bar d'un grand hôtel et clamer haut et fort qu'on se rencontre pour le travail.

Ce soir-là, pourtant, je prends ma décision : « Si Riyadh ne m'accorde pas plus d'attention et de tendresse, demain, j'appelle l'Italien ! » Je lui ai assez parlé, il n'a pas voulu entendre le message, il n'a pas compris que je suis fragile et que je veux vivre.

Je donne une dernière chance à Riyadh d'éviter le pire. Ce soir-là, je me prépare soigneusement, je me parfume et je revêt un petit body vert émeraude auquel aucun homme ne pourrait résister.

Quand il quitte sa télé et me rejoint au lit, il ne remarque rien, il ne voit pas le body qui appelle les caresses et il me prend comme à son habitude, brièvement et brutalement, sans aucun amour ni tendresse. Je vais me laver et je reviens me coucher sans un mot. Je suis blessée, meurtrie. Une boule me serre la gorge. J'aurais tellement voulu qu'il me dise « Je t'aime » et qu'il m'éloigne de l'idée de le tromper pour reprendre confiance en moi.

Mais je m'endors avec une seule idée en tête : « Demain, tu téléphones. »

Et c'est ce que je fais. Nous nous donnons rendez-vous chez lui, le seul endroit discret pour une rencontre à Bagdad. Je le rejoins dans le quartier résidentiel où il habite, en plein après-midi, avec l'impression de jouer la scène clé d'un film d'aventures.

Les rues sont vides, et il n'y a bien que moi pour sortir sous une chaleur de quarante-cinq degrés, une ces fournaises où les semelles des chaussures fondent et collent au sol. En bonne héroïne hollywoodienne, je me cache sous un fichu et derrière de grosses lunettes noires et je cherche un taxi, la peur au ventre et la tête bouillante d'excitation. Je brave un double interdit, celui de l'adultère et celui de la rencontre avec un Européen.

Il faut déjà être prudente avec les chauffeurs de taxi, dont les trois quarts sont des indicateurs des renseignements militaires, et qui essaient systématiquement de faire parler les clients en prêchant le faux pour savoir le vrai. Avec mes airs d'étrangère, il ne manque pas d'engager la conversation :

– Qu'est-ce que tu penses de l'Irak ? Tu es bien, ici ? Parce que nous, on manque de tout, on peut pas sortir… Qu'est-ce que c'est que ce pays, hein ?

Je suis habituée à ces pièges et je n'y fais presque plus attention. Je lui demande de suivre un itinéraire compliqué qui fait le tour de Bagdad et finalement de me laisser à un endroit neutre, assez loin de chez l'Italien.

J'arpente les rues en changeant souvent de chemin et en regardant nerveusement derrière moi pour vérifier que je ne suis pas suivie. Il ne faut pas que je me perde, car je ne pourrai demander mon chemin à personne. Si un Irakien se trouve dans les quartiers où vivent les étrangers, c'est à coup sûr un membre des renseignements !

À force de zigzaguer et de suivre mon intuition, j'arrive enfin chez mon séducteur italien. Il me reçoit de manière charmante, sans chercher à me sauter dessus sauvagement, mais au contraire avec beaucoup de galanterie et de délicatesse.

Il comprend tout de suite de quoi j'ai vraiment besoin : d'être écoutée, de me sentir considérée et de savourer ma féminité. On entame ainsi une liaison rafraîchissante et ludique, fondée moins sur la passion et le sexe que sur une tendresse amicale et complice. Il est loin de son pays et de sa famille, et moi loin de la vie de tous les jours.

On se voit dès lors tous les dix ou quinze jours, et quand il appelle au téléphone, on sait tous les deux que la communication doit être brève : il suffit de dire « pronto » pour être d'accord sur le lieu, le jour et l'heure de notre prochaine rencontre.

Cette aventure me donne l'équilibre qui me manquait avec Riyadh. Je me refuse à lui presque à chaque fois qu'il s'approche de moi, mais à aucun moment il ne sent que je lui échappe et que je rencontre régulièrement un autre homme. Je ne lui cède parfois que dans la crainte qu'il passe ses nerfs sur les enfants.

Quand mon ami italien doit quitter l'Irak pour rentrer en Europe, c'est un moment très dur. Il se montre toujours aussi délicat, et on rompt doucement, petit à petit, avant son départ. Les derniers mots qu'il me dit ont réssonneront longtemps dans ma tête :

– Tu sais, Meriem, si tu dois partir, c'est maintenant. Tu es jeune. Après, tu ne pourras plus. Il sera trop tard. Si tu n'es pas heureuse, il faut partir.

L'idée de la fuite me revient souvent. Mais je n'imagine pas partir sans mes enfants. Et comment passer la frontière avec trois petites Irakiennes, quand on est algérienne ? En même temps, je ne renonce pas à trouver la solution et, quand je fais des aller et retour à Londres ou à Paris pour acheter mes produits de beauté, je reviens avec des dollars que je mets de côté, comme si je savais d'avance que j'en aurai besoin un jour pour fuir Bagdad.

Avec Riyadh, les disputes succèdent au silence. Il se met à frapper régulièrement les filles et à leur faire des remontrances pour des vétilles. En les voyant ébaucher un mouvement de danse comme font toutes les petites filles, en entendant la cadette répondre à son aînée, il jette pour un oui ou pour non des jugements définitifs et cassants : « Ça, c'est péché ! » C'est un incident idiot qui me fait dire un jour : « C'est sûr, je ne passerai pas toute ma vie avec cet homme ! »

J'ai acheté du tissu pour faire une petite robe à Manal. L'imprimé montre de petits personnages stylisés, bras et jambes écartés, comme des poupées de chiffon. En découvrant le coupon, Riyadh se met en colère, scandalisé :

– Regarde ce que tu leur achètes ! Tu es en train de dévergonder nos enfants.

Je lui demande ce qu'il voit de mal à ce pauvre tissu :

– Mais ces femmes, les jambes ouvertes ! Ce n'est pas normal ! Qu'est ce que tu veux lui mettre en tête ? Regarde bien...

Il pointe du doigt les petites poupées aux jambes écartées. Je suis éberluée : les dessins sont absolument asexués et innocents.

– Je vais te dire, Riyadh : le Mal, c'est toi qui le crées, et tu le vois partout !

Une autre fois, mon mari entre dans une nouvelle colère parce que je termine une jupe en bas de laquelle j'ai ménagé une petite fente.

– Tu es obligée de faire une ouverture comme ça ?

– Bien sûr ! C'est une jupe droite. Comment veux-tu qu'on marche avec cette jupe sans la déchirer, s'il n'y a pas de fente ?

– Non, non, tu refermes cette ouverture. Ce n'est pas respectable.

Si on en arrive là à propos d'une simple jupe, l'avenir de mes filles sera de plus en plus fermé et les conflits vont se multiplier pour des vétilles. Je m'entends dire :

– Riyadh, je pense qu'il n'est plus possible de s'entendre. Je voudrais divorcer !

Les mots tombent comme un couperet. Riyadh s'assied dans un coin, la tête entre les mains et se met à pleurer. C'est la première fois que je prononce le mot « divorce » entre nous. C'est la première fois, aussi, que je vois pleurer un homme. Je le regarde en pensant qu'il m'aime sans doute, mais qu'il ne sait vraiment pas comment l'exprimer.

J'ai commencé ma vie de femme, ma vie amoureuse et ma vie professionnelle. Non, décidément, je ne peux plus me soumettre. Je me sens heureuse, mais seulement quand je suis dehors. Dès que je rentre, dès qu'on échange un mot, le drame éclate.

Comme il sent qu'il n'a aucun pouvoir sur moi, c'est sur ses filles qu'il exerce sa tyrannie. Manal adore son père autant qu'elle le redoute. Et c'est pour cela qu'elle commet une bêtise qui va se révéler à la fois grave et touchante.

Elle a entendu cent fois son père se plaindre d'être mal traité par le gouvernement et d'être tenu à l'écart dans cette petite ville de Koufa. Un jour, en rentrant de l'école, elle est tout heureuse d'annoncer :

– Tu sais quoi, papa ? Saddam est venu nous voir en classe. On était tous alignés, on a chanté une chanson et moi, après, je me suis approchée de lui et j'ai dit : « Oncle Saddam, je voudrais que tu ramènes papa à Bagdad. » Saddam a froncé les sourcils : « Comment il s'appelle, ton père ? » Je lui ai donné ton nom et ton prénom. Et Saddam m'a dit : « C'est bien, je vais faire le nécessaire. »

Riyadh est émerveillé, éperdu de fierté devant le courage de sa fille. Elle a osé s'adresser à Saddam en personne pour lui demander justice ! Quelques jours plus tard, il accompagne notre fille à l'école et il ne peut s'empêcher de complimenter la directrice :

– Félicitations ! J'ai appris que Son Excellence Saddam était venu visiter l'école.

Embarras de la directrice, qui ne comprend pas et se demande s'il n'y a pas un piège :

– Pardon, mais notre vénéré Saddam n'est jamais venu ici… Ç'aurait été un grand, un très grand honneur, bien sûr, mais non, il n'est pas venu…

Encore plus confus et redoutant lui aussi d'avoir commis une gaffe, Riyadh fait machine arrière :

– Ah bon ? J'avais cru comprendre… Sans doute une erreur, un malentendu. Bien, je vais y aller.

Et il part, non sans glisser à l'oreille de la pauvre Manal :

– On en reparlera tout à l'heure !

À la sortie des classes, il attend la fillette qu'il traîne jusqu'à la maison en la tirant par l'oreille. Et là, devant moi, il laisse éclater sa colère :

– Ta fille est une menteuse. Elle a inventé toute l'histoire de Saddam. Elle veut ma mort !

Et se tournant vers elle :

– Toi, il faut que tu t'en souviennes toute ta vie !

J'essaie de le calmer, de faire valoir que l'histoire est plutôt drôle et touchante, et que Manal voulait simplement attirer son attention et lui faire plaisir en inventant tout ça.

Mais Riyadh est déchaîné. Il pousse Manal dans la cuisine et, l'espace d'un instant, je vois qu'il pose un couteau sur le feu. Puis il ferme la porte à clé et, impuissante, j'entends les hurlements et les appels au secours de la pauvre petite. Son père lui applique la lame rougie sur le feu par quatre fois sur les fesses, pour la punir d'un mensonge destiné à lui redonner le sourire.

L'histoire me montre en tout cas, si j'en avais eu besoin, que Riyadh, comme tous les Irakiens, vit dans la terreur de déplaire à Saddam, et que sa colère contre Manal est proportionnelle à sa crainte de s'être fait remarquer par la directrice de l'école.

J'ai eu maintes fois des témoignages de la chape de plomb qui pèse sur le peuple de Bagdad, mais j'aurais voulu croire que mon mari avait plus de fierté et de bon sens que les autres.

Des histoires terribles et glaçantes sur Saddam, je vais en apprendre d'autres par mon ami, le chauffeur de taxi…

# 9

## Fuir Bagdad, à tout prix

Mon ami taxi, je le rencontre tout à fait par hasard, en accompagnant une amie à l'aéroport. Au retour, nous parlons et nous sympathisons. Il s'arrange ensuite pour se trouver sur mon chemin à plusieurs reprises, et cela m'amuse. Très vite, il est amoureux de moi. Notre relation ne sera jamais que platonique, mais par ses attentions, son amour et son charme, il réussira à me donner un équilibre qui aurait été bien compromis, entre la vie avec Riyadh et la vie sous Saddam.

Dès qu'il me connaît un peu mieux, il me donne un gage d'amour aussi précieux qu'embarrassant. Il m'avoue qu'il est membre de la Sécurité, et que son travail de chauffeur n'est qu'un paravent !

Ses activités secrètes me font peur et j'évite de lui poser la moindre question, même si j'ai en lui la plus absolue confiance. Mais il tient à me prouver qu'il n'a rien à me cacher, et il n'arrête pas de me révéler des choses que je n'aurais jamais dû savoir.

Il rapporte parfois des sacs en toile de jute remplis de billets. Il les pose devant moi :

– Prends ce que tu veux !

Je l'arrête :

– Jamais ! Jamais je ne toucherai à cet argent. Il me fait peur. Je ne sais pas d'où il vient… Reprends-le vite, s'il te plaît…

Il me raconte aussi des scènes terrifiantes qu'il a vécues auprès de Saddam Hussein ou de ses proches. Comme cette fois où il assiste, debout derrière la table, à un conseil des ministres.

Saddam doit avoir des doutes, comme cela arrive souvent, sur la fidélité de deux des membres du gouvernement. Avant de commencer la réunion, il se lève, fait lentement le tour de la table, jusqu'à ce qu'il arrive devant les deux hommes qu'il soupçonne. Puis il dégaine le pistolet qu'il porte toujours à la ceinture et il tire sur les malheureux à bout portant. Le sang gicle partout, aspergeant tout autour les visages et les chemises kaki. Le dictateur, très calme, va se rasseoir pour donner le signal du début du conseil. Et chacun des ministres fait tour à tour son rapport en essayant de garder une voix ferme et de ne pas regarder les deux corps effondrés sur la grande table.

Il me raconte aussi ces soirées sordides dont il doit assurer la discrétion et la sécurité. Des soirées où les hauts dignitaires du régime et les fils de Saddam font venir des jeunes filles de bonne famille pour les traiter comme des prostituées traînées plus bas que terre. Ils les violent, profitent d'elles sans retenue jusqu'à ce final avilissant qui consiste à jeter des billets par terre en exigeant que les pauvres filles les « ramassent avec leur cul » !

Je n'ai pas besoin de ces récits pour connaître la nature du régime de Saddam. Tous les Irakiens, qui vivent dans la peur, en ont une idée, s'ils n'ont pas expérimenté eux-mêmes les avanies qu'il faut supporter.

Les abus de pouvoir commis par les hauts dignitaires sont admis comme une fatalité. On sait qu'un homme qui porte le pistolet à la ceinture et roule dans une belle voiture a eu les faveurs du président et qu'il peut tout se permettre, sûr de l'impunité.

Il faut être un peu folle comme moi, mais surtout étrangère, pour braver l'arrogance et la morgue des officiers. Je le fais pourtant, un jour où, sortant du sauna de l'hôtel Méridien, une grosse limousine s'arrête devant moi, dont s'extrait un homme engoncé dans un uniforme qui s'orne de plusieurs étoiles. À quelques mètres de moi, l'officier supérieur me siffle. Je fais mine de n'avoir rien entendu. Alors, d'une voix hautaine, il jette :

– Hé, toi !

Je me retourne et je lui lance :

– Oui… Qu'est-ce qu'il y a ?

– Je t'appelle et tu ne réponds pas.

Ma colère monte en une seconde :

– Mais qui tu es, toi, pour me siffler ? Pour qui te prends-tu ?

Insulte suprême, je fais le geste de retirer une de mes chaussures :

– Tu vois ces chaussures ? Je les prends et je te les mets dans la bouche ! Tu vois, moi je suis algérienne. Un pays allié du tien et je suis protégée par mon ambassade. Tu ne me fais pas peur, même si tu es le plus haut des gradés.

Et je conclus mon coup de colère en insultant sa mère, son père et toute sa descendance. Le brillant officier repart à sa voiture en courant et disparaît dans un nuage de poussière.

Les chasseurs de l'hôtel n'ont rien perdu de cette échauffourée :

– Chapeau ! Toi, t'es une femme !

Mais quand je raconte à mon ami taxi comment j'ai fait fuir l'armée de Saddam, il est consterné :

– Mais comment tu as pu insulter un haut gradé ? C'est de la folie. Tu sais ce qu'il te serait arrivé si tu avais été irakienne ? On t'aurait prise, emmenée dans le désert et jetée dans de la chaux vive. Et ton corps aurait été à jamais enterré. Voilà ce que tu as risqué !

À la peur inspirée par les puissants, il faut ajouter la crainte des voisins. Une réunion entre amis doit toujours se terminer par une glorification de Saddam Hussein. Le président est considéré comme un dieu et on jure couramment sur sa tête : « Par Saddam, je te dis que c'est vrai ! »

Pire encore, l'angoisse vient aussi des enfants, aux réactions imprévisibles, qui peuvent trahir leurs parents sans le vouloir. La réaction de Riyadh à l'innocente invention de Manal était proportionnelle à cette terreur d'avoir manqué de respect au président. On raconte l'histoire d'un homme, le plus prospère des commerçants, un grossiste en *baklawas*, dont la vie et celle de sa famille ont basculé à cause de sa fillette.

Dans toutes les écoles irakiennes, le matin, on lève les couleurs devant les enfants qui jurent ensuite fidélité au président : « Je donnerai ma vie pour Saddam ! », et tous les gamins se doivent d'adorer la figure rassurante et protectrice du bon Tonton Saddam.

Mais la fille du malheureux commerçant, comme l'institutrice l'interroge sur la vie à la maison, sur la présence d'une photo du président chez elle, répond avec la franchise des enfants :

– Non, on n'a pas de photo. Et puis, de toute façon, mon papa, il ne l'aime pas, Saddam. Il dit comme ça que c'est un assassin…

– Mais il ne faut pas dire des choses comme ça. Regarde : l'école est gratuite pour toi, et ton papa, il a un bon métier…

– Oui, mais il aime pas Saddam.

Quelques jours après, toute la famille disparaît et la maison du grossiste en *baklawas* est brûlée. L'institutrice, certainement pour se faire valoir et se couvrir elle-même, avait rapporté à la Sécurité les propos imprudents de la fillette !

Le régime paranoïaque de Saddam tient sur deux piliers : la terreur, bien sûr, mais aussi le clientélisme et une apparente générosité protectrice pour le peuple irakien.

Le président peut s'inviter dans des familles et manger avec elles à même le sol. Les familles pauvres se voient dotées de réfrigérateurs ou de téléviseurs, d'autres peuvent se faire offrir une coûteuse opération chirurgicale à l'étranger aux frais de l'État.

Méfiant et surprotégé, le président est aussi le bon père du peuple qu'on peut aller voir les yeux dans les yeux pour lui demander de réparer une injustice ou de donner quelques subsides.

Comme cette femme âgée, par exemple, qui n'a plus comme famille que ses quatre grands fils. Saddam lui en a déjà pris trois pour servir de chair à canon sur le front iranien. Quand le quatrième est appelé à son tour, elle vient voir le président et lui dit :

– Tu m'as déjà pris trois fils. Et maintenant, tu veux me prendre le dernier ? Alors moi, je voudrais que tu me donnes en échange ta fille Raghad, ton trésor et ta fierté.

Saddam hoche la tête avec gravité :

– D'accord… Je te laisse ton fils.

On peut s'adresser au président à tout moment, ou presque. Quand Manal a raconté à son père que Saddam allait le ramener à Bagdad, elle n'a presque rien inventé. Elle a dû reproduire une scène de propagande qu'elle a vue à la télévision.

Mais il faut être courageux et diplomate pour oser affronter le président. Mon amie Kafi, la coiffeuse qui partage le salon de soins avec moi, me raconte comment elle a obtenu une audience de Saddam.

Pendant la guerre avec l'Iran, son mari avait été envoyé au front, et elle s'est retrouvée seule à élever ses deux enfants. Elle voulait qu'on fasse revenir son époux à Bagdad pour terminer son service près de sa famille. Elle a donc demandé, comme tout Irakien pouvait le faire, à être reçue par le Président.

Quelque temps après qu'elle a déposé sa requête, on l'appelle pour lui dire qu'une voiture viendra la chercher. Une grosse auto aux vitres fumées arrive à l'heure dite pour l'emmener auprès du président. On n'approche pas du palais sans précautions ! J'ai eu moi-même l'occasion de constater la paranoïa de l'entourage de Saddam, en donnant des soins à domicile à des proches du président. Comme pour Kafi, on venait me chercher dans une voiture et, à l'approche du lieu où je devais travailler, on ne manquait jamais de me bander les yeux pour que je ne puisse pas savoir où on me menait…

Et voilà Kafi aux portes du Palais ! On la fait entrer dans un hall couvert de marbre et soutenu par de puissantes colonnes. Un secrétaire vient vers elle. On la fouille, on la tripote sans gêne. Elle est chrétienne, elle est donc moins respectable… Mais elle n'ose pas se rebeller, impressionnée par la force qui se dégage du décor et des hommes.

On l'emmène ensuite jusqu'au cabinet de travail de Saddam. Il est là, assis derrière un imposant bureau. Il lève la tête d'un dossier qu'il étudiait :

– Alors, qu'est-ce que tu veux ?

Elle baisse les yeux et lui expose brièvement sa requête, comme elle se l'est répétée cent fois dans sa tête avant de venir. Saddam sourit :

– C'est d'accord. Donne le nom de ton mari à mon secrétaire, en sortant.

Puis il se lève et s'approche de Kafi, tremblante et terrorisée. Il lui saisit le menton :

– Tu es jolie, toi.

Et il attire alors vers ses lèvres la bouche de la jeune femme qui se raidit et ne peut dominer un petit mouvement de recul. Saddam part alors d'un grand rire :

– Tu as eu peur, hein ? Allez, prends cet argent et va-t'en…

La pauvre Kafi quitte sans attendre le bureau du président. Ses jambes la portent à peine, et elle tremble en pensant que si Saddam avait eu le caprice de l'emmener dans une chambre voisine, elle n'aurait pu rien faire ni rien dire. Elle se sent aussi terriblement humiliée et, quand elle sort du palais sous le regard goguenard des gardes, elle a l'impression de se réveiller d'un horrible cauchemar où elle aurait fait la folie d'approcher trop près du Diable. Mais, une semaine plus tard, son mari est muté à Bagdad…

C'est dans cette ambiance de peur et de méfiance généralisées que je continue à mener plusieurs métiers de front, journaliste, esthéticienne et même bibliothécaire au centre culturel français, et une double vie qui peut à tout moment nous faire basculer dans la tragédie. Car la loi irakienne dit qu'un mari a le droit de tuer sa femme infidèle sans risquer de suites judiciaires et Riyadh, dans la confusion de son esprit, entre amour et rigorisme religieux, ne manquerait d'user de ce droit s'il me convainquait d'adultère.

Moi, entre toutes mes activités et ma liaison secrète avec le chauffeur de taxi, je me sens de plus en plus épanouie, heureuse et joueuse. Riyadh a commencé à avoir quelques soupçons. Quand je pars le matin, je sens son regard dans mon dos. Il me surveille, depuis le balcon. Il veut voir si je prends la bonne direction pour aller travailler. Mon ami m'attend au loin, et quand je monte dans son taxi, comme si je l'avais hélé par hasard, Riyadh, soulagé, rentre dans l'appartement.

Quand c'est mon mari qui part le premier pour se rendre à la fac, mon ami le suit, juste derrière son bus, pour être sûr qu'il ne reviendra pas inopinément.

Mon ami veut absolument rencontrer mon mari. J'ai parfois le sentiment qu'il aimerait presque devenir son ami ! Un jour, il se rend jusqu'à Koufa et il lui rend visite dans son laboratoire. Là, il lui pose des questions sur sa famille, sa femme et ses enfants.

Le culot de cet homme m'amuse et l'aventure que j'ai avec lui me distrait autant qu'elle me permet de tout supporter. Je suis devenue amoureuse du risque et j'ai pris goût à la fantaisie des situations. Et c'est peut-être un peu grâce à la fantaisie que ma vie s'est équilibrée et que les conflits avec Riyadh se sont atténués.

Une seule fois, pourtant, dans ce jeu du chat et de la souris, j'ai la peur de ma vie et je sens venir ma dernière heure. Mon ami veut absolument me montrer le site enterré de la centrale nucléaire de Tamouz, celle qui a été détruite en 1981 par l'aviation israélienne et reconstruite quelque temps après. Il se trouve qu'il possède une maison de campagne au milieu des champs, tout près du site. Nous n'avons pas beaucoup d'occasions de nous retrouver ainsi loin de Bagdad, tous les deux, et ailleurs que dans son taxi.

C'est pourquoi il organise une petite expédition qui doit nous donner, l'espace d'une journée, un souffle de liberté plutôt excitant.

Même si Tamouz et la maison de mon ami ne sont situés qu'à une cinquantaine de kilomètres de la capitale, il s'agit bel et bien d'une expédition. La route que nous devons prendre est large et droite, empruntée par de nombreux véhicules et interrompue très régulièrement par des postes de contrôle militaires.

Avec mon physique qui n'a rien d'irakien, et mon visage qui commence à être connu à cause de mes activités médiatiques, j'ai tout pour rendre suspecte cette promenade en amoureux ! Il faut que je passe pour la mère de mon taxi, qu'il emmènerait visiter de la famille. Pour le coup, je recoiffe un foulard et je baisse les yeux à chaque contrôle comme si j'étais gênée du regard inquisiteur des militaires. Quant à mon ami, il joue parfaitement les imbéciles, comme il en a l'habitude pour dissimuler ses activités dans le renseignement. Après chaque contrôle, je jette un regard en arrière, je vois les silhouettes des militaires que la poussière efface et je me sens plus excitée que jamais, mais je me répète : « Meriem, qu'est-ce que tu fais là, qu'est-ce que tu es en train de faire ? Tu risques ta vie et celle de tes enfants. Il vaudrait mieux faire demi-tour… »

J'ai mis dans la confidence mon amie Kafi. Si mon mari appelle ou vient me chercher au salon – ce n'est pas dans ses habitudes ! –, elle n'aura qu'à dire que je suis partie soigner une cliente à domicile. De toute façon, je serai de retour à sept heures, pour la fermeture.

Enfin, nous arrivons. Mon ami me fait découvrir le site de Tamouz, une grande colline recouverte de pelouse, et il me montre, au loin, la petite maison qui doit être notre premier nid d'amour. On l'aperçoit, au beau milieu des champs, très loin, au bout d'un chemin rocailleux et tout droit. La voiture, couverte de poussière comme si elle avait traversé le désert, s'engage sur le chemin de terre. Par-ci par-là, on voit de petites flaques d'eau et on sent l'odeur de l'herbe humide et de la terre mouillée par la pluie.

La maison de campagne est vraiment fruste, grossièrement construite en terre et en briques, vide de tout meuble, avec des fenêtres sans vitres, mais elle a l'avantage d'être complètement isolée au milieu des cailloux. Personne en vue devant ? Personne en vue derrière ? Pour une fois, nous sommes seuls, sans le regard de quiconque sur nous ! On n'entend que le bruit du vent qui souffle à travers les champs. Nous échangeons quelques baisers et quelques mots tendres avant de nous dire qu'il est temps de reprendre la route en sens inverse.

Et c'est là que mon destin manque de basculer. Car mon ami a garé son taxi dans une grande mare de terre glaise humide, la seule peut-être en Irak à cet instant ! Et au moment de démarrer, dans un sifflement sinistre, les pneus ripent dans la boue sans pouvoir trouver de prise pour avancer. Nous sommes bloqués au milieu des champs.

La panique commence à me gagner. Le soleil décline et il faut faire vite pour rentrer à temps. Mais que faire ? Pas une voiture au loin, pas de téléphone, rien pour s'en sortir. Mon ami est catastrophé, mais bien obligé de s'avouer impuissant.

Comme je ne sais pas conduire, c'est à moi de pousser la voiture pour tenter de l'extraire de ce piège gluant. En quelques minutes d'efforts infructueux, mes vêtements sont couverts de boue, envoyée à grands jets par le train arrière qui tourne à la vitesse d'une meule industrielle.

Une heure après, alors que le soir tombe et que je commence à envisager la solution radicale de ne pas rentrer chez moi, je réussis à réunir assez de cailloux pour tapisser la flaque de glaise et offrir une prise aux pneus de la voiture. Il est sept heures moins le quart, et nous devons encore parcourir les cinquante kilomètres du retour !

Sur la route, je suis catastrophée, morte de peur. La nuit est tombée. À quelle heure vais-je rentrer chez moi, et surtout dans quel état ? Comment expliquerai-je à mon mari que j'ai réussi à me couvrir de boue alors que les trottoirs de Bagdad sont désespérément secs ?

Mais Kafi est une amie fidèle et une complice avisée. Elle n'a pas fermé le salon et elle m'attend, blême et anxieuse. Elle m'aide tant bien que mal à nettoyer mes vêtements et je rentre, très en retard, pour retrouver comme d'habitude Riyadh dans le noir :

– Qu'est-ce qu'il t'est arrivé ?

– Rien, rien, une cliente qui m'a retenue.

Dans ma tête, je pense : « Tu es folle ! Tu risques ta vie pour un peu de fantaisie... » Mais je sais aussi que mon salut passe par ces coups de folie, par ces petites aventures, par ces contes des Mille et Une Nuits.

Mon histoire avec cet ami qui m'a procuré des joies et des peurs, qui a réussi à me faire vivre, à me donner de l'air alors que j'étouffais dans mon foyer, s'est peu à peu fondue dans le quotidien, sans que je puisse oublier tout ce qu'il m'a apporté.

Un jour, il vient me voir en disant qu'il veut quitter les Renseignements, et qu'il ne peut le faire qu'en versant une grosse somme et en acceptant de ne plus jamais quitter le territoire national. Je lui prête sans hésiter une grande partie de mes économies. Je ne suis pas sûre de les retrouver, mais je me sens redevable envers lui de m'avoir donné tout cet amour désintéressé et sincère, et je ne regrette nullement de l'avoir fait.

En août 1990, j'emmène mes filles passer quelques jours de vacances en France. Avec elles, dans les rues de Paris, je pense à la vie que nous pourrions avoir loin du Moyen-Orient, à la liberté que cela représenterait pour elles comme pour moi. Mais il ne peut être question de ne pas rentrer. Je n'ai pas d'argent, et les petites sont toujours irakiennes, elles ne sont avec moi qu'avec l'autorisation de leur père.

Un jour, nous allons pique-niquer dans le parc de La Villette, pour fêter l'anniversaire de Zaïa, ma petite dernière. Nous sommes là, insouciantes et gaies, quand la réalité du Moyen-Orient se rappelle soudain à nous. De petits groupes se sont réunis comme nous pour profiter du soleil sur la pelouse. Il y a là, entre autres, de jeunes Arabes qui écoutent la radio. Soudain, l'un d'eux se lève et s'exclame :

– Ça y est ! L'Irak a attaqué le Koweït !

La fête parisienne est finie. Je me précipite sur les journaux. Les troupes irakiennes ont en effet envahi le petit État koweïtien. Une juste opération, selon Saddam Hussein, que personne n'oserait contrecarrer. Sauf que ce petit épisode historique va déclencher, après quelques mois d'atermoiements, la première guerre du Golfe et les dix années d'embargo qui mettront le peuple irakien à genoux.

En attendant, il faut regagner Bagdad. Les communications aériennes ont été très vite interrompues, mais je peux précipiter notre retour sur Amman grâce à mon passeport algérien. À notre arrivée en Jordanie, il n'y a plus de vol pour Bagdad!

C'est au terme d'un voyage de dix-huit heures en bus que nous parvenons à regagner la maison. J'y retrouve un Riyadh très remonté dans son nationalisme, sûr et certain que les pays occidentaux ne trouveront rien à redire sur la grandeur retrouvée de l'Irak.

Sauf que moi, qui ai fait de fréquents séjours en Occident, qui ai parlé avec pas mal de monde loin de la chape de plomb posée sur le pays par le parti Baas, j'ai commencé à me poser des questions.

Si les pays occidentaux – et certains pays du Moyen-Orient – n'acceptent pas l'annexion du Koweït comme un état de fait, on court à la guerre. Et si la guerre arrive sur le territoire irakien, mes filles peuvent en être victimes comme tous les autres habitants de Bagdad.

J'ai lu un article qui disait clairement qu'une femme étrangère mariée à un Irakien, si elle divorçait, perdait tous ses droits sur les enfants. Il faut coûte que coûte que mes trois filles se retrouvent inscrites sur mon passeport!

Une autre chose m'apparaît comme une évidence. Si je pars, ce ne sera pas pour retourner dans un pays arabe où les femmes seules n'ont pas plus de droits qu'un enfant. Je me souviens que mon père m'a déclarée en même temps que lui lorsqu'il a réintégré sa nationalité française.

Cette fois, j'ai bien envie d'être française ! Je rassemble tous mes papiers, je me rends au consulat de France et je fais ma demande de régularisation. Je ne dois pas rester longtemps dans les locaux diplomatiques d'un pays étranger, car les policiers irakiens qui gardent le consulat pourraient trouver ma visite suspecte. Le préposé ne me fait pas attendre : il n'y a pas de problème, j'ai droit à un passeport français, mais le processus pourra être long. Quelques semaines… Ou quelques mois.

Je ne partage pas l'optimisme béat et fier-à-bras de Riyadh et de la majorité de ses compatriotes. Je suis même certaine que la guerre va éclater tôt ou tard. Mes papiers doivent être prêts avant cette échéance.

Le consul d'Algérie à Bagdad me connaît bien et je sais que je ne lui déplais pas. Il m'aime bien, et je peux entrer dans son bureau sans frapper. Je l'ai connu parce qu'on a fait appel à moi pour régler certains conflits entre des femmes algériennes et des Irakiens.

Je lui demande donc sans détour :

– Est-ce que tu peux inscrire mes enfants sur mon passeport ?

– Ah non, c'est impossible. Il me faut absolument l'autorisation du père.

– Mais… pour une fois, comme ça, tu ne peux pas fermer les yeux ?

– Non. Je ferais un faux… Et puis je ne peux pas me permettre d'avoir des problèmes avec le gouvernement irakien.

Bloquée par les délais avec les Français, bloquée par la loi avec les Algériens, je n'ai plus qu'une solution : faire accepter à Riyadh l'idée d'inscrire ses petites Irakiennes sur le passeport étranger de leur mère.

Je mets toute ma diplomatie et mon charme au service de ce but. Mais Riyadh n'est pas facile à convaincre :

– Et pourquoi inscrire nos filles sur un papier algérien ? Elles sont irakiennes, non ?

– Mais on ne sait pas ce qui peut arriver. Je pourrais avoir à les mettre en sécurité…

– La guerre ? Et alors ! Il y a des centaines de milliers d'enfants en Irak. Qu'est-ce qu'il se passerait si tout le monde partait ?

Comment fais-je pour le convaincre ? Je n'en sais rien, sinon que toute ma volonté est mobilisée pour y parvenir. Finalement, je réussis à le traîner au consulat pour qu'il donne son autorisation. Et mes trois filles se retrouvent enfin inscrites sur mes papiers algériens. C'était indispensable pour mes plans de fuite, mais ça ne règle rien quant à la manière de s'enfuir.

Une fois cette victoire arrachée de haute lutte, j'ai encore droit à une frayeur. Dans l'Irak de Saddam, les lois changent au quotidien et sont applicables au moment même de leur promulgation. À quelques semaines de la guerre, le gouvernement modifie la loi : désormais, tout enfant irakien né d'une étrangère ne pourra plus quitter le pays. Il s'agit surtout de ne pas laisser partir les garçons en âge de combattre, mais le texte précise que cette interdiction vaut même pour un bébé encore au sein de sa mère ! Le consul m'appelle tout de suite :

– Meriem, je suis désolé, mais il faut se mettre en règle. Je dois rayer tes filles de ton passeport. Passe au consulat d'urgence...

Mais j'ai trop lutté pour tout perdre au dernier moment. Je réponds simplement :

– Il n'en est pas question. Tu n'auras qu'à dire que tu n'as pas pu me joindre...

Entre l'invasion du Koweït et le début des bombardements alliés sur l'Irak, il se passe presque six mois. Six mois pendant lesquels, d'ultimatum en conférence internationale, les alliés tentent de ramener Saddam Hussein à plus de réalisme, six mois pendant lesquels, de provocation en décision radicale, le président irakien ne cesse de faire monter la tension.

Trois jours avant le début de la guerre, Saddam clame encore que le Koweït sera « le théâtre de la grande bataille entre croyants et infidèles » ! Le dernier ultimatum de l'ONU expire le 16 janvier à minuit.

Cinq jours avant la date fatidique, je fais un bref voyage en France. À l'escale de Genève, je suis frappée par la vue d'une immense colombe de la paix qui s'étale sur une affiche. C'est le symbole des derniers pourparlers entre Américains et Irakiens…

À Paris, je noue quelques liens, notamment avec des militants verts qui manifestent contre la guerre. Je participe aussi à des émissions de Radio Libertaire, où je rencontre des gens dont la solidarité me sera précieuse plus tard. Je comprends surtout ce qui est impensable en Irak : le reste du monde sait que la guerre est devenue inéluctable.

Cette petite escapade n'est pas prudente : je rentre par le dernier avion autorisé à atterrir à Bagdad. Nouveau signe qu'il ne mesure pas ma détermination, Riyadh s'est déjà persuadé que j'ai choisi l'exil et que je ne vais pas rentrer. Quand les filles me voient, depuis le balcon, descendre de taxi, elles sont bouleversées. Je les entends crier : « Maman,

maman... » en agitant leurs mains, et elles me disent :

– Tu sais, papa nous a dit que tu ne reviendrais pas ! On a beaucoup pleuré, et on allait sentir ton parfum dans tes affaires pour nous consoler...

Riyadh ne doute pas que les Alliés temporiseront, comme ils l'ont fait plusieurs fois depuis six mois, et que ce nouvel ultimatum sera à ajouter à la liste de tous ceux qu'ils ont déjà posés. En rentrant de Paris, je lui dis :

– Cette fois, ils vont attaquer !

Il balaie mes paroles du geste de celui qui sait mieux que les autres :

– Mais non... Ils savent bien qu'on ne se laissera pas faire et qu'on mettra tout de suite le feu au Koweït.

Mais Riyadh, comme ses compatriotes, est coupé de toute information impartiale. La propagande jette le chaud et le froid, à la fois patriotique et rassurante. Les otages, les « boucliers humains », empêcheront tout bombardement. Les visites de personnalités politiques, comme Jean-Marie Le Pen, ou médiatiques, comme Patrick Poivre d'Arvor, montrent bien que tout le monde tient à la paix. Et quand bien même la guerre éclaterait, l'armée est la plus puissante et la mieux équipée du Moyen-Orient et les dix-sept millions d'Irakiens ne feront qu'une bouchée de l'ennemi. Les chants patriotiques diffusés en boucle à la télé, et les rodomontades de Saddam, ses grands discours exaltants où il se proclame le sauveur des Arabes et le successeur du grand Saladin, enflamment les Irakiens et leur donnent la fausse impression d'être invincibles. Sur une des plus grandes places de Bagdad, on peut voir une fresque géante dans laquelle Saddam caracole sur un cheval blanc, brandissant une carabine, aux côtés de Saladin et au milieu d'une multitude de guerriers sarrasins et de soldats d'aujourd'hui.

On accumule les sacs de sable sur les immeubles, on installe des batteries de DCA sur les toits des buildings, on conseille aux Bagdadi de poser du Scotch en croix sur les fenêtres, comme on l'a vu dans les vieux films de guerre.

En même temps, l'Irak semble vivre dans la plus grande tranquillité. Je retrouve mes clientes, toujours soucieuses de leur épiderme et Riyadh fait une dernière fois son aller et retour à Koufa.

Les voitures roulent toujours aussi nombreuses, les lumières étincellent dans la nuit et les gens semblent euphoriques. Ils circulent sur les trottoirs avec insouciance et, le soir, ils se pressent dans les clubs.

Au bord du Tigre, les restaurants et les buvettes regorgent de monde. Les enfants jouent dans l'herbe tandis que leurs parents dégustent le *masgouf*, le fameux poisson grillé sur le feu de bois, dont on sent les effluves passer dans le vent. Les cortèges de mariage se croisent en klaxonnant, et on entend des youyous de joie monter dans la nuit.

Je n'ai jamais vu Bagdad aussi belle et heureuse que dans ces derniers jours.

Mais je ne peux m'empêcher de repenser à ce rêve, beau et terrifiant, que j'ai fait quelques mois plus tôt, bien avant les menaces de guerre, bien avant même l'invasion du Koweït.

Je suis seule, à la campagne, assise au bord de l'Euphrate, devant le plus sublime des couchers de soleil. J'entends le bouillonnement du fleuve et je vois tout l'horizon qui s'embrase derrière les silhouettes des palmiers de la rive, de plus en plus rouge et de plus en plus flamboyant. Je suis fascinée et terrifiée en même temps par le spectacle de cet incendie splendide. C'est alors que, derrière moi, je sens une présence. C'est un homme très beau, tout habillé de blanc, grand, avec une barbe rousse longue et bouclée. Je me retourne vers lui : « Regarde, regarde, il y a le feu là-bas ! Le feu, le feu ! » L'homme, calme et serein, me prend par les épaules : « Viens avec moi, tu n'as pas à avoir peur… »

Quand j'ai raconté ça à mon amie Kafi, elle m'a proposé de la suivre chez une femme qui parlait avec les esprits et interprétait les rêves. Pourquoi pas ? On va chez elle. On prend le café, puis j'en viens à décrire mon rêve à la devineresse. Elle se retire un moment pour consulter les esprits. Quand elle revient, elle est décomposée et elle me dit ces mots :

– Meriem, il va y avoir une guerre terrible et meurtrière. Mais toi et tes enfants, vous serez sauvés. Tu as vu le feu de la guerre, mais tu as vu aussi le nabi Youssef, qui t'a prise sous sa protection.

Le nabi Youssef, ce prophète si sage et si beau que, quand il passait, les femmes étaient obligées de se mordre les mains jusqu'au sang pour résister à leur désir. On l'appelait le soleil, tant il illuminait tout de sa beauté !

Je suis sous sa protection, mais l'Irak est menacé du feu de la guerre ! J'avais oublié mon rêve et les paroles prémonitoires de la voyante, jusqu'à ces derniers jours avant l'apocalypse.

# 10

# Un taxi pour Téhéran

Le soir du 16 janvier, j'embrasse mes enfants en leur disant : « Faites une prière ! » À la télévision, on passe une pièce de théâtre qui s'intitule *La Cage dorée.* Je pense avec tristesse que ce titre résume bien la situation du peuple irakien, prisonnier de Saddam et vivant plutôt bien dans un pays opulent.

Je vais sur le balcon pour contempler une dernière fois l'image de Bagdad en paix. La douceur de l'air, les flots tranquilles du Tigre, les lumières allumées partout, le va-et-vient des palmiers qui oscillent doucement dans la brise, tout respire la sérénité et la quiétude. On a l'impression que des anges passent une dernière fois dans le ciel étoilé, avant que s'ouvrent les portes de l'enfer.

Je vais me coucher en soupirant, et je m'endors dans un sommeil agité et troublé de cauchemars.

Au milieu de la nuit, je suis réveillée par le sifflement des balles de la DCA. Je me précipite à la fenêtre. Il est 2 h 30. Le ciel est traversé par le sillage des balles traçantes qui montent en grappes phosphorescentes. Les lumières de la ville s'éteignent petit à petit, tandis que les bombes s'abattent sur Bagdad. Des déflagrations assourdissantes arrivent de partout, et des colonnes de fumée commencent à s'élever de l'horizon.

Je réveille Riyadh :

– Ils ont attaqué.

– Mais non, c'est impossible.

– Je te le dis. Écoute les explosions…

Riyadh est perdu, il ne comprend pas ce qui arrive. Livide, il bafouille des dénégations absurdes. Il s'est levé et se met à courir en tous sens, comme s'il essayait de réunir ses esprits.

Tandis qu'il se cogne dans les murs comme un jouet déréglé, moi, je me sens transformée par l'imminence du danger. La peur, je l'ai remarqué en plusieurs occasions, me rend plus forte. Je suis lucide, active et efficace. La veille, j'ai tout préparé : les affaires des enfants, les papiers, les dollars et l'or. Je me rappelle les abris antiatomiques de l'immeuble :

– Riyadh, tu prends les enfants et tu descends à la cave… Pas par l'ascenseur, hein, par l'escalier !

– Mais… et toi ?

– Ne t'occupe pas de moi.

Les filles sont affolées à l'idée de me laisser seule. Elles ont dans leurs yeux encore ensommeillés la peur qu'on a au réveil d'un cauchemar. La deuxième, qui regarde par la fenêtre, est fascinée par le feu qui zèbre le ciel et elle murmure dans un demi-sommeil : « C'est beau, la guerre ! » La plus grande ne veut pas descendre, et il faut que je lui ordonne de suivre son père.

Je veux rester seule à regarder l'apocalypse sur Bagdad. Je retourne à la fenêtre sans penser au danger. Le spectacle est grandiose et terrifiant. J'entends dans ma tête la « Chevauchée des Walkyries », la musique qui accompagne l'attaque des hélicoptères dans *Apocalypse Now*. Les installations électriques ont été touchées très vite, et seuls les éclairs de la DCA et les boules de feu des bombes trouent la nuit. Un feu d'artifice pathétique et mortel.

Je réunis les affaires, prends quelques couvertures et je descends rejoindre ma famille dans les abris. Les habitants de l'immeuble et d'autres voisins arrivent petit à petit, mal réveillés, mais plutôt calmes et pas trop paniqués. La guerre contre l'Iran a habitué les Bagdadi aux alertes aériennes, et ils n'ont guère eu le temps de s'habituer à la paix !

Le lendemain matin, vers neuf heures, il y a une pause d'une heure dans les bombardements. Certains en profitent pour chercher à manger, d'autres, ceux qui en ont les moyens, fuient Bagdad pour aller vers les campagnes. Puis une nouvelle alerte succède à la précédente.

Après deux ou trois jours, l'abri est devenu presque invivable, surpeuplé de dizaines de malheureux qui toussent, qui vomissent ou qui se plaignent de leurs blessures. L'air est saturé d'une puanteur de sueur, de vomi et d'excréments.

Notre quartier résidentiel jouxte un quartier populaire dont l'architecture est restée comme au temps des Turcs, avec les caniveaux au milieu des rues. Et les « frappes chirurgicales » dont se vantent les Américains touchent souvent ce quartier pauvre où il n'y a pourtant aucun objectif stratégique. Ses malheureux habitants viennent se réfugier dans nos abris, où il faut bien les accueillir.

Bientôt, il n'y a plus d'eau et plus de nourriture. Comme l'électricité est coupée, on ne peut même pas compter sur les provisions qu'on a faites dans les congélateurs.

Riyadh est hagard, et il passe des heures à dormir d'un sommeil profond au milieu des réfugiés.

J'essaie de le faire bouger, je lui demande de sortir et d'aller chercher à manger pour les enfants, mais il reste inerte, abattu, incapable de parler et encore moins d'agir.

Brûlante de rage et débordante d'énergie, je finis par comprendre que je ne peux rien attendre de lui. Au quatrième jour, je décide de sortir entre deux vagues d'avions et d'aller jusqu'au consulat d'Algérie. Pour sauver mes filles, on doit quitter Bagdad et se réfugier loin des bombes. Mon consulat, pensé-je, a certainement prévu un plan d'évacuation des ressortissants algériens.

Vers neuf heures du matin, on sait qu'il y a toujours une sorte de trêve que les Alliés accordent aux Bagdadi. J'en profite, laissant mon mari et mes enfants dormir dans la cohue de l'abri. Dehors, il faut courir avec ceux qui essaient de survivre, et on croise çà et là des cadavres abandonnés sur le trottoir dont l'odeur de décomposition est insupportable.

Surprise et désillusion en arrivant au consulat ! Je ne m'attends certes pas à trouver dans la rue le policier irakien qui garde d'habitude le petit bâtiment fidèle au poste, mais là, je n'en reviens pas : le consulat est abandonné. Les fenêtres sont grandes ouvertes, les portes des bureaux claquent dans les courants d'air, et des morceaux de papier à moitié brûlés volettent de-ci de-là. Personne d'autre qu'un vieux gardien irakien qui sommeille sous son chèche.

– Oncle, oncle, où est-ce qu'ils sont tous ?

Le concierge fait un geste vague de la main, et me répond avec le flegme et le fatalisme typique des Irakiens :

– Oh ! Ils sont partis...

– Partis où ?

– Où ? En Iran, je crois bien.

Je suis outrée : les diplomates algériens en poste à Bagdad ont fui dès les premiers bombardements ! Et ils sont partis dans la précipitation, si l'on en juge par l'état dans lequel ils ont laissé leurs bureaux...

Où est passée la belle solidarité entre les pays arabes ? Qu'en est-il des millions d'hommes qui attendaient, selon les informations, de quitter Alger pour venir en masse soutenir leurs frères irakiens ? Et que pensent-ils faire, mes amis du consulat, pour organiser depuis l'Iran le rapatriement de leurs compatriotes bloqués en Irak ?

Je suis exaspérée et terriblement déçue. J'ai enduré depuis des jours les bombardements et j'ai réuni tout mon courage pour trouver ici une chance d'être évacuée avec mes filles. Mais les représentants de mon propre pays ont perdu espoir et courage avant moi !

C'est alors qu'un homme entre à son tour dans le consulat déserté. C'est Mustapha, un Algérien lui aussi, qui me dit travailler dans l'import-export.

– Voilà, lui dis-je en montrant le décor désolant autour de nous. Ils se sont tous enfuis. C'était mon dernier espoir pour partir avec mes filles…

– Tu veux partir ? Écoute, demain, je dois prendre une voiture jusqu'à Bakouba. Et, de là, un taxi pour l'Iran. Si tu veux, on passera te chercher avec tes enfants. Il y aura avec nous un autre Algérien, un enseignant qui a un passeport diplomatique.

Comme je monte chaque jour à l'appartement écouter sur un transistor les informations de Radio Monte-Carlo International, j'ai entendu que l'ONU avait installé des camps de réfugiés derrière la frontière iranienne. Je sais aussi que la route de la Jordanie est plus longue et plus dangereuse, parce que régulièrement bombardée. Je ne connais rien de l'Iran, mais il faut à tout prix sauver mes enfants. Alors, faire une nouvelle fugue de trois cent cinquante kilomètres en taxi ? Je suis d'accord.

Mustapha m'inspire confiance, même s'il n'a pas été très clair sur ses activités professionnelles. Il viendra me chercher le lendemain matin, en bas de mon immeuble, et nous partirons immédiatement.

En rentrant chez moi, je trouve Riyadh complètement affolé :

– Où étais-tu ? Comment peux-tu partir ainsi sans me prévenir ?

– Je suis allée chercher un moyen de quitter Bagdad. Et je l'ai trouvé. Je pars demain matin... Avec les enfants.

– Sûrement pas ! Si tu veux partir, tu pars seule.

– Je pars avec les filles. Tu sais, Riyadh, une chatte, quand il y a un danger et qu'elle s'en va, elle prend ses chatons entre ses dents.

– Si tu sors de cette maison, je te tue.

– Je préfère être tuée par toi que par les Américains !

Riyadh pense que je fanfaronne, et qu'au fond je ne compte pas partir.

– Je te parie que tu ne partiras pas demain !

– D'accord, et moi je parie que demain, à minuit, j'aurai passé la frontière et que je serai en Iran. Tiens, si je gagne, je te rendrai les cinq cents dinars qu'on a inscrits sur le contrat de mariage, et si je ne passe pas, je voudrais que tu me donnes un louis d'or.

Toute la nuit, je prépare dans ma tête notre départ. Je prends une lourde responsabilité en partant ainsi à l'aventure. Je ne parle pas un mot de persan, je ne suis pas sûre de pouvoir entrer en Iran, et nous pouvons tous trouver la mort dans ce taxi vers Téhéran. Mais il faut impérativement que j'emmène mes petites loin des bombardements, loin de la guerre, loin du choléra qui commence à menacer Bagdad.

Au matin, j'habille mes filles avec le minimum, et j'enfile un pantalon, avec un petit pull, une veste de cuir courte et une paire de bottes longues, sans penser que cette tenue ne sera guère appropriée aux exigences de la Révolution islamique iranienne. Je n'oublie pas, toutefois, de prendre un foulard pour Manal, qui a déjà quatorze ans, et un autre pour moi-même.

Il reste un poulet rôti et du miel encore dans ses alvéoles. Je prends ces maigres provisions pour le voyage, et je guette l'arrivée de la voiture depuis le balcon. Quand Riyadh nous voit prêtes pour le départ, il réalise que je vais vraiment partir. Il se précipite sur son pistolet :

– Je te l'ai dit, Meriem. Si tu sors, je te tue.

– Vas-y, tire ! Comment oses-tu me menacer, alors que je veux seulement sauver nos enfants ? Il y a des maris qui ont déjà emmené leur famille à la frontière et qui sont revenus. Et toi qui ne fais rien, tu veux me tuer ?

Je vois que sa résolution était faible et qu'il n'a pas la force morale de s'opposer à notre départ. Il baisse vite les bras. Il va chercher un Coran :

– Tiens, ça, c'est pour vous protéger… Mais tu as bien compris, hein ? Si tu pars maintenant, tu ne remettras plus les pieds ici !

J'ai bien compris. Quand la voiture promise par Mustapha arrive, nous descendons rapidement. Riyadh nous accompagne jusqu'en bas, les yeux embués de larmes. La plus petite, Zaïa, pleure parce qu'elle ne peut pas emporter sa poupée, les autres, elles aussi en larmes, regardent à travers la vitre arrière la silhouette de leur père, debout, les bras ballants.

Je me sens effrayée et un peu coupable. Reverrai-je jamais cet homme et cette ville que j'ai fini par aimer ? Reverrai-je les amis que je laisse ? J'aurais voulu dire au revoir à chacun, mais les bombardements les ont dispersés. J'ai essayé de revoir mon ami le taxi, mais il a dû aller se réfugier avec sa famille à la campagne. Tous mes souvenirs repassent dans ma tête. Tout est sens dessus dessous.

Comme prévu, la première voiture nous mène à Bakouba, à une cinquantaine de kilomètres au nord de Bagdad. C'est là que nous devons retrouver le taxi qui nous mènera jusqu'à la frontière. Je donne pas mal de mes précieux dollars pour payer d'avance le chauffeur et nous roulons enfin sur la route du nord-est, vers l'Iran.

Le taxi est vieux, cabossé, rabiboché de partout. Je pense un instant : est-ce qu'il ira au moins jusqu'à la frontière ? On s'entasse là-dedans, Mustapha, mes enfants, l'enseignant et moi-même. Les banquettes sont couvertes de taches de graisse collantes et les vapeurs de gasoil empuantissent tout l'habitacle.

La route, toute droite, traverse un désert rocailleux et poussiéreux. Quand on se retourne, on voit des colonnes de fumée qui montent de l'endroit où on a laissé Bagdad. Parfois, des vagues de bombardiers passent au-dessus de nos têtes, transportant des tonnes de mort et de destruction vers de nouvelles destinations.

Des enfants des tribus nomades, insoucieux des bombes, s'arrêtent au bord de la route pour regarder passer les voitures. Je pense avec attendrissement que ceux-là, au moins, sont protégés du danger par l'isolement de leurs campements.

Plus on s'éloigne de Bagdad, plus le bruit des explosions diminue et semble étouffé, comme pour nous donner raison de partir, comme pour compter les kilomètres qui nous éloignent de la mort. Sur les bas-côtés de la route, on commence à voir des carcasses de voitures, des chars d'assaut brûlés et éventrés, des camions militaires retournés : la guerre est passée par là, mais c'est une autre guerre, celle qui a opposé l'Iran à l'Irak et qui s'est terminée, sans vainqueur ni vaincu, deux ans à peine auparavant.

En fin d'après-midi, alors que la nuit commence à tomber, le taxi brinquebalant arrive au poste frontière irakien. Le désert a fait place aux premiers contreforts des chaînes de montagnes arides qui se succèdent dès qu'on passe en Iran.

Un baraquement, quelques miradors, des chevaux de frise en fil de fer barbelé, une barrière symbolique : le poste n'a rien de très impressionnant, sauf pour moi, car tout va se jouer maintenant. Si les fonctionnaires découvrent la présence de mes filles, ils risquent fort de leur interdire de sortir.

Mustapha se montre pratique et malin :

– Toi, tu ne t'occupes de rien. Donne-moi ton passeport, et laisse-moi faire.

Il ramasse aussi les papiers de l'enseignant qui nous accompagne et il empile tous les documents ouverts les uns dans les autres. J'explique aux filles qu'elles vont devoir m'attendre sur le perron du baraquement, sagement assises sur les marches, pour qu'on ne puisse pas les voir de l'intérieur. Je leur donne aussi une dernière instruction :

– Si quelqu'un passe et vous pose une question, pas un mot en arabe. Vous hochez la tête et vous faites semblant de ne pas comprendre. D'accord ?

Les trois petites, d'un seul mouvement, hochent la tête :

– D'accord, maman. Pas un mot en arabe !

Et le ventre noué, avec la peur du joueur qui attend que la roulette s'arrête, j'entre derrière Mustapha dans le bureau du poste. Tout va se décider là.

Je vois tout de suite que le douanier est plus intéressé par la jeune femme habillée à l'occidentale que par la petite pile de passeports qu'il prend des mains de Mustapha sans y faire attention. C'est parfait : il faut maintenant que je joue de mon charme pour qu'il n'ait pas envie de décortiquer les documents avant de les tamponner !

Ce que je fais, en plaisantant, en laissant entendre que je ne suis pas moi-même insensible à sa moustache fringante et à sa belle veste kaki. Plaisanteries, sourires, sous-entendus : tout est bon pour capter son regard et qu'il fasse son travail sans s'apercevoir qu'une liste de trois petites filles se trouve derrière mon nom. Et ça marche : il tourne les pages et donne ses coups de tampon sans me quitter des yeux ! Chaque coup sec résonne dans ma tête comme un gong de victoire.

Quand il nous rend les passeports dûment visés et que nous sortons sur une dernière galanterie, je récupère vite les fillettes sur le perron, en les serrant très fort jusqu'à ce que nous soyons hors de vue du bureau. Et puis j'éclate en larmes. Des larmes de soulagement, après dix minutes d'une tension insupportable.

Cette première épreuve passée, il reste encore à franchir la frontière pour rejoindre le poste iranien. Le taxi qui nous a menés jusque-là est reparti, et il faut maintenant traverser à pied un no man's land de quelques centaines de mètres pour se retrouver aux portes de l'Iran.

Nouvelle alerte : on nous apprend que tout au long de cette route, nous pouvons être la cible de tireurs peshmergas, des Kurdes opposants au régime iranien, qui se cachent dans les montagnes alentours pour abattre à l'occasion ceux qui vont dans la direction de Téhéran.

Si nous, les adultes, n'avons pas d'autre choix que de tenter notre chance, il est impossible d'exposer les petites à un tel danger. Par bonheur est arrivé avec nous un car rempli des familles des conseillers militaires russes qui fuient eux aussi la guerre. Et comme les femmes sont tombées en admiration devant mes trois petites poupées et qu'elles les ont gavées de bonbons et de gâteaux, elles acceptent tout de suite de les prendre au milieu d'eux jusqu'au poste iranien.

Et nous partons à pied, entre les barbelés, gardant un œil sur le bus devant nous et jetant des regards inquiets sur les silhouettes noires des montagnes, rendues presque invisibles par la nuit. La traversée se passe sans encombres et je peux récupérer mes filles devant la grande tente qui sert de check point aux soldats iraniens.

Mustapha m'a prévenu de bien cacher mon or et mes billets qui seront « saisis » immédiatement si les Iraniens les trouvent. Avant d'entrer sous la tente, je mets sagement mon foulard et je demande à Manal d'en faire autant.

À peine sommes-nous entrées qu'une Gardienne de la révolution particulièrement agitée fond sur moi et se met à me bousculer et à hurler en persan, jusqu'à ce que je comprenne que mes bottes et mon pantalon court ne couvrent pas complètement mes jambes et surtout que les deux plus petites de mes filles ne portent pas de foulard. Je fouille fébrilement dans mon sac et je finis par trouver des tricots de corps pour leur couvrir la tête. La Gardienne de la révolution se calme, non sans continuer à me jeter des regards noirs.

Quand c'est mon tour de passer devant le petit bureau pour montrer mon passeport, le douanier fait un signe à un planton qui me pousse de côté. Tous les autres ont pu franchir l'issue opposée de la tente, celle qui donne sur le territoire iranien, mais mon cas pose visiblement problème, sans qu'on fasse rien pour me l'expliquer.

De quoi suis-je coupable ? Est-ce simplement d'être une femme seule avec trois enfants ? Est-ce d'être mariée à un Irakien ? J'ai beau réclamer un interprète, essayer d'expliquer que mon mari n'est pas irakien, mais seulement qu'il travaille en Irak, je n'arrive pas à comprendre ce qu'ils me reprochent.

Sans ménagements, on nous fait sortir pour nous pousser dans une autre tente militaire, vide et plantée directement sur la rocaille. Je prends autour de moi mes filles et nous nous serrons dans l'obscurité. Nous avons très froid et très faim. Un peu plus tard, on nous jette un peu de quoi manger, du pain et du riz mélangé à des lentilles. Nous mangeons et nous nous couchons pour dormir à même la terre glaciale.

Le lendemain, je sors prudemment de la tente pour découvrir que nous sommes au milieu d'un camp militaire monté à la va-vite, et dont l'organisation n'a sûrement pas été confiée à l'ONU. Des soldats barbus aux visages rébarbatifs, la Kalachnikov à l'épaule, rôdent entre les tentes et me jettent des regards en biais. Je commence à avoir peur. Dans quoi ai-je emmené mes enfants en croyant les sauver ?

Je retrouve Mustapha et d'autres personnes qui ont passé la frontière. Mais je suis la seule femme dans le camp, ce qui m'inquiète de plus en plus. Un soir, Manal me demande de l'accompagner aux toilettes, situées assez loin de la tente qu'on nous a assignée. Je m'aperçois bientôt que nous sommes suivies de près par deux militaires qui portent des lampes torches. Quand nous arrivons devant les petites baraques des W-C, ils laissent entrer Manal et veulent la suivre tout en me bloquant. Je hurle, ma fille aussi, et les cris commencent à agiter le reste du camp. Les soudards prennent peur et disparaissent dans la nuit.

Un peu plus tard, on vient nous chercher pour nous enfermer dans un baraquement où nous restons plus de deux semaines. On nous jette chaque jour de la nourriture, mais personne ne vient nous voir et encore moins nous interroger. Je réclame chaque jour un interprète, mais mes appels restent sans réponse. Je ne sais toujours pas ce qui me vaut ce traitement, et en quoi je peux mettre en péril l'État iranien. Suis-je considérée comme une espionne, ou bien suis-je seulement suspecte parce que je voyage sans mon mari ?

Je dois trouver un moyen pour empêcher cette situation kafkaïenne de s'éterniser. Un Tunisien, qui va bientôt quitter le camp pour aller à Bakhtaran, la première étape avant de rejoindre Téhéran, m'en donne l'occasion. Je réussis à me glisser près de lui et à lui chuchoter :

– Écoute-moi. Tu vas partir ? Peux-tu faire passer un message au consul d'Algérie, qui est déjà réfugié en Iran ?

– Oui, bien sûr.

– Alors, dis-lui qu'une citoyenne algérienne est retenue prisonnière avec ses trois filles dans un camp à la frontière.

Trois jours après, je vois arriver dans un grand nuage de poussière une grosse voiture, escortée de deux motards. C'est le secrétaire du consul, qui demande à me voir, et qui part devant les Iraniens dans une grosse colère diplomatique. Mon emprisonnement est un véritable scandale… Suis-je une espionne ? Non ? Alors, qu'est-ce que j'ai fait ?

La réponse finit par arriver. J'ai commis un crime de lèse – douanier : je n'ai pas pris de visa avant de quitter Bagdad, alors que le consulat iranien venait d'ouvrir ! J'aurai à répondre plus tard de ce délit devant un tribunal mais, en attendant, on veut bien me libérer avec mes enfants.

Miracle diplomatique, nous pouvons partir vers Bakhtaran, où tout le personnel du consulat s'est réfugié. Dans la voiture, toujours escortée par les motards, le secrétaire me raconte en souriant que lorsque le Tunisien est venu passer mon message, le consul s'est écrié :

– Ah ! Une Algérienne avec trois enfants ? Bloquée à la frontière ? Je sais qui c'est ! Meriem… Il n'y a qu'elle pour faire des trucs pareils.

À Bakhtaran, le consul vient me voir à l'hôtel où j'ai passé la nuit. Je le remercie de m'avoir fait libérer, mais je lui fais aussi des remarques sur l'abandon du consulat de Bagdad. Il est très embarrassé :

– Oui, on va y retourner bientôt. Écoute, il y a des choses que tu ne peux pas savoir, ne pose pas trop de questions.

En fait, le gouvernement algérien l'a sermonné avant moi et lui a ordonné de rentrer immédiatement à Bagdad : comment expliquer qu'un million d'Algériens attendent aux frontières pour venir combattre avec leurs frères irakiens et que le représentant officiel du pays à Bagdad soit le premier à quitter la ville ?

Et c'est le départ pour la capitale iranienne, où je dois être accueillie à l'ambassade d'Algérie. La route est longue, de Bakhtaran à Téhéran. Il faut traverser une série de chaînes montagneuses, dont les plus hauts sommets sont recouverts de neige. Le silence de ces paysages arides et enneigés contraste avec le bruit et la chaleur des bombes et me donne une sourde angoisse.

Que vont devenir mes enfants ? Que vais-je faire maintenant ? Rester en Iran ? Aller en France ? Le consul m'a expliqué que j'étais une des premières femmes algériennes à venir en Iran, mais que d'autres ressortissants allaient suivre, et que tout le monde serait bientôt rapatrié à Alger.

À Téhéran, je découvre avec admiration l'ambassade d'Algérie. Un véritable château de style persan, avec des ornements orientaux, des colonnes torsadées et une multitude de pièces. Ma déception est d'autant plus grande quand on me montre où l'on veut me loger : une chambre de bonne dans les combles, avec des draps sales et des couvertures rêches.

Je me sens vexée, humiliée d'être traitée ainsi par mes compatriotes, après tout ce que je viens de vivre. Ce soir-là, on se serre très fort, avec les filles, et je pleure de rage.

Le lendemain, je demande à quitter ce sinistre château. Heureusement, un secrétaire de l'ambassade s'émeut de ce traitement et nous accueille dans sa propre maison. Sa femme et lui se montrent très humains et généreux. Il y a chez eux la grand-mère et des enfants et nous nous retrouvons pendant deux ou trois jours dans une chaude atmosphère familiale. Les enfants peuvent prendre de vraies douches, elles sont habillées de linge propre et elles sont nourries convenablement, pour la première fois depuis longtemps.

D'autres femmes algériennes arrivent bientôt avec leurs enfants, et l'ambassade est obligée de trouver une solution. On nous loue une grande maison où nous serons une douzaine en attente de rapatriement. Une sorte de vie communautaire s'instaure, chacun faisant la cuisine et les tâches ménagères à son tour.

J'y rencontre une ancienne collègue de la rédaction d'*Irak aujourd'hui*! Mais surtout, j'y retrouve Mustapha, cet homme d'affaires à qui je dois ma liberté, que j'ai toujours soupçonné d'être plus ou moins un agent secret, mais qui aura été, depuis le début jusqu'à la fin, le plus précieux et le plus fidèle ami dans ma fuite sous les bombes. Les enfants l'adorent, et il s'en occupe comme un père, en jouant avec elles, en leur achetant des sucreries et en leur racontant des histoires.

Entre femmes, on partage nos inquiétudes sur le sort de nos maris et de nos amis restés à Bagdad. Tous les soirs, à la télévision, on a des nouvelles des bombardements, une actualité que les journalistes iraniens commentent souvent avec un certain cynisme. L'Iran, le pays de nos ennemis de naguère… Ce n'était pas mon pays, mais l'Irak non plus. Tout cela entretient une grande confusion dans mon esprit.

Les petites, elles, ne tardent pas à trouver leur place d'enfant dans cette situation de réfugiés. Elles descendent jouer tous les jours dans la cour enneigée, et elles se sont fait des amis des enfants iraniens du quartier. Quand nous partirons, après seulement un mois passé dans cette maison, elles commenceront à parler le persan.

Nous allons nous promener en ville tous les jours, pour découvrir les rues de Téhéran. Avec ses marchés regorgeant de nourriture et de fruits juteux, la capitale iranienne m'apparaît mieux organisée que Bagdad, plus vivante et plus bruyante aussi. Mais au détour d'une rue, on découvre aussi un supermarché ou un immeuble éventrés par un missile irakien du temps de la « guerre des villes » et pas encore reconstruits.

Je suis frappée de croiser tant de femmes complètement voilées, ne montrant ostensiblement que des yeux maquillés avec raffinement et des sourcils noirs dessinés avec art. Et je suis plus surprise encore de voir des hommes habillés de costumes occidentaux du dernier cri, qui se montrent volontiers dragueurs et presque libertins !

Au bout d'une semaine, je suis convoquée au tribunal, comme on me l'avait annoncé à la frontière. J'y vais avec un membre de l'ambassade qui parle le persan. Personne ne peut me dire ce que je risque au juste, la prison, l'amende ou l'expulsion, pour être entrée sans visa sur le territoire iranien. En tout cas, je joue la prudence et je m'y rends revêtue du long manteau noir boutonné de bas en haut que portent les Iraniennes et je me couvre la tête d'un foulard strictement serré sur le front.

Le tribunal a deux entrées, une pour les hommes et une pour les femmes. Dans la salle, la séparation des deux sexes est aussi draconienne, et les magistrats, sévères et froids, me font penser à des juges de l'inquisition. On me lit l'acte d'accusation, et mon interrogatoire commence.

Que faisais-je sur les routes sans mon mari ? Pourquoi ai-je tenté d'entrer illégalement en Iran ? Ne suis-je pas tout simplement une espionne au service de l'Irak ?

À cette dernière question, je ne peux m'empêcher de sourire : si j'étais un agent secret, j'aurais été bien maladroite de me présenter sans papiers valables au poste frontière, et surtout, si jamais j'avais dû me livrer à l'espionnage, ça n'aurait pas été pour le compte de l'Irak, mais pour celui de mon pays !

Après de courtes délibérations, le juge se montre clément, et surtout fait preuve de bon sens, en me condamnant à une amende de cinq mille dinars – c'est l'ambassade qui réglera cette somme – et en ne m'accordant un visa que pour un mois.

Cet épisode judiciaire et ma situation de fugitive me valent d'être interviewée à plusieurs reprises par des journalistes algériens. Du coup arrivent d'Alger des dizaines d'offres d'aide, de travail et de logement pour le jour où je rentrerai au pays. Mais je n'ai pas confiance dans ces mouvements de solidarité qui naissent dans l'instant de l'émotion, et qui s'évanouissent quand l'affaire est retombée dans l'oubli. Je compte bien plus sur les liens que j'ai noués en France lors de mes derniers voyages.

J'ai en tête de reconstruire notre famille en France, où mon mari pourra nous rejoindre et trouver facilement du travail dans sa spécialité. Mais je n'ai aucune nouvelle de lui et je suis partagée entre un sentiment de culpabilité de l'avoir laissé là-bas, et un ressentiment pour sa lâcheté et son égoïsme.

Je demande à un reporter photographe qui part pour Bagdad d'essayer de joindre Riyadh et de lui dire qu'on est arrivées saines et sauves à Téhéran. Je saurai plus tard que le message est bien passé, mais j'ignore que mon mari a décidé de me punir de mon départ en ne me donnant aucune nouvelle.

L'ambassade peine à organiser le rapatriement des ressortissants qu'elle a réunis dans la maison de Téhéran. Tous les jours, Mustapha appelle pour savoir où en est l'opération. Et enfin, après quelques semaines, le petit groupe des réfugiés peut sauter de joie en recevant le billet d'avion pour la liberté.

Un billet encore plus magique pour moi, puisque le vol Téhéran-Alger comporte une escale à Paris ! Magnifique. Je décide immédiatement que ma fuite s'arrêtera en France, et que personne ne pourra me forcer à reprendre l'avion pour Alger.

Je fais mes adieux à nos voisins iraniens, avec qui j'ai commencé à lier une relation amicale, mes filles ont plus de mal à se séparer de leurs enfants qui sont devenus de vrais copains de jeu, et nous partons un matin vers l'aéroport.

Après une dernière fouille au corps – par des matrones sévères ! – destinée à vérifier que nous ne sortons pas d'or, de tapis et surtout de caviar, nous embarquons dans un avion d'Iran Air, où la lecture des sourates du Coran remplace la traditionnelle musique douce distillée par les haut-parleurs avant le décollage. Dès que les portes de l'avion se sont fermées, j'ôte de ma tête, avec un soupir de soulagement, le foulard qui ne m'a pas quittée depuis un mois, imitée par les autres passagères, dont certaines sont iraniennes…

On atterrit à Paris au milieu de l'après-midi. Dans la zone de transit, je dis au revoir aux femmes avec qui je viens de passer un mois. Elles n'en reviennent pas :

– Mais où vas-tu ?

– Ici. Je reste à Paris.

Le consul d'Algérie, qui attend notre vol avec une assistante sociale, se précipite sur moi :

– Tu as un billet pour Alger. Tu dois rentrer à Alger.

– Non. Je n'ai personne à Alger et nulle part où aller. Qu'est-ce que tu veux ? Que je m'installe dans une chambre d'hôtel avec mes trois filles, sans argent, sans travail ? Ici, des amis m'attendent, j'ai fait les démarches pour être française, je parle français, j'ai vécu longtemps en France... Ma place est ici.

La police des frontières m'appelle dans un bureau et je dois subir un nouvel interrogatoire sur ma situation. Mais j'ai la réponse à toutes les questions qu'on me pose. Les policiers ne font pas de difficultés à cette femme qui vient d'Irak via l'Iran, même s'ils restent naturellement méfiants et qu'ils laisseront mon téléphone sur écoute pendant les prochaines semaines. Je peux enfin quitter l'aéroport pour filer en taxi vers Paris avec mes filles.

L'ami que j'avais connu pendant l'année de mes études d'esthétique m'a proposé de nous accueillir chez lui.

# 11

## Terminus Paris ?

En décidant de rester à Paris, j'ai pris un gros risque, même si mon avenir paraît moins bloqué en France que celui qu'on m'aurait fait en Algérie.

J'ai réussi à emmener mes filles au pays de la liberté. Nous avons quitté la dictature et la guerre, et je veux qu'elles grandissent sans être soumises et qu'elles s'épanouissent pour vivre plus tard une vie de femme libre.

Quand je retrouve mon ami, je suis, moralement et physiquement, dans un état lamentable. Les chocs de la guerre, de la fuite, de l'emprisonnement en Iran me laissent désemparée et comme épuisée. Mon corps est recouvert de boutons, j'ai des cheveux blancs et, pour tout dire, j'ai l'air d'une vieille femme.

Dans le petit appartement où nous nous sommes installées, je me sens en sécurité, pour la première fois depuis des semaines. Mais j'entends encore dans ma tête le fracas des bombes, et le silence des nuits parisiennes me fait presque peur.

Je pensais que mon ami respecterait ma douleur et mon désarroi et surtout que la présence de mes petites filles lui interdirait d'en profiter. C'est tout le contraire qui se produit : il m'accueille avec une certaine générosité, mais l'hospitalité qu'il nous offre est intéressée, et je dois sans cesse repousser ses avances insistantes. Après quelques jours de cette promiscuité, je comprends qu'il faut que nous sortions de ce piège.

Je trouve un appartement où je peux m'installer en sous-location. Mais je n'ai plus d'argent, pas encore de travail, et je continue à dépendre de lui. Comment puis-je lui refuser quoi que ce soit puisqu'il assure notre survie ? Je lui en veux encore aujourd'hui d'avoir aussi bassement profité de ma souffrance, comme je m'en veux à moi d'avoir été obligée de céder.

Au milieu de ces tourments, tandis que je me débats pour ne plus dépendre de cet homme qui ne pense qu'à abuser de moi, je connais une grande joie. Un mois après mon arrivée, je reçois mon passeport français ! Je suis ivre de bonheur. Tout ce que je viens d'endurer, la fuite de Bagdad, la traversée de l'Irak, la détention en Iran, trouve sa récompense. Je suis française, et mes filles aussi !

En sortant de la préfecture, j'achète un énorme bouquet de fleurs et je retourne l'offrir, avec force baisers, à la fonctionnaire qui m'a donné mes papiers en me disant que c'est grâce à Saddam qu'on a hâté le processus ! Puis nous arpentons Paris, dans une euphorie qui nous rend toutes légères, et nous finissons par dîner dans un petit restaurant pour fêter l'heureuse conclusion de notre odyssée.

Mais je n'ai toujours pas d'argent, et je dois me battre pour affirmer mon indépendance. Je veux mettre les filles à l'école sans tarder, les habiller, les soigner. Je vais même un jour au Secours populaire, où je connais une véritable humiliation quand on me propose un panier de vivres. Heureusement, les amis que je m'étais faits, les militants verts, des femmes des associations et les services sociaux m'apportent beaucoup de solidarité.

Mon expérience professionnelle en Irak ne représente rien aux yeux des employeurs français. Au début, je fais des ménages. Levée à cinq heures du matin, je gagne 30 francs, et je dépense 10,50 francs en transport ! Puis je travaille dans un hôtel où je dois nettoyer quarante-cinq chambres en une demi-journée. Je suis épuisée, mais mon maigre salaire a un goût de liberté.

Un peu plus tard, je réussis à décrocher une formation pour faire valoir mon diplôme en esthétique, et je trouve un travail plus intéressant dans un salon de beauté de Guerlain. Les débuts sont difficiles quand je dois pratiquer des épilations à l'européenne et la première cliente de Neuilly se souvient certainement encore de la brûlure que je lui ai infligée avec la cire chaude. Mais je m'y fais et je deviens la championne, la Speedy Gonzales, comme on me surnomme, de l'épilation !

Comme je ne sais pas si nous ne devrons pas un jour retourner vivre au Moyen-Orient, j'inscris les filles à l'École irakienne de Paris, rue de la Pompe. Je suis d'abord reçue avec une grande amabilité par le responsable qui voit venir à lui ses trois premières élèves réellement irakiennes, les autres étant des enfants de diplomates de divers pays arabes. Il connaît mon mari et il m'assure de sa sollicitude avec la main sur le cœur :

– Tes enfants sont mes enfants !

Mais les choses se gâtent quand je lui dis que je ne peux pas payer les frais de scolarité, et que je compte sur la solidarité irakienne. Il devient très froid et me déclare sèchement que, sans argent, mes filles ne resteront pas dans son école. Avant de les renvoyer, il m'explique même avec vulgarité et sans détour comment une femme peut se procurer l'argent des études de ses enfants !

Je commence alors une tournée des ambassades arabes en expliquant ma situation dans une lettre. Un seul pays répond à mon appel à l'aide, et je lui en garde une profonde reconnaissance. Je suis convoquée à l'ambassade de la république du Yémen, où la femme de l'ambassadeur me remet une enveloppe en me disant que c'est pour les études de ma fille, sans rien me demander en retour. Les Irakiens de la rue de la Pompe m'ont jetée dehors sans pitié, et la solidarité est venue d'un autre pays !

Je gagne peu d'argent, mais mes filles ne manquent jamais de rien. Je les habille aux Puces, en dénichant des vêtements à la mode pour presque rien. Comme je ne trouve que des emplois aux horaires décalés, j'ai beaucoup de mal à être auprès d'elles. Pendant des années, je les élève par téléphone, depuis mon lieu de travail. Mais je leur apprends très vite à se prendre en charge. Je leur montre comment utiliser le métro, je leur fais comprendre comment on vit au quotidien dans une grande ville européenne. Elles portent la clé de l'appartement autour du cou, et elles réussissent bientôt à se débrouiller toutes seules.

Mais rien n'est facile pour ces trois petites Irakiennes débarquées de force en France. Il leur faut jongler entre les traditions du Moyen-Orient et la vie à l'européenne. En arrivant en France, elles parlent presque exclusivement l'arabe. À l'école française où je les mets quand je comprends qu'on ne retournerait jamais à Bagdad, la plus petite est en butte aux brimades de ses camarades qui se moquent de ses fautes et de son accent.

Manal est adolescente, et c'est elle qui a le plus de mal à s'adapter. Elle se sent frustrée et elle n'a aucune confiance en elle. C'est peut-être pour surmonter cela que plus tard elle s'inscrira sous le nom de Kenza pour participer au premier « loft » de la télé où elle devra affronter des millions de regards indiscrets avec courage et détermination !

Je suis partagée entre l'envie de protéger mes petites et l'idée qu'elles doivent s'aguerrir par elles-mêmes. Je me souviens d'avoir fréquenté l'école de la rue, où j'ai connu de grandes peurs mais surtout appris à me défendre, à attaquer et à surmonter les dangers en fonçant au travers.

Quelques mois après notre arrivée à Paris, je retourne à Bagdad pour avoir des nouvelles de Riyadh. A-t-il été blessé, tué, ou bien a-t-il traversé les longues semaines de bombardements sans encombre ? J'ai envoyé des demandes à toutes les institutions, du Croissant-Rouge à la Croix-Rouge en passant par quelques ONG. En vain.

Quand la guerre du Golfe prend fin, je prends l'avion jusqu'à Amman et le bus jusqu'à Bagdad. Je découvre une ville en décomposition. Tout est en ruine et la vie marche au ralenti : les télécommunications sont inopérantes, les ponts sont détruits et bien des immeubles particuliers ont été touchés par les « frappes chirurgicales » des Alliés.

En arrivant chez nous, je vois le bel immeuble des Coréens fissuré de partout et le ministère du Plan, situé à côté, complètement détruit. Je saurai plus tard que lors de ce bombardement, mon mari a été blessé, les côtes cassées et a subi deux mois d'immobilisation.

Dans le hall, les marbres précieux sont à moitié tombés à terre et les grands miroirs sont brisés. Le gardien, un Soudanais, est assis comme avant à l'entrée, mais il a vieilli en quelques mois. On dirait qu'il est recouvert de poussière, et ses habits, naguère d'un blanc immaculé, ont passé à une sorte de jaune orangé.

L'ascenseur ne marche plus. Avant de prendre les escaliers, je jette un regard sur la porte qui mène aux abris. Elle est ouverte et le vent s'engouffre dans la cave.

J'arrive au troisième étage, anxieuse de ce que je vais découvrir. Sur le palier, je tends l'oreille vers les portes des voisins, pour essayer d'entendre un signe de vie. Rien. Je frappe alors chez nous, sur la lourde porte en bois massif. Une voix, à l'intérieur, que je reconnais tout de suite :

– Oui, qui c'est ?

Je pense : « Bon, il est vivant… Et il a plutôt une bonne voix ! » Il ouvre :

– C'est toi ? Et où sont les enfants ?

– Elles sont en France. Elles vont bien.

Il n'a pas l'air fâché, ni spécialement heureux de me voir. J'entre. L'appartement n'a pas changé. À un détail près : ma photo a disparu. Et, proprement plié sur le lit de notre chambre, je vois des affaires à moi, du linge fin que j'avais laissé. Pour plaisanter, je lui lance :

– Tiens ? Cette pile de linge, c'est pour aller demander une femme en mariage ?

À mon grand étonnement, je l'entends me répondre très sérieusement :

– Oui, c'est exactement ça.

Le soir venu, nous nous couchons comme mari et femme. Je sens revenir en moi un peu de la tendresse qu'il m'a inspirée. Je passe la main dans ses cheveux :

– Alors, c'est qui, celle que tu vas demander en mariage ?

– Arrête, je blaguais.

La photo disparue, sa désinvolture feinte : au fond de moi, j'ai un pressentiment. Je joue l'amie compréhensive :

– Je suis sûr que tu ne blaguais pas. C'est qui ?

Riyadh ne met pas longtemps à me dire que j'ai raison. Il m'avoue qu'elle est médecin et il me donne son prénom. Le lendemain, je recontacte mon ami taxi et ex-membre des renseignements. Il accourt, toujours fidèle et empressé. Je lui demande de me trouver la trace de cette femme. Une heure après, il m'appelle pour me donner son nom de famille et celui de l'hôpital où elle travaille.

Je vais la voir le jour même :

– Bonjour, je m'appelle Meriem. Tu vois qui je suis ?

– Oui, je devine…

Elle me propose de la suivre dans la salle de garde et nous avons une discussion calme et posée.

– Écoute, quand je suis partie, il y a quatre mois, je ne pensais nullement au divorce. Je voulais sauver nos enfants. Et je découvre aujourd'hui qu'il t'aurait demandée en mariage ?

– Oui, il m'a dit qu'il était divorcé et j'ai vu que c'était un bon parti. Il m'a demandée à mon père, c'est vrai, et nous sommes fiancés.

– Il y a un problème : nous sommes toujours mariés et je n'ai pas l'intention de divorcer.

Riyadh vient d'ouvrir un labo d'analyses médicales et je sais par mon taxi qu'elle vient le voir chaque jour.

– Écoute, je te donne rendez-vous au labo cet après-midi. Nous lui demanderons de choisir entre toi et moi.

Quand mon mari me voit arriver quelques minutes avant l'heure où elle doit venir, il se sent très embarrassé. Il propose d'abord avec empressement que nous sortions pour prendre un thé, mais je me suis déjà assise confortablement dans un fauteuil :

– Non, je préfère découvrir ton labo.

À bout d'idées, il passe dans une pièce voisine pour lui téléphoner et lui demander de passer à un autre moment. Je le vois revenir blême. La jeune femme a dû lui dire qu'elle m'avait vue et qu'elle savait tout de ses mensonges. Il ne fait pas trop de commentaires :

– Il n'y a que toi pour faire des choses pareilles !

Et comme je lui demande pourquoi il a besoin de me remplacer si vite, il se contente de m'avouer, penaud :

– Moi, il me faut une femme pour me faire à manger, pour laver mon linge et ne pas avoir de relations en dehors du mariage. Et toi… tu es partie.

– Donc, tu cherches une bonne…

Plus tard, j'ai une longue discussion avec lui, en lui demandant de faire un choix entre elle et moi. Il me propose que chacun ait sa maison. Je lui ris au nez : « Tu n'es pas capable de subvenir aux besoins d'une seule famille, et tu en voudrais deux ? »

Je lui dis que je souhaite rester avec lui et qu'on reconstitue notre famille. Pourquoi ne viendrait-il pas en France ?

– Non, je suis docteur en microbiologie, j'ai fait de longues études, et je ne reviendrai pas en France pour être un obscur laborantin.

Impossible de le faire changer d'avis. Il a pris son parti de notre séparation, et il semble presque y trouver des avantages. En désespoir de cause, je quitte Bagdad en me promettant d'essayer à nouveau de reconstruire notre couple.

Je rencontre Riyadh une dernière fois quelques mois après. Il a quitté l'Irak pour la Jordanie. Comme je veux absolument que ses filles puissent le voir, je suis intervenue auprès du ministère des Affaires étrangères pour lui faire obtenir un visa. On se retrouve un soir au Fouquet's, sur les

Champs-Élysées. Au bout d'un moment, je lui demande :

– Tu as apporté de l'argent pour tes filles ?

– Non. Mais tu gagnes ta vie, hein ?

Je m'étrangle :

– Bien sûr que je gagne ma vie ! Tu sais combien il me faut par mois pour payer le loyer, l'habillement, la nourriture, l'électricité, tout ? Il me faut 15 000 francs. Et tu sais combien je gagne ? 8 500. Alors demande-toi comment je fais pour trouver ce qu'il manque ! Non, tu ne vois pas ? Eh bien, si ça se trouve... je me prostitue.

Riyadh reste muet. Même les provocations les plus grosses ne le font pas réagir ! Je hoche la tête :

– Riyadh, tu me déçois. Tu dis que tu es un homme, que tu as de l'honneur et ça ne te gênerait pas plus que ça que ta femme se prostitue pour élever tes enfants. Où il est, l'honneur de ta famille ?

Et puis on va à la maison où les filles nous attendent impatiemment. Là, je retrouve l'homme que j'ai quitté à Bagdad, le religieux rigoriste qui ne pense qu'à son paradis avec égoïsme et lance des anathèmes autour de lui. Il ne voit que des péchés partout, juge que l'une a une jupe trop courte ou que l'autre n'a pas à répondre à un garçon au téléphone. Encore une fois, j'explose :

– Riyadh, tu ne donnes rien pour l'éducation de tes filles. Tu n'as de comptes à demander à personne dans cette maison. Tu reviendras quand tu seras capable d'assumer une famille.

Plus tard, nos rapports se délitent plus encore. De la Jordanie, il part pour le Soudan. Je mets longtemps à admettre qu'on ne pourra pas reconstituer notre famille. Je lui écris quand j'arrive à trouver son adresse, mais il ne me répond pas. Plus grave et moins pardonnable encore, il ne donne pas non plus de nouvelles à ses filles, à qui il manque pourtant beaucoup.

Un jour, j'apprends qu'il est remarié. Cette fois, je baisse les bras et je finis par demander le divorce, cinq ans après mon départ de Bagdad.

C'est en France que la boucle se boucle, que j'ai la réponse à la question qui n'a pas cessé de me hanter. J'y suis installée avec mes filles quand on retrouve ma mère et quand mon père me dit la vérité.

Hiver 1991. Mon esprit est encore confus du désordre de ces dernières semaines, la guerre, la fuite, la réclusion en Iran. J'ai encore dans la tête le sifflement des bombes et le fracas des explosions. Quand mes filles ont entendu les essais des sirènes parisiennes, le premier mercredi du mois, elles ont couru se cacher en se bouchant les oreilles. Aujourd'hui cette fausse alerte, chaque mois, me rappelle la peur dans les abris surpeuplés de Bagdad, mais elle symbolise aussi la liberté retrouvée, cette dernière fuite en avant qui m'a amenée à Paris.

C'est un jour comme ça, juste après les sirènes, que le téléphone sonne :

– Allô ?

Ma tante m'appelle d'Alger. Une voix qui vient de loin, de ma vie d'avant l'Irak :

– Pourquoi je t'appelle ? Je voulais avoir de tes nouvelles… Et puis j'ai quelque chose à te dire… Voilà : on a retrouvé ta mère !

Je reste saisie, incapable de parler. Quarante ans ! Il y a près de quarante ans que ma mère a disparu en nous abandonnant, ma petite sœur et moi. Toutes ces années où j'ai pensé à elle, imaginant au début qu'elle allait réapparaître tout à coup et me prendre par la main. Et puis le temps a effacé le souvenir de son visage et de sa voix. Et la résignation est venue, la certitude que je ne reverrai plus jamais la seule femme à qui j'ai le droit de dire maman. Quarante ans.

– C'est Rabea, ta sœur, qui l'a retrouvée. Voilà, elle vit ici, à Alger. Elle s'est remariée et elle a cinq enfants, tes demi-frères et tes demi-sœurs. Elle habite le quartier de Diar es-Saâda. Écoute, je vais te donner son numéro de téléphone et tu vas l'appeler.

Diar es-Saâda… J'ai vécu jadis plusieurs mois dans une rue située à une centaine de mètres de cette cité. À une centaine de mètres de ma mère. Peut-être l'ai-je croisée dix fois sans la reconnaître…

En Algérie, le destin ne laisse rien au hasard : des retrouvailles entre des filles et leur mère, après quarante années de séparation, ne peuvent être que rocambolesques. Ma tante me raconte les circonstances de l'événement, une histoire étonnante dont les journaux algérois se sont emparés avec délectation.

Ma sœur avait absolument besoin de retrouver notre mère, parce qu'elle n'avait jamais été reconnue par son père, ni même inscrite à l'état-civil. Après quelques pistes infructueuses, elle s'était résolue à passer une annonce dans le journal. Quelque chose qui disait : « Je recherche ma mère Halima, disparue en 1954. Elle était mariée à Mohamed Lahcene et elle habitait au 14, chemin Pouyanne. Elle a laissé deux filles, Meriem et Rabea. Nous aimerions bien la retrouver. »

Une fois cette bouteille jetée à la mer, Rabea a continué à vivre comme à l'ordinaire. Chaque matin, le trajet qui la menait à son travail la faisait passer devant le commissariat du quartier. Et chaque matin, le policier de garde suivait des yeux la jolie brune et la trouvait tout à fait charmante. Assez séduisante même pour lui lancer quelques mots auxquels ma sœur répondait par un sourire encourageant et un sillage de parfum. Elle n'était pas non plus insensible au charme du planton.

Et justement, lui, le policier joli cœur, tombe des nues un matin en découvrant dans le journal la petite annonce, car cette Halima qui a eu deux filles d'un précédent mariage, c'est sa propre mère !

On convoque aussitôt Rabea au commissariat pour lui annoncer qu'on a retrouvé la disparue. Elle s'y rend, toute tremblante, au bras de notre tante, la seule à pouvoir identifier Halima.

Et là, quand on fait chercher son demi-frère, elle manque de s'évanouir. Elle reconnaît en lui le fringant planton à qui elle avait presque décidé de céder. Hier encore, elle était au bord d'avoir une aventure avec son frère… Une véritable situation de mélo qu'aucun scénariste n'oserait inventer, mais comme le destin n'a pas peur de les monter. Pour Rabea, l'émotion de retrouver sa maman est moins forte que la frayeur d'avoir failli, en toute innocence, vivre un amour incestueux.

Quand ma tante raccroche, après m'avoir donné le téléphone de ma mère, je me trouve dans la plus grande confusion. La nouvelle me semble irréelle. J'ai tellement pensé à elle... J'ai si souvent rêvé d'elle. Des rêves dans lesquels je ne voyais même pas son visage. Durant toute mon enfance, je n'ai dit « maman » qu'à des femmes qui ne voulaient pas de ce nom et qui me rejetaient.

Je lui en veux de nous avoir abandonnées, et plus encore de n'avoir jamais cherché à nous retrouver. J'avais moi aussi suivi des pistes, sans aucun succès. Il m'était même revenu qu'elle avait été tuée par une rafale de fusil-mitrailleur, dans les turbulences de la guerre d'indépendance.

Et d'abord, est-ce vraiment elle que ma sœur a retrouvée ? Rabea avait un an, moi quatre, quand elle était partie. Ma tante a pu se laisser abuser par une vague ressemblance. Moi, comment pourrais-je bien la reconnaître ?

Un moment, j'ai la tentation de continuer ma vie comme avant, comme s'il n'y avait pas eu ce coup de fil d'Algérie. Cette rencontre ne peut plus changer ma vie. Après tout ce que j'ai vécu, j'ai gagné ma liberté et mon indépendance. J'ai l'impression de ne plus avoir besoin d'une mère. En fait, je ne sais pas où la placer. Je me suis élevée seule, j'ai souffert seule, et elle n'a plus sa place dans ma vie. Je n'ai même pas d'ami, à Paris, pour me dire : « Mais tu te rends compte, retrouver sa mère, c'est miraculeux. »

Finalement, je prends le téléphone. Mais comment vais-je m'annoncer ? Impossible de dire « maman » à cette femme que les tribulations de ces quarante dernières années m'ont rendue étrangère. J'aurais l'impression de commettre une imposture si je lui dis « Je suis ta fille. » Je retourne ce problème en vain tout en comptant machinalement les sonneries :

– Allô, qui c'est ?

La voix est jeune. Sans doute une de mes nouvelles sœurs.

– Je vous appelle de France…

– Bien, mais qui tu es ?

Impossible de trouver les mots simples et justes :

– Écoute… Est-ce qu'Halima est là ?

– Oui, elle est là. Mais qui tu es, enfin ?

Nouveau silence. Je transpire. Je reprends ma respiration :

– Je suis Meriem. Euh… La sœur de Rabea. Passe-moi Halima, s'il te plaît.

Elle me passe ma mère. Une voix lointaine et faible :

– Allô, allô ?

Je sens qu'elle s'accroche au combiné comme à une canne. J'essaye de reconnaître quelque chose de la voix, de lui donner une réalité charnelle. Je pense très fort, comme pour me persuader : « Cette voix vient d'un corps qui m'a donné la vie. » Vite, il faut que tout cela se remette en place.

– Écoute, je suis Meriem.

– Meriem ? Tu es vivante ! On m'avait dit que tu étais morte.

Elle fond en larmes. Je garde le silence. Je n'ai pas envie de pleurer. Je ne ressens pas d'émotion, comme si tout cela était bloqué par les années passées. J'encaisse le choc et je me raidis, en sachant bien que je me laisserai submerger après, quand j'aurai raccroché.

Très calmement, posément, je lui explique que je la croyais morte, moi aussi, que je ne pensais plus la retrouver un jour. Je lui demande de ne pas pleurer, en ajoutant que je ne cherche surtout pas à la juger. Elle veut connaître mon âge :

– Tu devrais le savoir...

– Bien sûr. Est-ce que tu as des enfants ?

– Oui, J'ai six enfants : deux filles et un garçon d'un premier mariage, et trois filles d'un deuxième.

Et je continue à lui raconter ma vie, la jeunesse ballottée où l'on m'appelait « bâtarde », les mois dans les rues d'Alger, le mariage à Constantine, les années à Bagdad. L'histoire de mes fugues, de mes départs et de mes ruptures. L'histoire de ma liberté.

– Écoute, je voudrais te voir. Je vais essayer de venir en Algérie.

En raccrochant, je ne sais pas si je suis dans la peine ou dans la joie. En fait, je suis contente de voir les choses rentrer dans l'ordre et, aussi, je me sens très curieuse de la suite.

Je réunis des photos de mes enfants et je lui envoie une lettre. C'est un de mes demi-frères – peut-être bien le policier galant – qui me répond. Il est ravi de découvrir une sœur qu'il ne connaissait pas. Et dans son enthousiasme, il joint une liste impressionnante de choses à apporter à Alger : des baskets, des jeans, des sweat-shirts de marques. Plus fort encore, il profite de notre soudaine intimité pour me demander de lui faire un certificat de résidence à Paris ! Je me précipite à nouveau sur le téléphone :

– Écoute ! Déjà, je ne te connais pas, comment veux-tu que je t'emmène chez moi ? Vous avez retrouvé une sœur, pas l'oncle d'Amérique ! Je viens d'échapper aux bombes de la guerre du Golfe et aux camps d'internement iraniens, je vis seule et presque sans argent avec mes trois enfants dans un appartement en sous-location. Alors tu dois comprendre que si je viens à Alger, c'est juste pour voir ma mère.

J'emprunte de l'argent, je trouve quelqu'un pour garder mes deux aînées et, quinze jours après, je m'envole vers l'Algérie avec la plus jeune de mes filles. J'ai acheté des boucles pour les offrir à ma mère et un modeste cadeau pour son mari.

Dans l'avion, pendant que ma fille dort sur mes genoux, toute ma vie défile dans mon esprit. Mais je reviens toujours à ces questions lancinantes : est-ce que je vais reconnaître ma mère ? Au moins, est-ce que je vais lui ressembler ?

L'Algérie, que j'ai quittée une quinzaine d'années auparavant, m'apparaît complètement étrangère. Je reconnais des lieux, des rues, des places, mais mes repères ont changé, et une nouvelle génération de jeunes Algérois a remplacé la précédente.

Ma sœur m'attend à l'aéroport. C'est la première fois que je la revois depuis notre séparation. Pour moi, elle est morte à partir du jour où elle m'a trahie avec mon mari. Elle se précipite vers moi pour m'embrasser, le regard fuyant. Elle semble avoir tout oublié, ou plutôt elle veut croire que j'ai oublié et pardonné. Cette rencontre ressemble pour moi à une sorte de test, comme une première épreuve qu'il faut endurer avant de revoir ma mère. Mais retrouver en même temps ma ville et ma sœur comme deux étrangères ajoute encore au trouble que je ressens.

Il faut prendre un taxi pour se rendre au quartier Diar es-Saâda, sur les hauteurs d'Alger. Cet ensemble, construit en 1954 par le fameux architecte Fernand Pouillon, a été surnommé la « Cité du bonheur », parce qu'elle représentait à l'époque ce qu'on pouvait offrir de plus esthétique, de plus moderne et de plus agréable à vivre aux classes populaires algériennes.

Mais le temps là aussi est passé et, quand le taxi s'approche de la Cité du bonheur, je ne peux m'empêcher de penser, à la vue des bâtiments délabrés, des murs qui s'effritent, des trottoirs envahis de mauvaises herbes et de déchets : « Ma mère habite là ? Quelle misère ! »

Une surprise m'attend au pied de l'immeuble. Une foule – tous les habitants du quartier ou presque – guette mon arrivée pour être aux premières loges de ce coup magique du destin, les retrouvailles d'une fille et de sa mère après quarante ans de séparation.

Les journaux se sont fait l'écho de l'événement, et tout le monde, plutôt que de regarder du haut de son balcon, est descendu sur le trottoir pour participer à la fête.

Quand je claque la portière du taxi, je suis happée par des dizaines de mains, embrassée, étouffée, aspergée d'eau de fleur d'oranger. On m'arrache ma fille, on me presse vers l'escalier, vers l'appartement de ma mère. Comme si tous les habitants de la Cité du bonheur venaient de retrouver une fille.

On me pousse, on me tire, on me monte jusqu'au troisième étage. Dans les escaliers, une croûte de saleté recouvre les murs. Les ordures jonchent le sol et le pied a du mal à s'accrocher aux marches érodées et glissantes. Les Algériens, même les plus pauvres, gardent leur intérieur très propre. Le sol est lavé chaque jour, les murs sont repeints fréquemment. Mais ils peuvent se débarrasser sans y penser de leurs ordures dans l'escalier ou dans l'entrée de l'immeuble…

Enfin, me voici devant l'appartement de ma mère, en fait une seule pièce où vit toute la famille. Dans la cohue des tissus colorés, je cherche sur les fronts de toutes ces femmes le tatouage bleu dont je me souviens, mais je ne le vois pas. Je demande à Rabea laquelle de ces dames est ma mère. Elle me la montre, mince, les yeux noirs, le visage abîmé par les années, habillée d'une longue robe et coiffée d'un foulard.

Je m'approche, je l'embrasse, et je ne pleure toujours pas.

Les voisins ont apporté à boire et à manger. Les femmes poussent des youyous, on jette du parfum, on parle fort, on se raconte et on se raconte encore l'événement, on passe les photos de main en main.

Et puis chacun se pousse du coude pour essayer d'écouter ce que je dis. Les questions s'entremêlent. L'Irak! Le bout du monde rendu fameux par la guerre qui s'y est déroulée…

Moi, je réponds tant bien que mal à la curiosité de chacun, mais, surtout, je regarde ma mère. Je retrouve sur son front le tatouage des Ouled Naïl, je scrute ses mains, sa bouche et ses yeux en essayant de redécouvrir quelque chose. Je renifle comme un chiot qui cherche à reconnaître son territoire. « Maman, je voudrais voir tes jambes… » Je lui demande de soulever un peu sa robe pour chercher dans le galbe de ses mollets un trait de famille dont j'aurais hérité.

Quand les gens sont partis, quelques heures plus tard, on pose des couvertures par terre et on se couche tous les uns contre les autres. Je voudrais que ma mère me prenne dans ses bras pour sentir sa peau, retrouver une émotion d'enfance et la reconnaître vraiment. Mais elle attrape un petit chat contre sa poitrine et s'endort comme un bébé. Elle ne partage rien de mon émotion et n'a même pas pensé à me serrer contre elle… Je me dis en la regardant dormir : elle non plus, elle n'a pas eu une vie facile. Et je me souviens de cette phrase : « Aime ta mère, même si elle ne t'a pas aimée, car elle t'a donné la vie. »

Un peu plus tôt, dans la soirée, je l'ai prise à part. Après tout, c'est sans doute pour cela que je suis venue. Je lui ai dis :

– Je voudrais te demander une seule chose. Est-ce que je suis vraiment la fille de Mohamed ? De celui que j'ai toujours appelé mon père, que j'ai aimé et admiré comme un père.

Elle m'a juré que j'étais sa fille.

– On m'a dit que tu avais été violée…

– C'est vrai, mais quand je suis arrivée chez la mère de Mohamed, je n'étais pas enceinte.

Certes, elle me jure que je suis la fille de Mohamed. Seulement voilà, après des années de doute, je sais aujourd'hui que je ne suis pas sa fille. C'est lui qui me l'a dit.

Cette question que je me suis posée mille fois avec souffrance, mon père était le seul à pouvoir y répondre définitivement. Il était le seul, au fond, que je pouvais croire.

En 1986, quand je faisais mes études d'esthétique à Paris, j'avais réussi à trouver son numéro de téléphone et, comme d'habitude, je l'avais appelé pour lui demander si je pouvais le voir. Comme s'il était naturel qu'une fille quémande le droit de rencontrer son père. Il m'avait très mal reçue, et ses premiers mots bougons : « Comment peux-tu te permettre de me téléphoner à mon travail ? Ma femme elle-même n'oserait pas le faire… », m'avaient cruellement blessée. En raccrochant le combiné, j'avais décidé de ne plus le voir, de ne plus courir après son adresse ou son numéro de téléphone. Pour moi, l'homme que j'avais le plus aimé et le plus admiré était mort.

Là-dessus, vingt ans ont passé. J'ai revu Yvette, sa compagne communiste des années soixante, qui a élevé mes demi-frères. Je savais qu'elle était la seule personne qui pouvait me relier à mon père. J'ai retrouvé une vieille femme, à la mémoire diminuée par la maladie. Elle avait toujours au mur sa tapisserie de Lurçat, et dans une vitrine sa collection de roses des sables. On s'est assis sur le même divan en skaï, seulement défraîchi par les années. Elle ne se souvenait pas bien de moi, et elle m'a montré une broderie que je lui avais offerte en m'expliquant : « Ça, c'est Meriem qui l'a fait. » Je lui ai demandé des nouvelles de mes demi-frères, Zaki et Hadi. Ils s'occupaient toujours d'elle et elle les a appelés pour qu'on se rencontre.

C'est Hadi qui m'annonce quelque temps plus tard :

– Papa a été hospitalisé à Montpellier, il est en observation. Une embolie pulmonaire. Les médecins sont réservés… Pour l'instant, ils disent que son état est stationnaire.

À cette nouvelle, je ressens une grande tristesse à l'idée de perdre mon père, mais aussi un sentiment d'urgence : « Il faut que tu coures pour savoir la vérité, me dis-je. Si tu tardes, tu vas perdre ta dernière chance. »

Et je pars pour Montpellier, en emmenant mes premières et dernière petites filles. Je veux que mon père les connaisse et qu'il voie ma descendance, qu'il comprenne que ma vie n'a pas été vaine.

Dans la chambre aseptisée, je retrouve mon père amaigri et faible. Cet homme, si grand dans mon souvenir, est devenu petit dans le lit de l'hôpital. Son beau teint basané a viré au jaune. Sa chemise est mal mise et laisse voir ses parties intimes. Cette image de faiblesse et d'abandon me peine et me choque. Je détourne vivement les yeux avant de réajuster ses draps. Il sourit :

– Meriem, ça me fait plaisir de te voir. Tu sais que tu es ma grande fille, hein ? Ma grande fille...

Il y a dans sa voix comme une teinte de regret et d'une sorte de nostalgie. Il m'affirme une nouvelle fois que je suis bien sa fille. Je ne le crois pas. Je pleure, mais je n'abandonne pas le désir d'entendre la vérité de sa bouche.

Je le retrouve chez lui deux semaines après. Il va mieux, mais il est toujours maigre, affaibli, et il tousse. Comme d'habitude, il parle beaucoup, de son passé, de l'histoire qu'il a traversée, de tous les événements qu'il a vécus. Mais j'ai ma question, celle qui me hante. Cette fois, j'insiste, je ne me contente pas des formules toutes faites. Et il finit par céder :

– Écoute, je vais te dire. Bien sûr que tu es ma fille, ma grande fille. Mais voilà, je ne suis pas... responsable de ta conception.

Sur ces mots, il se lève, se sert un whisky. Il retourne dans son fauteuil et il se met à pleurer silencieusement. Moi, j'ai l'impression d'avoir reçu de l'eau glacée sur le visage. J'attendais cet aveu depuis si longtemps que je reste tout ébahie de l'avoir obtenu. En même temps, une grande paix m'envahit. Je vais m'asseoir près de lui et je prends ses pieds pour les masser doucement.

– Tu sais, papa, je t'aime. Je ne te poserai plus cette question. Seulement... est-ce que tu sais qui est vraiment mon père ?

– Oui, je le sais. Mais j'ai donné ma parole de ne jamais le révéler.

Cette fois, tout est dit. On arrête là. Je ne saurai jamais. Le seul père que je connaîtrai est celui que j'aime par-dessus tout, celui qui m'a choisie, m'a sauvée, protégée et élevée.

Je regarde au mur, au-dessus du fauteuil. Il y a un petit tableau très coloré que j'ai toujours vu dans la maison de ma grand-mère, chemin Pouyanne. Une vue de la pêcherie d'Alger avec la statue sur la place et la belle mosquée à la coupole ovoïde, la seule mosquée d'Alger qui a des airs de Moyen-Orient. Je voudrais l'emporter, tant il me rappelle de souvenirs, mais je n'ose pas le lui demander.

Alors, Alger, Bagdad, Téhéran, et terminus Paris ? Pas sûr. Il y a quelques mois, je fréquentais un site de rencontres sur Internet quand je suis tombée sur une annonce : « Christian cherche une compagne qui aime l'aventure et la mer pour un voyage autour du monde en voilier. » Pour m'amuser, j'ai tapé une réponse ironique : « Je vous suivrais au bout du monde… » Et le dialogue s'est noué entre nous.

Aujourd'hui, Christian partage ma vie. Ancien taxidermiste, il est généreux, fin et cultivé. Nous nous aimons. Ensemble, nous allons partir autour du monde sur le Diamrek – « paix » en wolof –, un beau voilier de seize mètres, à la recherche d'un ailleurs, peut-être en Afrique, peut-être en Asie, partout où il y aura des gens à rencontrer et des lieux à découvrir.

Je suis toujours partie… Entre ma première fugue à Alger et ma dernière évasion vers Paris, je n'ai cessé de rechercher une vie simple et normale, acceptant pour un temps des réclusions traditionnelles comme à Constantine, et des enfermements plus sournois comme à Bagdad. Mais à chaque fois, sans doute parce que la liberté et la responsabilité sont refusées aux femmes dans les sociétés algérienne et irakienne, pourtant si différentes, j'ai été forcée de me battre pour briser des barreaux invisibles. Je me suis battue à mains nues, avec mes pauvres moyens, non sans laisser derrière moi des traces douloureuses de cette lutte. Mais voilà, de fuite en fuite, j'ai gagné une certaine liberté, ma liberté. Et pour la première fois, je sais où je vais…

## Table des matières

# Remerciements

Merci aux éditions Ramsay et à toute l'équipe d'avoir cru en mon histoire.

Spécial remerciement à Zéline Guena de m'avoir encouragé et redonné de l'énergie dans mes moments de doute.

Merci à toi, Jean-François, d'avoir été le commandant de bord de cette traversée littéraire et de m'avoir écouté sans me juger.

À Fred, tu es comme mon fils, merci de m'avoir permis de te prendre dans mes bras, je n'oublie pas les moments où tu as été là pour moi. La porte est toujours ouverte pour toi et il y a toujours un plat « à tomber par terre » qui t'attend.

À mes trois premiers enfants, à ma fille Amel qui a tant souffert. Je t'aime plus que tout, tu es ma « grande ».

À Lamine, mon seul fils que je n'ai pas vu grandir, mais qui restera toujours l'homme de ma vie.

À Wafa, je te demande surtout « pardon ». Je t'aime.

N'en doute pas. Le destin nous a peut-être séparé, mais la vie nous a enfin réunis.

Petite pensée pour celui qui a été mon premier mari et ma première erreur. Sans rancune. Tu m'as quand même donné de beaux enfants.

À Smaïn, mon beau-fils, merci de m'avoir donné de si beaux petits-enfants et d'être un bon papa.

À Riyadh, qui a tant compté pour moi. Je t'ai aimé profondément. Tu m'a sauvé la vie. J'aurais aimé vieillir à tes côtés. Je me rappelle encore notre premier film *Nous ne vieillirons pas ensemble* de Maurice Pialat, un titre prémonitoire.

À mes trois filles, Manal, Hamassat, Zahra : mes trois poussins.

Manal, tu es mon second souffle. Je t'aime. Tu es celle qui m'a redonné envie de revivre et de me battre.

Hamoussi, ma femme-enfant, tu es ma sécurité sociale. Je suis fière de toi et de ton parcours. Je t'aime.

Zahra, quel caractère ! Une petite femme forte et fragile, j'ai confiance en toi, tu es une battante. Ne baisse jamais les bras, je serai toujours là pour toi.

Spéciale pensée pour cette petite étoile magique et protectrice qui nous suit et qui nous protège, moi et ma petite famille, je sais que tu es là…

À Dieu, même si je ne te connais pas, j'ai toujours cru en toi. Merci pour ta protection, merci de m'avoir protégé des dangers de la vie.

À ma mère Halima que je n'ai pas connue, qui me regarde de là-haut. On se retrouvera peut-être un jour.

À mon père, Mohamed. Malgré tout, tu restes mon

vrai père. Je t'adore. Et merci de m'avoir donné ton nom.

À ma sœur Rabia, la seule et unique sœur de ma vie, je ne t'en veux pas, le temps a guéri mes blessures.

À mes deux frères, Zaki et Hadi, je vous aime. La vie n'a pas été tendre avec vous, vous vous en êtes bien sortis. Bravo !

À mes petits-enfants d'amour : Adel, Hicham, Nassim, Serine, Lydia, Wassim, Célia, Aya. Mamie vous aime !

À tous les autres… que la vie me donne la chance de vous connaître.

À Christian, l'homme que j'ai tant attendu. Tu es ma sérénité, tu es un homme formidable. Je t'aime. Tu me donnes envie de vieillir avec toi, nous avons tant de choses à faire ensemble… Vivement le départ sur ce fabuleux *Diamrek*!

À Sophie et Maxime, merci de m'avoir accepté dans votre petite famille, je serai toujours là pour vous.

Pensées tendres pour Jonathan.

Achevé d'imprimer en septembre 2007
sur les presses du

Groupe Horizon
Parc d'activités de la plaine de Jouques
200, avenue de Coulin
13420 Gémenos – FRANCE

Imprimé en France

Dépôt légal : septembre 2007
N° d'impression : 0709-201
ISBN : 978-2-84114-877-6